LA BELLE HUGUENOTE

DU MÊME AUTEUR

Douce Amère, Paysan du Midi
La Passerelle, Paysan du Midi
Les Sentiers du vieux Causse, Delarge-Éd. Universitaires
1. *Gousta Soulet*
2. *Griotte*
3. *Frosine*
(Grand prix littéraire de l'Académie du Languedoc, 1981)
La Grelhette, Delarge-Éd. Universitaires
La Belle Huguenote, Espace Sud
Je ne te dirai jamais adieu, Robert Laffont
Augustine Rouvière, Cévenole, Seghers « Mémoire vive »

ANNA REY

LA BELLE HUGUENOTE

ROMAN

ROBERT LAFFONT

ISBN 2-221-08727-5

À la mémoire de Régine Trouchaud
qui m'ouvrit la porte de la Belle

Première partie

1.

Le seigneur de Saint-Cosme est en route pour Paris où il doit rencontrer M. de Noailles et, qui sait, peut-être le roi de France. Il est pourvu de bons chevaux, d'une chaise de poste confortable, mais la route sera longue, pénible le voyage. Bah ! de relais en relais il est bien décidé à profiter de tout son temps, débarrassé d'une prude sévérité héréditaire, afin d'aborder au mieux cette cour promise à sa convoitise.

En vérité, il a pris le plus grand plaisir à sa toilette de voyage. Tout est de fort bon goût, choisi avec délectation. Bel homme, haut en couleur, taille bien au-dessus de la moyenne serrée dans un justaucorps de velours marron d'Inde, on ne sait qu'admirer le plus de sa brune chevelure tombant en boucles sur ses épaules, de ses jambes fines gainées de bas de soie ou de ses pieds chaussés de souliers à ganse. Seigneur de Saint-Cosme et Boissières, baron Gaspard de Calvière, il a derrière lui toute une lignée de gens d'honneur, depuis Nicolas de Calvière* qui, pour se faire huguenot, abandonna son sacerdoce de Saint-Gilles.

---

* Nicolas de Calvière, gentilhomme du roi sous Henri III, fit construire après les accords de La Rochelle la cheminée du Décalogue.

Sans regret, le baron a laissé derrière lui son château et ses tours, ses terres et ses vignes, ayant pris soin de tout régler juste avant son départ. Pour couvrir sa randonnée, il a fait une nouvelle levée d'impôts qu'il percevra après vendanges, puisqu'il a la bonté d'attendre. Quérir des autorités la permission pour les réformés de continuer leur culte en des jours difficiles, c'est la mission dont l'a chargé le Consistoire de Nîmes dont il est le président. Belle occasion pour démontrer à Sa Majesté Louis le Grand le bon vouloir de ses sujets, tant décriés dans leur hérésie.

Face à l'évêque Mrg Fléchier, il sait être souple. Dans tout le diocèse, il n'est plus adroit gentilhomme huguenot, toujours louvoyant, toujours fuyant. Lui seul sait ce qu'il faut bien faire. Il a la confiance de toute la Vaunage. Il n'est pas une fille à l'entour, pas un seul faiseur d'humble métier, qui ne pense en le voyant si fier de lui : « Quel bon défenseur de notre foi nous avons là ! Dieu le bénisse ! » Qui songerait à soupçonner serviteur de si grande maison ? De tout temps il a su rendre la justice.

Cependant, que de maux se sont abattus sur le petit pays et jusqu'aux barres des Cévennes ! Mais le baron prêche la soumission au roi. Il proclame partout : « Nous n'obtiendrons que par la douceur la continuation de notre culte. Notre grand roi sait mieux que nous ce qui convient. » Chacun a tant besoin de croire ! En haut n'y a-t-il pas un monarque de droit divin qui tient en ses mains le gouvernement de la Terre ? Il faut se rendre, plier, se courber, les petites gens l'ont de tout temps pour habitude. C'est ce que pense le seigneur en traversant son territoire, dénombrant au passage ses biens.

En Vaunage les figues sont de miel et les olives grasses. De clapas en clapas, pauvres travailleurs de terre, ils ont défriché la garrigue pour qu'y vienne un peu de jardin. Le raisin est sucré plus que partout ailleurs. De Langlade à Vauvert, en passant par Boissières, plus rien on ne laisse périr. On fait profit de tout tant pleuvent les amendes. Il n'est pas jusqu'au plus petit pastourel qui ne cache son larcin alors que, de toute mémoire, il a permission de voler les cerises par-dessus les murs des jardins. Tout est pour les vicaires. Ils sont maîtres de tout et veulent à présent s'emparer des esprits. Il faut dissimuler le pain, même la Bible ou le livre des Psaumes.

Les ministres sont partis pour Genève ou pour Rotterdam et la religion devient un cauchemar. Alors, au pied de son château, le petit peuple de Boissières se soutient comme il peut.

Pour l'heure on a vu partir le baron en direction de Nîmes, au galop de sa chaise de poste. La poussière volait derrière lui et Canto-Galino, qui piochait un coin de sa terre, radota en redressant son dos courbé sur une rangée de ceps : « *S'en va pas per parés amoundaou**. » Longtemps, il regarda vers le couchant où le soleil s'enfiévrait sur la colline. Il se laissait aller à sa fatigue, lui, pauvre laboureur à la langue toujours bien pendue, et qui n'avait pas son pareil pour entonner un psaume :

Je t'aimerai en toute obéissance
Ô mon Dieu, ma Puissance
Dieu est mon roc, mon rempart haut et sûr...
Ps. XVIII

* Il ne s'en va pas pour rien là-haut.

Sa voix tonnait jadis, s'envolait vers la voûte du temple, entraînant à son aide toutes alarmes vaines. Les femmes relevaient le front, les petits enfants se taisaient. Le rempart de l'Éternel s'élevait autour d'eux, ils le voyaient, doré comme ceux d'Aigues-Mortes. Bien abrités derrière, ils pourraient s'endormir sans peur de la tarasque.

Hélas ! Plus de temple à l'entour, point d'école autre que celle des curés où il faut apprendre en latin des mots qui ne parlent que de latin. Une langue faite pour personne sauf pour les riches et les évêques. Et le vieux de sermonner autour de lui, s'efforçant d'apaiser malgré tout une bande de jeunes bouviers, gardiens de bœufs sauvages, qui filent comme l'enfer sur leurs petits chevaux. Menés par le plus enragé d'entre eux, Abdias Maurel, roi de la bouvine, ils rôdent par les vignes en quête de dragons, harcelant les troupes de passage, jamais résignés de voir mettre à sac le logement des gueux surpris en lisant leur bible à la chandelle.

Au bout de sa vignette, Canto-Galino a fait venir quelques rangées de pois chiches à rames courtes, dont les gousses sc dessèchent au soleil qui brûle de partout. Noir comme un sarrasin, tordu comme François Vivent lc prédicant, et des yeux aussi ardents que la braise de Despenjo-Figuo le forgeron. Il sait des versets de l'Ancien Testament par cœur. Sans savoir lire, il peut parler comme le pauvre Job, vous réciter mieux que ministre les malheurs du peuple d'Israël en Égypte, sa fuite au désert et la Montagne du Sinaï où Moïse reçut les Tables de la Loi. Toujours fidèle, il croit en la vertu de la patience.

Le laboureur a perdu trop de temps à penser. Une fatigue lui vient soudain, lui rompt l'échine. Il a perdu la souplesse de l'abarine, se sent vieux, las, et pendant un moment, les mains croisées sur le manche de sa houe, il se dit que ce serait bon de s'endormir en patriarche, entouré des siens, sans qu'une « vermine de curé » force son seuil pour porter à sa bouche mourante le symbole de l'idolâtrie.

Dans sa vigne il y a un puits. L'eau en est basse mais toujours fraîche. Une grande soif de source pure lui vient de l'âme et du corps. Sur la margelle un seau cabossé et rouillé et, sur son bord, accrochée par sa anse, une louche d'étain. Canto-Galino enjambe les mottes, dures sous ses sabots usés, et laisse, entre ses paumes raides, filer la chaîne jusqu'au « floc » que fait le seau en touchant le niveau, chaque jour de plus en plus bas. Il semble ce matin au vieil homme que cette chaîne est comme sa vie, longue, longue, qu'elle n'atteindra jamais le fond, jamais le Ciel promis par la Parole, où il rencontrera enfin la face de son Dieu vivant.

En son château Mme de Calvière, si jeune et belle que dès qu'elle paraît le pauvre monde a le cœur gai, a vu partir son époux sans aucun déplaisir. Depuis quelque temps elle pense qu'il réfléchit trop. Point ne serait besoin de discuter interminablement la Cause. Huguenots ils sont depuis toujours, huguenots ils doivent rester. Aussi n'est-elle point décidée à laisser son mari commander son âme à sa guise. Passe de donner des ordres pour la bonne marche des terres, pour le reste elle a le cœur assez vaillant pour ne point se laisser mener.

En ce matin de clair automne, bien réveillée, de son lit à courtines de soie, au creux des dentelles de Flandre, le grondement des roues sur la calade est pour elle chant de liberté. En l'absence du baron elle aura tout loisir de diriger de sa façon ses gens et sa maison. Les yeux clos elle savoure l'heure. On devine qu'au-dehors la journée sera douce. La baronne, malgré l'envie qu'elle a de se lever et de courir sur les terrasses sentir le goût de l'air, paresse tout à son idée. Deux laquais sont partis pour la Cour. Il reste pour la servir sa nourrice, Vigourette, qui tient d'une main ferme les quatre servantes, toutes choisies, sauf une, par le baron seigneur du lieu qui les préfère, l'hypocrite, jeunes et de gorge ronde.

De tout temps on l'appelle la Belle ou Belle. À la trouver ainsi, dans sa longue chemise coulissée sous des seins qu'elle porte petits et hauts, pigeonnant ferme, avec ses nattes lustrées, ses yeux d'amande, sa peau fine de sarrasine et sa bouche grenade, nul n'en pourrait douter. Tant de beauté et de jeunesse pour un gentilhomme de vingt ans son aîné ! Fille de plaine, née d'André, de vieille noblesse huguenote, jusqu'ici tout avait marché d'accord malgré les troubles chez les réformés qui duraient bon gré, mal gré, depuis plus de cent ans.

Elle est entre deux rêves, bien à l'aise. Depuis son mariage elle occupe l'endroit : vaste pièce, noble d'allure et de renom. Chambre du roi... Superbe d'étendue. Le regard plonge par les hautes fenêtres sur un horizon doucement vallonné. Au-delà, la Méditerranée, les palus, Aigues-Mortes la blonde, Aigues-Mortes qui vit s'embarquer, voici longtemps, le roi Saint Louis en partance pour une lointaine croisade. La Belle ne peut jamais s'éveiller sans avoir une pensée d'orgueil pour ce qui l'environne dans cette chambre où un roi, que l'on dit très chrétien, reposa avant elle.

Dominant la plaine, bien arrimée sur la colline, harmonieuse de tons, de proportions bien définies, la demeure seigneuriale paraît veiller de ses terrasses ensoleillées sur la garrigue qui monte à l'entour. Sûre d'elle, depuis des siècles ancrée dans les cailloux, on n'imagine point le paysage sans ses trois tours de pierre blonde et son donjon carré. Elle vit, commande et protège le menu peuple de ses terres. Petites gens, petits métiers, paysans crédules et dévoués au roi, il n'est point encore question pour eux de braver sa justice. Chacun croit que le baron s'en est allé pour le défendre et contemple sur la colline, avec honneur, le témoin ancestral de sa fidélité.

Bref, tous des Canto-Galino !

L'heure passe. Le baron doit déjà être loin, au moins en vue de Nîmes. Dans leur salle les gardes vont et viennent, retenant leur allure, croyant encore la baronne endormie. Des pigeons roucoulent sur un toit, un palefrenier parle à son cheval. Des communs, cependant séparés par une cour pavée, arrivent des chuchotements et des rires. Là, rien n'a changé. Petit monde fermé où la Belle ne pénètre qu'avec l'assentiment de sa nourrice, seule maîtresse en son domaine, valetaille, servantes confondues.

L'été s'en va mourir. Ici il dure bien jusqu'en octobre et même fort après. Une cigale prend le ton, une autre la suit. Sur un olivier, sur la branche basse d'un pin ou sur un térébinthe. Kiss... kiss... kiss, d'un seul et même chant elles se donnent la réplique. De chaque brin d'herbe brûlée de soleil, au ras des touffes rousses, frémit toute une gent ailée ou bondissante. Et ça crisse, et ça tremble, et ça stridule en joie et ça pétille comme mourguettes de vigne au gril. La chaleur s'épanouit dehors en fleur de pourpre que les pierres dilatées vont emprisonner jusqu'au soir. À peine un peu plus pâle chaque jour, le soleil descendra plus vite à l'horizon.

La Belle s'est dressée d'un bond. Sur une table basse, dans une coupe de vermeil, s'enroule un ruban de velours noir dont elle nouera ses cheveux en catogan serré sur la nuque. Par la fenêtre flûte une brise grisée d'aspic où la note du romarin fleurit toujours à la nuit, tant l'incandescence du jour exalte la garrigue. Le matin sera beau, sabré de cris d'oiseaux. Une rumeur monte du village acagnaté au pied des tours. Un frémissement court à la cime des grands pins et les figuiers immobiles arrêtent leurs odeurs de lait bourru au ras des lavandes courtes.

Après qu'elle eut passé sa robe blanche et chaussé des sandales, la baronne ouvrit la porte de sa chambre qui donnait sur la salle de justice. Elle la traversa sans s'attarder. Depuis des siècles l'endroit était respecté plus qu'aucun autre. Un tabernacle de la Justice s'élevait sur la cheminée massive, érigeant jusqu'à la voûte les Tables de la Loi. La Justice... Sévère, implacable, elle prenait là toute sa place. Mais pour un temps la Belle souhaitait oublier ce qu'était la Justice. Au reste, quelle Justice ? Sans nul doute celle du Tout-Puissant qu'on lui avait appris à craindre et dont ils dépendaient, de père en fils.

Des communs arrivait le ronronnement des rouets, peut-être d'un métier à tisser. Cela venait, régulier, monotone, en doux ronflement accompagné d'une chanson douce. La Belle avançait au long de la galerie voûtée et complaisamment suivait son passage dans les glaces, toutes d'or encadrées, qui garnissaient les murs. Ainsi donc elle était la maîtresse céans ! Chaque jour cela la réjouissait. La robe de soie blanche murmurait, un froissement de taffetas accompagnait la grâce de ses gestes. Menton levé, son long col fin supportant une tête petite et fière, le regard allait droit et ferme, en avant, décidé. Rien ne lui avait échappé, depuis le seuil jusqu'à la clé de voûte où fleurissait le blason des Calvière : « Fascé d'or et de sable à six besants d'argent chargé d'un sanglier passant sur flammes de gueule. »

La brise matinale se leva et les pins murmurèrent une

plainte sèche d'aiguilles et de pignes. Une plume d'hirondelle voleta en haut des fenêtres et vint se poser, douce et tiède, sur le bras d'un fauteuil.

Mme de Calvière se forçait-elle pour accomplir des devoirs si contraires à sa nature indépendante ? Elle ouvrit la porte des cuisines, embrassa d'un coup d'œil sa tenue. Le soleil entrait haut, à rayons drus, et se jouait sur l'éclat des cuivres, des étains, disposés sur les vaisseliers patinés à la cire d'abeille. Une branche de chèvrefeuille poussait du nez par la fenêtre. L'été n'entrait jamais autrement tant la pièce se gardait fraîche même aux pires chaleurs.

– Ainsi, vous voilà donc levée, ma Brazuquette ? L'heure a tourné, votre sire est déjà bien loin. Voyons, qu'allons-nous ordonner pour le dîner ?

De tout temps Vigourette appelait sa petite « Brazuquette ». Point de raison que cela changeât, Brazuquette elle avait été, Brazuquette elle resterait. Pour cette fille de Beaucaire, qui gardait son français pour parler à son Dieu, sa vraie langue était d'oc et elle la maniait avec une vigueur surprenante. Vigourette : le nom lui allait comme un gant.

– C'est carême aujourd'hui, poursuivit la brave femme. Vous savez comme il faut s'y tenir. Les curaillons ont le nez fin à fouiner par tous les chemins.

Passant devant sa maîtresse, elle battit l'air avec ses bras puissants. Forte fille en vérité. En croupe mais en gueule surtout. Elle commandait aux laquais et même le baron prenait conseil de ses avis ou, du moins, en faisait semblant.

– C'est vendredi, insista-t-elle. Un bon salmis de poules d'eau, voilà qui ne nous mettrait point en faute. Mais si nos chasseurs continuent à jouer ainsi du fusil, à tout endroit, bientôt nos marais ne verront plus voler de plumes.

– Te voilà encore à gronder, fit la baronne. Tu parles, tu parles... Et pourtant ! Dieu que cela sent bon !

Le bruit des rouets avait cessé et un fumet de gibier parvenait des offices, tout embaumé de thym et de laurier, bien relevé de sauce au vin. Les servantes s'affairaient en cuisine, manches retroussées jusqu'aux coudes, écarlates sous la cagnote à brides. Rien ne manquait à leur bonheur de cuisinières : bon feu de braises vives, landiers et tournebroches, sauteuses de cuivre à long manche et poissonnières où venaient parfois cuire au doux quelques anguilles sorties du Vidourle, à la chair blanche et fine. Grâce au Ciel le jeûne hebdomadaire ne serait point trop pénible. Autour il y en avait de bien plus mal lotis. Cela se suffisait.

Pauvre Vigourette ! Son allure n'allait point avec les circonstances. Il eût fallu marcher le nez baissé, modeste et sans ressource. Elle qui s'épanouissait dans ses cotillons plissés, sa face large et pleine sous le bonnet à coques, elle, rougeaude et saine, avait parfois envie d'éclater d'insolence. Prêchi-prêcha chaque dimanche, s'agenouiller, se relever, rien que des singeries. Faire semblant de croire à cette messe d'idolâtres qui osait présenter le Seigneur Jésus-Christ en chair et vin dans un ostensoir d'or dressé devant l'humilité : lui qui avait donné son corps une fois pour toutes pour le rachat des hommes.

« *Felix necessitas quae ad melios impellet.* » (Il n'y a rien de si heureux que la nécessité qui nous porte au bien...) Saint Augustin est à la mode mais la Belle, dans la promesse de ses dix-sept printemps, ne rêve ni de félicité céleste ni de saint Augustin. Toute aux dernières splendeurs des jours, à la fleur de l'olive et à celle du vin, à la tiédeur des pierres. L'aurore de sa vie.

– Allons, maîtresse ! Laissez-moi aller à mes affaires. Portez-vous plutôt sur les terrasses. J'ai entendu sonner l'église. Vous qui aimez tant vous graziller, voyez-moi ce soleil ! Au lieu de rester là à virer autour de mes jupes.

Un instant, posée comme un oiseau sur le pas de la porte, la Belle a fermé les yeux. Une vague de chaude lumière l'accueille et la fait sienne dans une volupté qui lui coupe le souffle. Le ciel est d'un bleu de lavande, tamisé par une vapeur qui monte de la terre. Tandis qu'elle avance sur la calade, la plaine vient à sa rencontre. À l'infini ne sont que rangs de vignes pressés, ordonnés, du vert puissant en travail d'une belle vendange. Qu'elle se tourne à droite, à gauche, les bois d'oliviers gris montent à l'assaut des collines mêlés aux pins chauffés par le soleil. Résine fondue en épice brûlée, aspics aux tiges courtes, mauves du thym au ras des terres rouges, chèvrefeuilles enroulés aux bartas, aux voûtes des églantiers, plantes salées, sucrées, c'est toute la garrigue qui chante à pleine voix.

Quand les cigales se tairont, quand les martinets regagneront les toits, un grand silence s'étendra et le vent prendra le relais. Françoise de Calvière a relevé sa jupe pour mieux sentir sous son assise la tiédeur de la pierre. On dirait que le village sous ses yeux s'éveille. Une cloche tinte, les sonnailles des troupeaux s'éloignent des bergeries, des chèvres bêlent en se bousculant aux portes des étables, mais pas de chant joyeux, pas de sifflets et point d'appels. Quelque chose s'est abattu, des ailes noires assombrissent le ciel et la Belle en perçoit la tristesse. Elle voudrait chanter, crier qu'elle est heureuse, que son seigneur est beau, qu'elle le voudrait bon, qu'il l'est sans aucun doute, que la devise est vraie inscrite au fronton de la salle de justice : « Fuy procès et querelles »... Un héritage qui pèse lourd.

Demain... Il y aura demain. Et puis encore d'autres jours pleins de soleil. D'ombres aussi. La Belle s'est allongée sur la terrasse. Sans souci de gâter sa robe et pieds nus, de tout son corps elle épouse la pierre. Gisante, bras étendus au-dessus de sa tête, ses longs cheveux épars, à travers ses paupières closes la branche d'un pin projette une ombre bleue. Son premier jour de liberté ! Dieu ! Comme elle saura s'en servir !

2.

La chaise de poste suivait son train au long de la grand-route. Bientôt on dépassa Nîmes après une courte halte devant les Arènes, le temps de faire boire les chevaux. Le prochain relais était encore loin et le soleil tapait sa fièvre en endormant bêtes et gens. Pourtant le seigneur de Saint-Cosme n'avait point cœur à sommeiller. Que de soucis dispensait l'heure ! Bien peu de gens de la noblesse en vérité à son entour s'apprêtaient à la résistance. Ils se convertissaient ou, du moins, en faisaient semblant. Pour sa part faudrait-il donc abandonner, en s'enfuyant pour l'étranger, une vie si bien ordonnée, si féconde depuis des siècles ? Bonnes terres, moulins à grain, moulins à huile et vignes résistantes en pleine force et si belle saison.

Le clic-clac assourdi des sabots piétinant la grand-route, les ombres allongées des platanes berçaient la méditation du baron. Comme l'eût dit, s'il était encore de ce monde, le bon roi Henri de Navarre auquel ils devaient tout : « Nos richesses valent bien une messe. » Le seigneur dodelina du chef, d'avance rassuré, pour le cas où il céderait, de se trouver bonne et valable excuse : une loyauté héréditaire envers le roi. Ce roi qui depuis vingt ans harcelait d'amendes et de vexations les têtus calvinistes, poussés, tirés à hue, à dia, par un clergé zélé qui refusait d'abandonner toute parcelle de son pouvoir.

Quel voyage ! Combien il eût été plus agréable de se reposer en son domaine ! En pensant à sa jeune épouse, le baron sourit dans sa moustache. Une pêche de vigne, veloutée et fruitée, aussi douce au palais : telle il l'avait savourée à son gré, sans souci d'en ménager la fraîcheur et la délicatesse. Dieu ! Qu'elle était donc docile et charmante en sa robe de nouvelle épousée, quand il l'avait conduite en son château.

– Ça, mon fils, avait dit son vieux père en l'accueillant en sa demeure, la jolie fillette que vous m'amenez là !

Pauvre vieux gentilhomme ! Il n'avait eu guère loisir de profiter longtemps de la présence de sa bru. Huit jours après les noces on l'avait trouvé mort juste au pied de son lit. Il avait entraîné dans sa chute courtines et baldaquin d'où il avait fallu l'extraire à grand renfort, tant son corps était roide. Chacun avait versé un pleur sur le fier « huguenot » qui, malgré sa sévérité, avait l'œil aiguisé et malin sous des dehors austères.

Quel mariage ç'avait été là ! Et quel défilé de noblesse venue de Montpellier et autour, des seigneuries de Calvisson, même de Nîmes. Du diocèse tout entier étaient arrivés de somptueux présents. Deux ministres avaient présidé la cérémonie. Devant la cheminée du Décalogue Françoise d'André avait courbé sa taille fine et sa main s'était égarée un moment dans celle de son époux, la serrant fort comme prise de crainte. Jusqu'à la nuit, dans la cour d'entrée du château, avaient résonné les sabots des chevaux qui menaient les calèches. On avait dressé des tables à l'ombrage des pins et la valetaille s'en était donné à cœur joie, au son des fifres et des tambourins. Même, selon la bonne coutume, les caraques avaient pris leur part du festin.

La nourrice avait veillé à tout. *Quanto fenno !* Il fallait bien encore la supporter auprès de la baronne qu'elle avait nourrie, abandonnant à la panade son propre nourrisson, afin de conserver son meilleur lait pour l'enfant qu'on lui confiait. Ainsi cela s'était-il fait. Elle lui était, depuis, si fortement liée que le jour de ses noces ce fut elle qui la déshabilla, chuchotant près de son oreille les délicates précautions que sa mère lui eût suggérées, si elle avait été encore de ce monde.

M. de Saint-Cosme songeait à sa nuit de noces. Content en cette occasion-là comme il l'était depuis en toutes circonstances. Sûr de sa femme, confiant en sa gardienne Vigourette, la puissante nourrice. Tous ces biens-là n'allaient-ils point avec les autres ? Si fait et M. de Calvière n'avait nulle envie de les abandonner au nom d'une religion prétendue réformée qui se défaisait peu à peu.

Vieillirait-il en sa province sans jouir le plus longtemps possible de ses droits ? Cela ne se pouvait.

Il ne parvenait pas à s'assoupir et chaque relais le renforçait dans une sûreté qu'en réalité il n'avait jamais repoussée. Quoi ! Il suffisait d'un simple trait de plume pour ôter tout souci ?

Ils passèrent sur le pont de Beaucaire au trot, et les roues du carrosse firent un tel tapage sur les pavés que le baron porta la main à son oreille pour émousser un peu le bruit. Tant de trafic se faisait depuis Beaucaire et Tarascon que c'était merveille de voir marchandises aussi diverses transiter dans les deux sens. Sans compter les voyages des barques sur le Rhône qui remontaient le fleuve en voguant sur Lyon. Gaspard de Calvière eut à peine le temps de jeter un coup d'œil sur le château du roi René. Dieu sait pourtant combien cette demeure parlait au cœur de tous les Provençaux.

Un va-et-vient incessant emplissait de vacarme les rues qu'ils traversèrent. C'était la fin de l'après-dîner et un dimanche de surcroît. Les auberges étaient pleines. Il fallait pourtant bien loger, les chevaux étant fatigués, les gens aussi, et l'on devait trouver asile quelque part, se rafraîchir un peu avant de passer la nuit. Le baron avait pourtant de bons amis. Le consul d'Avignon en était. Point huguenot pourtant mais point non plus trop regardant. Une messe, une vêpre de plus ou de moins, pour lui cela n'était pas une affaire et le seigneur de Boissières s'y pliait volontiers, laissant entendre qu'après tout leur Dieu était le même, qu'ils fussent huguenots ou papistes. Il n'y regardait pas de si près.

Le consul était un bon consul, de bonne bourgeoisie et de magistratures, fier de recevoir à sa table un gentilhomme tel que le baron qui s'en allait sur la capitale aviser de grandes affaires.

– Ha ! mon ami. Soyez le bienvenu pour vouloir bien reposer en ma demeure. Madame ! Madame, criait-il de tous les côtés en s'affairant, tout en accueillant M. de Calvière au salon, avez-vous préparé la chambre pour notre hôte, comme je vous l'ai tantôt demandé ?

Ce disant, il faisait entrer le baron dans une pièce de belle apparence où pénétrait le jour par des fenêtres à vitraux qui brodaient sur le sol, dallé de pierres blondes, des enluminures rouges et bleues de l'effet le plus gai. Il en était besoin car les meubles, épais et lourds, du temps de Louis XIII, portaient plutôt le visiteur à l'étude et à la réflexion.

– Voilà, Monsieur, j'arrive de voir moi-même l'état de votre dormir. Je crois que vous serez bien en notre logis qui n'est pas toujours plaisant à séjourner depuis le départ de notre Estelle pour sa demeure de Sommières.

Mme Brugerolles avait une fille du même âge que la Belle, laquelle s'était mariée en même temps que la baronne. La femme du consul était de petite taille, ronde et bien pourvue devant et par-derrière de solides attraits. Elle portait à merveille la coiffe d'Arlésienne et la matité de son teint faisait ressortir à son col la petite croix d'or ornée de fins grenats qu'on appelait pour l'heure une Maintenon. Quant au consul, c'était un fort bel homme dont l'emploi assurait une certaine majesté.

L'accueil charmant de ses amis réconforta le baron et, après qu'ils eurent vidé ensemble un flacon ou deux de vin des coteaux du Rhône, la religion, le roi et sa favorite, Versailles avec sa cour n'étaient plus qu'une seule et même faribole qu'il fallait prendre avec profit afin d'en tirer le meilleur.

Le baron tomba sur son lit comme une masse. Le cocher, après son repas pris à l'office avec les domestiques, eut droit à une chambrette qu'il partagea avec le valet de M. Brugerolles. Les chevaux dormirent dans une bonne remise, bien pourvus de bon foin, prêts à partir frisquets à la pointe du jour.

Ce n'est que lorsqu'ils furent vers Lyon que le beau temps de cette fin septembre, qu'ils avaient trouvé jusque-là, les quitta brusquement. Un brouillard épais enveloppa les voyageurs et il fallut, en plein midi, allumer les lanternes. Ils avançaient au pas dans la senteur humide des bords du fleuve dont ils entendaient filer le courant froissant les roselières des berges.

Plus ils montaient, plus le trafic ralentissait pour redevenir marchand aux abords des grandes cités. Plus aussi le temps fraîchissait et il fallut sortir capes et mantelets.

L'automne se précisait dans le vol de canards sauvages qui descendaient le Rhône en criant leur adieu. Les labours commençaient partout. À l'entour des villages, nichés dans les plaines remuées, arrivaient par la portière du carrosse, dès que le baron voulait prendre un peu l'air, des fumaisons de bêtes grasses, ce pays plat étant parmi les plus aisés de France. Là, les paysans parvenaient sans doute à survivre. « Quoi ! pensait le baron. De quoi se plaignent ces manants ? Ils n'ont que le souci du jour, peu leur chaut religion ou pas. Ils vont tout droit depuis longtemps et ne se posent point la question. » Et de soupirer en traversant si paisible contrée.

Dieu ! Que ce pays de France était donc réjouissant à voir dans sa diversité ! Bon an, mal an, il subsistait. Il suffisait ici ou là de ne point s'attendrir. Détourner les yeux quand, par hasard, au passage d'un champ on avait le temps d'apercevoir quelque vilain s'arrêter un instant, dos voûté dans ses haillons de bure, ne point répondre à son salut respectueux et se dire que, de tout temps, celui-là était né pour servir, tout comme un gentilhomme, de par sa naissance et sa faveur, se devait de l'avoir à merci.

Presque six jours qu'ils voyageaient ! Quand ils arrivèrent aux portes de Paris, ayant roulé une partie de la nuit, un soleil pâle perçait les brumes de la Seine. Le baron dormait profondément. La capitale s'éveillait.

3.

Bien des jours s'étaient écoulés depuis le départ du baron pour Paris. Les courriers mettant une bonne quinzaine à parcourir une aussi longue distance, Mme de Calvière n'avait eu qu'une seule fois des nouvelles de son époux. « Tout va le mieux du monde, assurait-il. J'ai rencontré en son hôtel M. le maréchal et nous sommes tombés d'accord sur un arrangement que je crois des meilleurs. »

Le maréchal-duc de Noailles, Paris, Versailles, que tout cela paraissait loin, vu d'ici, en ces belles journées d'octobre ! On commençait à vendanger, à grand renfort de cousins et cousines. Dans chaque famille du village il fallait cuisiner, si tant est qu'on pouvait le faire du mieux en ces jours de pauvres denrées. Ils travaillaient sans les plaisanteries habituelles. Pas un jeune garçon qui eût le cœur de courir au long de sa lignée pour empoigner à bras-le-corps quelque gente fillette et, la tenant pressée tout contre lui, se divertit comme jadis, lui barbouillant de grappes le visage, et ce, malgré ses cris perçants. C'était bien la première fois que Vigourette ne harcelait point les vendangeurs de quelque bonne bourrade bien sentie quand l'un d'entre eux musardait, immobilisant tout de go sa rangée.

Le raisin s'entassait dans les foudres tandis que les soldats du roi parcouraient les chemins. On pouvait apercevoir, si on jetait un œil au-dessus des dos courbés sur les ceps, briller leurs casques au travers des vignes où chacun s'affairait en silence. Chaque village était soupçonné, les gueux surveillés sans cesse. En ces journées d'octobre finissant, de tous côtés parvenaient d'étranges rumeurs. On attendait le retour du baron et, dans la seigneurie, on jasait sur une suite d'événements qui, sans cesse, empiraient.

Vigourette allait des cuisines aux communs, bousculant la domesticité, le verbe haut plus que jamais. Même la Belle n'échappait point à sa poursuite et profitait de tous ses éclats.

– Vous restez là, ma Brazuquette, à guetter le retour de votre époux, sans rien faire qui soit utile. Je vous assure qu'on l'entendra de loin arriver sur les chemins. Chacun est à l'écoute, croyez-m'en, et espère toujours en la bonté de notre Dieu.

– Ne vois-tu pas, ma bonne, tous ces dragons autour de nous ? Il n'est pas de nuit où l'on puisse dormir en paix, sans bruit d'armes et de bottes. Je dis, moi, que rien n'y fera et que nos malheurs ne font que commencer.

La Belle parcourait les terrasses, cheveux au vent, sans souci d'être décoiffée, affolée par la senteur des charrettes, pleines à ras bord, qui traversaient les cours dans un bruit de tonnerre, comportes débordantes, jusqu'aux cuves qui ne cessaient leur trouillerie qu'à la nuit pleine. Chacun alors se séparait et rentrait chez soi manger la soupe. Vigourette, soulevant à deux mains ses cotillons pour ne point s'embourber dans les ornières rougies du sang des vignes, rentrait dans sa maisonnette, proche du château et faisant partie des communs. La nourrice rejoignait son vieux mari qui commençait à geindre en entendant son pas.

Impotent à demi à la suite d'un accident de chasse, lors qu'il gardait les terres de M. d'André, père de la Belle, en son domaine près de Montpellier, depuis deux ans son état empirait. Il ne se plaisait point en cet endroit, coupé des lieux qu'il parcourait jadis, tantôt à pied et tantôt à cheval. De plus, le temple lui manquait, bien qu'avant son départ M. de Noailles eût, lui-même, levé le marteau le premier afin de le démolir.

– Alors, mon homme, fit ce soir-là Vigourette, poussant d'un trait la porte qui s'ouvrit en grinçant sur ses gonds. Vous êtes-vous seulement rafraîchi le museau ce jourd'hui ? J'en doute à renifler l'odeur qui règne ici.

Poussant du genou le banc sous la croisée, d'une seule main elle ouvrit à deux battants le fenestrou. Aussitôt la chambre s'emplit d'un goût de raisin trouillé et du bruit des sabots qui traversaient la cour. S'approchant du lit où il gisait, elle souleva le drap, tourna dessus-dessous le ventre du bonhomme et, à grandes claques mouillées d'eau froide, se mit à donner de l'air à ses fesses. Sans piper mot le vieux Gédéon se laissait faire, manier et tourner dans tous les sens, heureux de voir qu'il n'était point abandonné et devenu trop faible pour protester encore.

– Notre baron n'est point rentré, fit la nourrice, s'asseyant sur le lit à côté de son homme, après qu'elle l'eut poutouné et bordé comme un petit enfant.

Le vieux poussa un long soupir.

– Avant d'allumer la chandelle vous devriez, ma mie, me lire un petit verset. Devant le fenestrou, vous avez encore bonne vue.

– Ha ! mon ami, votre voix est toute changée. Cela ne va guère fort pour que vous demandiez ainsi la Parole avant votre bouillon.

Du coup, penchée sur lui, elle s'avisait soudain de ses lèvres pâlies et de son nez pincé.

– Dites, vous n'allez pas mourir là, maintenant, tout de go, au moment où j'ai le plus besoin de vous ?

Elle s'affolait, virait à droite, à gauche, se penchant vers l'âtre où se mourait le feu faute d'avoir aliment.

– Mais en vérité c'est qu'il se meurt ! cria-t-elle, courant par la chambre, se heurtant au lit, à la table, comme une guêpe prise au piège. Allons, allons, mon homme ! restez encore un peu auprès de nous pour voir enfin la fin de nos malheurs. Dès demain j'irai quérir M. d'André, je vous le promets.

Hélas ! Le pauvre Gédéon n'entendait déjà plus. Sans même soupirer, sans avoir entendu les promesses de voir des jours meilleurs, il avait rendu son âme à Dieu. Vigourette était seule. Mais il fallait songer à rendre ses devoirs au gisant sans passer par l'Église. La nourrice ouvrit le coffre qui renfermait les parures de noces et en tira l'habit de chasse de son homme. Il n'y manquait pas un bouton. Les parements de la veste étaient toujours vifs, sans poussière, et les chausses, aux plis un peu cassés, bonnes encore pour faire un mort très convenable. En pleurant elle s'approcha de la couche encore tiède, ferma doucement les yeux qui regardaient vers le ciel et, tandis qu'elle vêtait le corps immobile pour la dernière fois, elle entendait par la fenêtre ouverte cliqueter les sabres des dragons.

Sur la route qui mène à Montpellier galope, ventre à terre, le plus jeune vendangeur du château, engagé depuis le début des vendanges.

– Il faut aller quérir mon père, a dit la Belle en serrant sa nourrice. Il nous en voudrait de n'être point présent sur la tombe du pauvre Gédéon.

Vigourette ne pleurait plus, il y avait bien mieux à faire.

– M. d'André saura ce qu'il convient de dire à Dieu. François Droulet, toi qui connais depuis longtemps notre demeure, mets-toi en route et ramène-nous-le.

Le droulet, fier de ses quinze ans tout neufs et de son habileté à se tenir en selle sur un cheval de Camargue, allait parvenir aux portes de Montpellier. Il avait chevauché sans encombre, fiable par sa bonne mine. C'était jour ordinaire et pourtant, quand il arriva devant la cathédrale, il s'arrêta, saisi de crainte, à voir toute une troupe de dragons puissamment massés aux entrées. Toutes étaient gardées. François le droulet mit pied à terre et, tenant son cheval par la bride, se dissimula comme il put derrière un charroi arrêté d'où il pouvait considérer les choses.

Il ne savait guère compter, pourtant, douze par douze – il s'y reprit à plusieurs fois – il vit sortir de l'église, leur chapeau à la main, un papier serré dans leur paume, aussi pauvres d'aspect que de mine contrite, une foule de huguenots. Pas un qui fût très fier de soi.

– Voyez-les abjurer, ces scélérats, ricana près de lui un soldat de milice. Devant l'évêque, l'intendant et notre gouverneur. Voyez-moi ces nouveaux convertis ! À genoux, traîtres, gueux ! Sinon voguez galères, adieu pays !

Il en sortait... Il en sortait... « Tant et tant de traîtres à leur foi, cela n'est pas possible », pensait François, pleurant à chaudes larmes. De l'endroit il entendait chanter la messe. L'odeur de l'encens arrivait jusqu'à lui, odeur maudite qui prenait goût de mort. Plongé dans sa détresse, il pensa soudain à sa mission : resterait-il encore un seul gentilhomme huguenot pour ensevelir en lieu décent un malheureux qui s'était toujours passé de confession ?

La demeure de M. d'André, en plein cœur de la ville, ne se distinguait dès l'abord que par sa grille fort ouvragée, sa haute façade austère derrière laquelle se cachait un jardin d'agrément dont les arbres dépassaient les murailles. C'étaient des arbres de Judée qui, au printemps, éclaboussaient de grappes roses les pierres grises de la maison. Mais pour l'heure tout paraissait dormir. Pourtant on allait vers midi. L'angélus carillonnait quand le droulet frappa à l'huis. Le marteau résonnait, lugubre, dans le vide des rues. Personne qui osât se montrer aux fenêtres voisines. La peur prenait le garçon à la gorge et se nouait en lui tandis qu'il continuait de frapper, appelant de plus belle. On eût dit que la cité entière, effrayée, se réfugiait en ses caves.

Il attendit longtemps. Son cheval tapait du sabot, secouait, impatient, sa crinière. Au bout de la rue apparut soudain une troupe de sergents de milice. Les pas approchaient, cadencés. Ces pas dans le silence... Ces soldats dans cette ville devenue muette et qui attendait, comme lui, il ne savait trop quoi. D'un bond François fut en selle et, tandis que la police arrivait par un bout de la rue, il se sauvait par l'autre. Quand il approcha de la place qui avait la forme d'un œuf, il s'arrêta pour reprendre haleine. De tous côtés il entendait les bonnes commères jaser d'une rue à l'autre, penchées à leur fenêtre. « On voit bien que le maréchal est de retour. Le voilà enfin notre gouverneur qui va bien vite remettre de l'ordre en sa ville. » Ainsi fêtait-on le retour en Languedoc du redresseur des consciences. À force de réquisitions, d'abjurations forcées, d'emprisonnements et de dragonnades.

« Que va penser notre maîtresse si je retourne ainsi bredouille, se disait le bon droulet à la vue de tous ces méfaits. M. d'André n'est point chez lui, la maison semble morte. Qui sait, je m'en vais voir si M. de La Cassagne, qui fut un de ses bons amis, ne pourrait rendre même service. »

Au pas de son cheval, pour ne point trop se faire remarquer, il remonta la rue de l'Argenterie et se trouva bientôt en vue de la demeure bourgeoise du gentilhomme huguenot. Aussitôt le pauvre droulet comprit combien il lui serait difficile d'en approcher. Au moins une cinquantaine de dragons allaient et venaient aux entours, les portes étaient, là aussi, gardées et les badauds se tenaient cois pour mieux observer le trafic. Tenant son cheval par la bride, François se fraya un chemin jusque devant la maison et réussit à attacher sa monture à l'anneau scellé dans la pierre. Malin comme il l'était, une idée lui vint tout soudain, celle de berner ces lourdauds afin de pénétrer céans.

Il approcha donc résolument et, faisant le benêt, son chapeau à la main, tout sourire montrant ses jolies dents blanches, il héla le premier dragon assis sur une marche de l'entrée.

– Monsieur le soldat, fit-il humblement, le fixant de ses jolis yeux pleins de soleil, on dit partout que les hérétiques sont des « gorgio négro* » ; si je comprends bien, ils ne sont point faits comme vous et moi ? Je serais bien curieux de voir dans quelle peau ils sont bien fabriqués !

Il était si drôle dans son habit de petit paysan, montrant une frimousse si gentille, que le dragon se mit à rire. Le droulet poursuivit :

– Ne pouvez-vous, Monsieur l'officier, me laisser jeter un coup d'œil par la porte de cette chambre qui est si bien gardée qu'elle se trouve sans nul doute être celle de ces scélérats ? Rien qu'un petit coup d'œil.

Le fort dragon, qui tenait déjà plus de vin en cette matinée qu'il est séant pour un bourgeois d'en déboucher pour la journée, n'avait plus guère ses idées. Il se mit à

* Gorges noires. On les appelait ainsi sans doute à cause de la fraise noire que portaient les huguenots.

rire grassement et répondit en éclatant de suffisance, écartant un peu ses jambes pour laisser filer le marmot :

– Ah ! petit drôle, toi aussi tu en tiens pour les hérétiques ! Va donc voir un peu là-haut comment nous savons les arranger !

C'était dit. D'un saut François Droulet était déjà en haut de l'escalier. La porte de la chambre du gentilhomme était ouverte à deux battants et le garçon, se faufilant comme une anguille, parvint à se dissimuler derrière les lourds rideaux tirés de la fenêtre. Combien de sentinelles, alors postées aux avenues de la chambre, empêchant le fier gentilhomme de s'échapper, parurent-elles aux yeux du droulet qui tremblait de tous ses membres, avec l'envie de fuir qui lui démangeait les mollets ?

Les voilà qui allument à présent un feu dedans la cheminée et, derechef, dès que les flammes commencèrent à s'élever dans l'âtre, commandent à M. de La Cassagne de bien vouloir tourner la broche. « Et ce, dit l'officier, jusqu'à ce que vous eussiez la bonté de vouloir bien signer votre certificat d'abjuration. » Horrifié, François suivait la scène. Tourne que tu tourneras, il y avait de quoi pleurer. Tant et si bien qu'au bout d'une heure, n'en pouvant plus et voyant sa maison mise sens dessus dessous, le gentilhomme essayait de composer avec cette canaille pour obtenir de leur vouloir une heure de sommeil.

À bout il se trouvait, le pauvre gentilhomme :

– Voyons, Monsieur l'officier, je vous en prie, prenez ces dix écus et laissez-moi poser une heure, rien qu'une petite heure. Prenez, prenez, épargnez-moi, vous voyez que je n'en puis plus.

François pensait à son cheval abandonné dehors mais, cloué derrière ses rideaux, il vit sortir de la chambre les soldats qui se partageaient en riant les écus. Une heure se passa-t-elle ou plus, peut-être s'était-il endormi, ce fut le roulement du tambour qui l'éveilla d'un saut. Et ça roulait au pied même du lit de l'opiniâtre, dans le brouhaha de la troupe qui parcourait la maison mise à sac.

Effaré, n'en croyant ni ses yeux ni ses oreilles, le droulet, profitant de la bousculade, se rua par l'entrée. Il eut juste le temps de voir à travers ses pleurs M. de La Cassagne, en chemise, se lever péniblement de sa couche et se diriger vers le feu pour reprendre son train d'enfer.

– Hé, petit, cria le dragon toujours assis sur l'escalier, es-tu content de ta tournée chez la canaille ? As-tu bien regardé la gorge de ces mécréants ?

Il criait encore que François Droulet, déboulant tout droit de marche en marche, était déjà dans la rue qui paraissait déserte. Son cheval était toujours là, bien sage et col baissé, chacun, croyant qu'il s'agissait de la monture d'un soldat, l'ayant laissé à son endroit tant la crainte était grande. Le détacher, bondir en selle, fut l'affaire d'un tour de reins. Il franchit au galop la place et se trouva hors les portes de la ville sans même savoir comment. Pauvre François Droulet ! La nuit allait tomber mais son chagrin était si grand que peu lui importait, il arriverait bien toujours à se guider. Était-il au reste si pressé de rentrer ? En un jour, il avait appris tant de choses et tant perdu de sa gaieté que, lorsqu'il parvint enfin au château, c'est à peine s'il avait encore son idée.

La Belle, accompagnée de sa nourrice, l'attendait devant la maisonnette dont on avait barré la porte et couvert d'un papier huilé le fenestrou. Tout essoufflé et pouvant à peine parler :

– Je n'ai pu trouver votre père, Madame, fit le droulet dans sa langue d'oc. Tout est fermé chez vous, la ville entière est aux dragons, aux évêques et aux idolâtres. J'ai vu des choses dans cette cathédrale et chez M. de La Cassagne que personne pourra jamais me croire !

Et le voilà qui se met à sangloter si fort que Vigourette, l'acagnatant contre elle, ne se trouva d'autre ressource que de gémir avec, essuyant de même façon ses larmes et les siennes. Quand il eut raconté, devant un bol de lait bien chaud, et du mieux qu'il le put, la suite des événements, il fallut aviser malgré la peine de la baronne quand elle pensait à son père.

Le pauvre mort, allongé dans son lit, avait un visage si doux, si content de n'avoir plus d'autre souci que de dormir en paix, que les servantes qui précédaient la Belle arrêtèrent net leurs lamentations pour venir se ranger près de lui, attendant qu'on voulût bien le mettre en terre. C'eût été mal connaître Vigourette que de penser qu'à cette situation elle n'apporterait point de remède.

– Ma Belle, en l'absence de votre père ou du ministre que nous méritérions d'avoir, en dépit de tous nos péchés, voudriez-vous nous réciter la prière des morts ? Après je saurai bien, seule, porter mon homme en terre, derrière la maison, sous le cyprès qu'il avait lui-même planté quand nous arrivâmes ici.

Baissant le col, chacun s'apprêta à se recueillir afin d'ouïr la Parole de Dieu et recevoir consolation. Mais la Belle ne savait point la prière des morts, seulement l'oraison pour dire avant que de dormir :

– Seigneur Dieu, puisqu'il t'a plu créer la nuit pour le repos de l'homme, comme tu lui as donné le jour pour travailler, veuille nous faire la grâce de tellement reposer cette nuit selon le corps que nos âmes veillent toujours à toi.

La voix était douce, assurée, la nuit pleine d'étoiles. La Belle avait couvert ses cheveux d'une résille de soie noire, la nourrice, sa cagnote de deuil encadrant son visage résolu et paisible, toutes deux étaient si proches l'une de l'autre qu'on eût dit une seule personne. Vigourette s'approcha de la couche, rabattit sans trembler le linceul sur le visage endormi de Gédéon, puis, toute seulette, le soulevant entre ses bras comme une plume, passa la porte la première, le reste suivant le cortège. Point n'était besoin de lanterne pour se guider. La terre était ouverte, fraîchement remuée. À peine si une petite brise d'automne courait par les allées et bougeait en haut du cyprès. Bien doucement Vigourette déposa le corps dans la fosse. Personne ne l'aida, elle ne l'eût pas accepté. Mais ici s'arrêtèrent ses forces, après qu'elle eut, avec une pelle, couvert la dépouille. Croisant les mains en exemple, elle récita le Notre Père, simplette et sans gémir, que chacun répéta après elle.

La lune dans le ciel faisait son tour, sereine, la nuit sentait la terre et le raisin. Il n'y avait plus de distance entre Dieu et ceux-ci qui venaient de lui rendre ce qu'il leur avait donné.

4.

Ah ! qu'il était donc assuré, le baron de Saint-Cosme, quand il rentra de son long voyage à Versailles. Pas plus tôt le carrosse arrêté, il avait comblé sa femme de cadeaux.

– Voyez donc ce qu'on porte à Paris. Comme les dames de la cour je veux vous voir coiffée : avec des boucles en pendants d'oreilles et des cheveux frisés. Vous êtes faite à ravir. Laissez-moi de côté ces modesties et parez-vous selon votre condition. Si vous voulez nous donnerons des fêtes, nous sortirons. M. le marquis de Calvisson ne vous a-t-il pas invitée ?

– Ma condition ? Quelle condition dites-vous ? Celle de femme de gentilhomme ou celle de « phanatique » ? Car c'est bien ainsi que nous appellent vos amis, n'est-il pas vrai ? Et plus encore dans ce Versailles d'où vous rentrez de si grand air.

Il aurait fallu louvoyer, faire la chattemite, oublier que le matin même on avait enlevé deux enfants, juste au pied du donjon, et qu'on avait jeté leur mère au château de Sommières. Canto-Galino avait fini par mourir mais jusqu'au bout avait refusé les sacrements derniers, répétant au curé que les étoiles qu'il voyait au ciel lui suffisaient pour tenir sa route. Comme l'homme de Vigourette dont on celait la sépulture.

Pour l'heure, avec patience, la baronne voit bien qu'il lui faudra biaiser sans se laisser intimider et répondre sans crainte.

– Il n'y a pas de jour où l'on ne vous voie courir la plaine, flairant ici et là quelque gibier pour alimenter la potence. Et tout cela sous couleur de bien faire. Hélas ! je vous le dis, Monsieur, vous ne ressemblez guère au seigneur diligent au service des nôtres que j'ai connu voici... Mais, au fait, il me semble qu'il s'est passé des siècles depuis que vous êtes entré dans ma chambre pour la dernière fois ? Seriez-vous incommodé ?

Moqueuse, rieuse, elle le défiait, déjà prête à partir galoper, superbe et vaillante amazone, bottée, gantée, impatiente de quitter le faraud.

– Je vous trouve, pour ma part, trop complaisante avec nos gens. Vous ne vous intéressez plus aux fermages, nos moulins tournent sans que vous vous préoccupiez de leur rendement. Vous m'en laissez tout le souci. De plus, Madame, je suis fort mécontent de la façon dont vous traitez nos invités : Mgr Fléchier, par exemple, qui a de si belles paroles à votre égard, si apaisantes. Pouf ! vous n'y prenez point attention. Vous riez, le dévisageant, tournez la tête en secouant votre crinière d'un air mordant et méprisant. Je vous le répète, Madame, il nous faut prendre garde. Nous ne sommes plus très nombreux en notre vieille religion à servir en tout notre grand roi. Ne voyez-vous pas autour de nous, à des lieues à la ronde, que tous se soumettent en masse ?

La baronne s'était assise en soupirant dans un fauteuil au petit point et considérait son époux aller, venir par le salon, le verbe haut et le regard de-ci, de-là, errant sans se fixer jamais sur elle d'un air franc. Elle n'avait qu'un désir : le voir aller à ses affaires afin de partir aux siennes. Elle avait décidé de faire ses charités aux petites gens du village, qui mangeaient plus souvent du pain noir que du pain de Beaucaire. Humblement elle baissa la tête, avec l'air sage, obéissant, d'une personne de sa condition, ainsi qu'il le voulait.

– Allons, je vois que vous réfléchissez à ce que je viens de vous dire. Pour quant à ma santé, ajouta-t-il, galant et maniéré en se penchant sur elle, je vais le mieux du monde et vous le prouverai sur l'heure, si vous y consentez.

Il souriait, moustache conquérante frôlant sa bouche, et elle vit de près que ses dents perdaient leur brillant. Son haleine était déplaisante et sa peau empestait du fard qu'il se mettait aux joues. Cela était nouveau et, jusqu'ici, elle ne s'en était point aperçue. Sans sourciller, l'écartant d'un geste sans rudesse mais inflexible, elle se leva, poussant un grand soupir qu'il dut prendre pour quelque faiblesse.

– Ah ! Monsieur, j'en suis bien aise, croyez-m'en.

L'hypocrite ! Elle n'avait qu'une idée en tête : partir voir autre monde, petit monde mais chaleureux qui attendait chaque soir sa visite. Auparavant, filer sur la colline de Calvisson, jusqu'au roc d'où l'on voit scintiller la mer à l'horizon, quand le mistral balaie le ciel. Sitôt que le baron, d'un pas triomphant, eut quitté le salon après lui avoir fait un signe de complicité avec la main tout léger, plein de galanterie, la Belle sortit sur la terrasse.

Tout ce beau discours en vérité avait duré longtemps. L'automne était là, bien assis, et se faisait sentir à mille jeux. Les jours raccourcissaient depuis plusieurs lunes déjà et il restait bien peu de temps avant la nuit pour descendre au village. Laissant son cheval à l'écurie, elle coupa par un sentier à travers la garrigue. Elle avait couvert ses épaules d'une cape de cadis brun, telle une bergerette, et pour ne point éclabousser de vanité ceux qu'elle visitait. Elle ne se fiait à personne pour ce devoir sacré, de plus cela lui était doux.

La Belle, son panier sous le bras, bondissait comme une biche au travers des futaies. Le vent secouait les pins, cassait des branches mortes. Le ciel craquait, les oliviers balançaient à la houle les dernières olives noires, sèches autour de leur noyau et ridées comme petites vieilles. On eût dit des pétoules de chèvres égrenées au long des caillasses. Tout ce qui pouvait se manger avait été engrangé. Chez les manants on se prêtait une tranche de lard, on échangeait une poignée de sel contre un fromage de brebis.

Elle marchait d'un pas souple, enjambait un ruisselet, s'accrochait aux argelas. Elle parvint au-dessus de la première maison blottie sous le château. Une cheminée fumait et lui porta l'odeur d'un feu de bois mouillé. Elle écouta et n'entendit pas de bruit de fer. Ce soir pas de logis livré aux garnisaires. À Calvisson ils étaient passés comme en pays conquis. En riant, ils avaient brisé les pauvres chaises et mis le feu aux paillasses.

– Pitié ! Pitié ! criaient les femmes en se jetant aux pieds des bourreaux.

– Pitié de quoi ? Pitié de qui ? hurlaient les forts dragons, pissant dessus les filles avant de les violer. Aux galères, les hérétiques !

Depuis la révocation de l'Édit qui leur accordait liberté, partout le sang, le feu, partout les ruines. La Belle savait tout cela et que par centaines ils abjuraient. Ce soir, pourtant, on eût dit que la plaine était tranquille. Boissières semblait sauvegardé. La fumée des toits se courbait vers le nord. Il soufflait d'est et demain il pleuvrait. Soudain, derrière elle, roulèrent des cailloux. Une main qui sentait le cuir et le harnais serra sa bouche, un bras fort entoura sa taille.

– Ne dites rien, Madame. Les dragons sont par là.

La baronne avait perdu le souffle mais pas sa présence d'esprit. Le cadis avait glissé, laissant entrevoir sa robe. Une main l'entraînait sous le couvert d'un grenadier. Son panier, échappé de sa main, laissa s'éparpiller par le chemin de bonnes provisions telles que pain, lard, farine. Elle était calme, sans peur aucune. Tout son corps se détendait et s'appuyait contre un autre corps, chaud et fort de senteur. Autour d'eux, seul grondait le bruit du vent fouettant les bois d'oliviers. Le ciel était bas et des nuages noirs couraient vers les collines, s'enfuyant droit sur l'horizon.

– Abdias Maurel ! C'est vous, j'en suis certaine. Mais vous voulez donc me faire brûler vive !

– Ah ! certes pas vous, Madame, mais bien votre mari. Le baron nous trahit tous ici. Tous nous voilà traqués, et par sa faute. Ne savez-vous donc rien de son abjuration ?

Le chef des opiniâtres du Cailar, celui que redoutait si fort de son vivant Canto-Galino, tenait entre ses mains celles de Belle, franchissant d'un saut toutes barrières, aussi puissamment que roubines qui bordaient les marais. Balayées, toutes les soumissions. Ici ils étaient pareils, dans la douleur ensemble confondus. Jamais la baronne n'avait reçu pareille certitude. Tous ses doutes s'étaient envolés, un tel homme détenait la vérité. Dans ses yeux brûlaient le feu de Dieu et toute la passion des malcontents.

– Vous ne devez point parler ainsi de M. de Calvière, dit-elle dans un souffle, la tête contre l'épaule du bouvier. Que savez-vous de lui, que savez-vous de moi ?

– De vous ce que je vois, de lui ce que je sais : qu'il est traître à son Dieu, à sa foi. Que tous il nous enverra aux galères, qu'il dénonce nos veillées et que vos gens sont faux et vils.

Elle n'avait pas envie de bouger de l'endroit, là, contre une chemise grossière de chanvre roux, à la place d'un cœur qui battait sourdement, sans effort. La Belle sentit qu'elle se défaisait peu à peu de tout un encombrant bagage, conservant seulement sa fierté.

– Votre Dieu, votre Dieu, vous n'avez que ce mot à la bouche, vous et vos frères qui vous cabrez toujours. Le roi est votre roi et vous lui devez obéissance. Comme moi et comme le seigneur de Saint-Cosme.

– Parlez plus bas, Madame. Le défendrez-vous toujours, ce renégat, plus faible qu'une femme, et pour garder ses privilèges ?

Madame de Calvière, où en est votre orgueil de dame en cette heure où vous n'avez fiance qu'en cette voix qui brûle et porte en vous et pour jamais la guerre ?

Le jeune homme s'était redressé, déplié lentement, relâchant doucement son étreinte. Tant de douceur chez un homme si rude, tant de sûreté, de garantie pour les choses de Dieu voulaient que jamais on ne s'en quitte. Il était si fort en stature et en habileté à se dissimuler que dans l'ombre elle put à peine voir sa silhouette habituée à fuir de cache en cache. À présent, il ramassait autour d'eux le contenu dispersé du panier.

– Laissez-moi tout cela, chuchota-t-il, et retournez d'où vous venez. Partez, je laisserai pour vous ces charités. Et croyez-m'en, il faut veiller. L'Éternel protège ses enfants !

Grand et large, il barra un moment le ciel et la nuit avant de disparaître comme il était venu. La Belle eût aimé rester là, à cette place de rocher qui lui devenait soudain si chère. Entendre encore cette voix parler avec hauteur.

La belle huguenote

Un monde les séparait, mais les rapprochait une même ardente jeunesse. D'abord cela : un sang vif pur de tout vent de cour, et puis leurs corps pétris de même plaine avec, au fond de leur accent pareil, de mêmes embrasements de garrigues, de souvenirs de ressacs et de dunes. Seulement après les unissaient leur foi, l'entêtement dans l'idée semblable qu'ils se faisaient de la liberté, leur révolte contre les habitudes.

5.

Quand le mistral calmait sa voix, clémente s'étendait la nuit. On eût dit que le Tout-Puissant apaisait une fièvre ardente en oubliant un peu les crimes des humains. L'Esprit descendait sur eux et leur donnait pardon. Vilains, marquis ou princes, tous réduits en un même état. Château, masure, était-il toutefois séant de louer Dieu de la même façon ?

Hélas ! Jamais moulins ne tournèrent plus tristement qu'en cette fin de 1685. Pauvre petite Chanaan réduite en tout ! En farine, en vin, mais surtout en psaumes et en prières. Même les magnans, au printemps, s'étaient donné le mot. La feuille de mûrier avait séché sur l'arbre. À Nîmes les cent trente-deux moulins de soie ralentissaient, de même les onze cents métiers qui avaient si allègrement tissé le taffetas des jupons de la Belle. Les vendanges avaient giclé le sang, les puissances se déchaînaient. À grand renfort de dragons, de bourgeoise milice, au long des routes s'élevaient des potences.

En ce dimanche de novembre Gaspard de Calvière, seigneur de Boissières, et Saint-Cosme, neveu du marquis d'Arzilliers et cornette d'un régiment de cavalerie, s'apprête à partir à la messe.

– Allons, miette, levez-vous. Un peu de courage. Abandonnez ce désordre où vous paressez trop depuis quelque temps. Mes obligations sont les vôtres et j'ai force responsabilités.

Bien sanglé dans sa veste de chasse à parements brodés d'argent sur une chemise de lin fin, vastes manches bouffantes, il est superbe. Son valet l'attend devant la porte, car il compte bien, après la messe, pourchasser quelque sanglier. Dehors, le vent secoue les pins. Une chanson folle corne à travers la garrigue, balaie les terrasses d'où s'envole une poussière rose.

La baronne, appuyée sur son oreiller bien douillet, écoute dans le branle-bas des cloches la voix de la révolte rouler des vagues de haine. Faire la sourde oreille, se taire alors qu'il faudrait crier. Crier qu'elle n'est plus d'accord avec ce qui se fait. Prudente, elle risque un coup d'œil vers son époux. Toujours aussi beau, d'aussi fière prestance bien que forçant sur l'embonpoint, toujours prêt à trouver des excuses aux évêques, à dire que le roi est trop bon de tolérer encore la désobéissance. « Un seul roi, une seule foi. » Les grands doivent s'interdire toute sensiblerie.

– Votre grand roi, fait-elle, à demi dressée sur un coude, connaît-il seulement la douleur de notre petit peuple ? Partout sa milice, ses vicaires sans pitié traquent les nôtres. Et même nos gentilshommes. Voyez M. de La Cassagne qui se refuse à renier sa foi malgré les tortures que l'on fait subir à sa maison. Il est moins complaisant que vous.

M. de Calvière qui, depuis un moment, allait de-ci, de-là, de long en large, faisant mine de patienter, se retourna d'un trait.

– Ah ! Madame, fit-il, soudain courroucé, je suis néanmoins plus loyal que votre propre père que l'on dit enfui à l'étranger avec sa suite. Voyez-moi ces bons gentilshommes qui abandonnent ainsi leur souverain pour s'en aller se mettre au service de l'étranger !

À ce rappel d'événements si douloureux, la Belle n'eut d'autre ressource que de plonger au creux du lit, cachant ses larmes sous ses longs cheveux noirs, sans souci de les voir serpenter en désordre au long des revers de soie. Le baron serait-il attendri par un aussi joli maintien ? En vérité il se montrait furieux, rouge de colère rentrée.

– Je vous ordonne de vous lever et de me suivre. Voulez-vous notre perte ? Que deviendront ici ceux qui nous servent si l'on me déporte aux Isles et que l'on vous jette en quelque cachot bien profond ? Votre chère nourrice ne fera pas long feu, je vous l'assure, malgré sa graisse et sa bonne figure.

Faisant voltiger ses rubans et brandissant sa canne, il se dirigea vers la porte. La Belle bondit sur sa couche et le toisa de la tête aux pieds.

– Qu'on ne touche à personne céans et surtout pas à Vigourette ! Cela est tout à fait hors de propos.

D'un geste des plus gracieux elle releva ses cheveux au-dessus de sa tête, soulevant ainsi deux petits seins parfaits, d'une rondeur si délicate que tout autre que le baron en eût été bouleversé.

– Allons, allons, Madame ! Ignorez-vous que le roi vient de ratifier un édit qui nous oblige à assister aux offices catholiques ? Voyons, soyez un peu docile. Je vais faire atteler et vous attendrai dans la cour.

Un petit salut ironique, il secoua sa perruque poudrée, se redressa et sortit dans un frou-frou de femmelette. Vraiment, qui eût reconnu là le seigneur huguenot qui vivait autrefois en habits si austères ? Voilà qu'il prenait des allures de cour, singeait les courtisans qu'il voyait de loin en loin. Son regard fuyant déviait, tout rêveur, de son but.

Le dernier coup de la messe sonna, lointain, assourdi. Le vent portait de Calvisson. Boissières n'avait point encore d'église, encore moins de temple. Tous brûlés ou rasés, voilà vingt ans que cela durait. Partout des ruines. Faiseurs de bas, sabotiers, menuisiers, cardeurs de laine, dont chacun savait pourtant qu'ils ne possédaient rien, devaient payer les tailles. Faudrait-il donc qu'ils soient tous des bergers ?

La Belle n'était point décidée à suivre son époux à la messe. Elle ferait la malade et durant toute une matinée aurait le temps de réfléchir. Tout ce luxe dont elle était entourée, ces bijoux dont elle n'avait point souvenance de les tenir de sa famille étaient sur son cœur un poids trop lourd, sans commune mesure avec la misère des vilains. L'aimait-elle seulement encore, ce Gaspard de Calvière qui venait d'abjurer sa foi, reniant le passé de ses pères ?

Enfouie dans la chaleur douce du lit, elle ne bougeait plus et eût voulu arrêter le temps, se laisser rouler par le mistral qui emporterait en tourbillons ses doutes. De la cour lui parvenaient des piétinements, les aboiements d'une meute de chasse, des jurons en patois qui s'appliquaient, vengeurs, aux petits chevaux de Camargue dont la queue balayait les jarrets. La porte de la chambre s'ouvrit et Vigourette parut.

– Votre sire va se fâcher. Vous avez tort de le braver, ma Belle. Allez, faites semblant comme nous tous pour qu'il n'arrive pas malheur.

La nourrice avait le sourcil froncé, ce qui ne lui allait guère et lui donnait un air courroucé qui balançait avec son bon cœur.

– Laisse-moi donc. Ne vois-tu pas que je suis malade ? Partez sans moi et prosternez-vous donc à l'autel si vous y avez goût.

– Pas plus que vous, pauvres de nous, pas plus que vous.

Elle mit les poings sur ses hanches, puis :

– Mais il faut faire avec, résolument.

Bonnet en bataille, elle se pencha sur sa maîtresse qui pleurait à chaudes larmes puis murmura à son oreille :

– Ce soir Vivent le prédicant tiendra une assemblée. On m'en dira le lieu. À la nuit peut-être nous irons mais pour l'heure il vous sied d'obéir.

La nourrice parlait à présent d'une voix douce, persuasive, et la Belle retrouvait les intonations qui avaient bercé son enfance.

– Allons, séchez vos larmes et mettez-moi ces habits-là.

Vigourette disposait sur le lit une jupe étroite, un corselet simple d'allure et neutre de couleur et un bonnet à fraise. Toutes choses que détestait la Belle mais qui convenaient à merveille pour faire la chattemite. Un déguisement qui lui faisait horreur, qu'elle enfila promptement en regardant par la fenêtre voler les feuilles mortes et s'avancer en gros nuages l'hiver proche. Morose, domptée par la patience et le savoir de sa nourrice, Mme de Calvière se laissa mener à la messe comme un agneau à l'abattoir.

Le seigneur de Saint-Cosme est riche et cela se voit. Depuis son abjuration, il reçoit douze mille livres de rente. De quoi payer bon prix des gardes à sa solde et bien se faire protéger. Toujours parti pour quelque rendez-vous secret, tantôt à Nîmes, à Calvisson ou à Sommières, intervenant ici et là, faisant mine d'épargner à son pays le pire.

Ce soir, dans l'immense cheminée de la salle de justice, flambe haut et clair un feu d'enfer de souches d'olivier. Ma parole ! on a dépouillé les vallats ! Rien n'est trop bon pour M. de Calvière qui tient en son château garnison pour le roi. Dragons bottés parcourent les communs en claquant des talons. Toujours par les cuisines à poursuivre les servantes, buvant, rotant, dérobant dans leur dos quelque tranche de lard bien gras pour en oincher leurs souliers de Satan.

Chamailleries de sabres, ivrogneries, tout est permis. M. le baron ferme les yeux. Il reçoit ce soir les officiers et il veut que sa femme soit belle.

« Belle vous le serez toujours, ma Brazuquette, lui dit souvent la brave Vigourette. Belle malgré ces temps méchants où nous périrons tous. »

Pour l'heure, calés dans leur fauteuil à haut dossier, tous ces messieurs chauffent leurs semelles. Comme pour les narguer, juste s'ils lèvent les yeux, hautes et larges autant que vastes portes, les Tables de la Loi de Moïse se dressent sur la cheminée. En bon français, les dix commandements sur la pierre gravés à jamais. « Tu ne tueras point. » Et ils ne font que cela. « Tu ne déroberas point. » Et ils pillent, saccagent et s'empiffrent. Et tout le reste suit.

Le seigneur de Calvisson est là, sa tête encougourdée d'une perruque traînant sur un col brodé. Dans son pourpoint chamarré d'ors, réjoui d'aise à la pensée d'entrevoir peut-être Mme de Calvière dont chacun à l'entour vante la beauté, il promène sur tout un regard vaniteux. Il a fait brûler le temple de sa ville, il en est fier. Grâce à lui tous les manants se font catholiques. Tous, ou presque. Ceux-là, les testards, paient chèrement l'amende. Parfois tout le village doit casquer pour délit d'assemblée.

– Je ne paraîtrai point auprès de vous, a dit tranquillement la Belle, bravant les foudres du baron. Votre veillée pue le bouc à plein nez. Ils frottent leur pain d'ail et ne manquent point d'huile pour assaisonner la misère des nôtres. Gardez-vous bien et bonne fête !

Derrière la porte basse de la chambre, la nourrice a tout entendu. Un œil collé à l'huis, elle a attendu que le pas de son maître ait traversé la pièce et rejoint les messieurs. Rassemblant son vaste cotillon pour l'empêcher de bruire, doucement elle a poussé la porte. Sa maîtresse est à sa toilette, ses flacons d'argent épars devant elle, et brosse ses longs cheveux. Dans sa chemise enrubannée elle a l'air d'une enfant. D'une enfant en colère. Vigourette rirait presque si les temps s'y prêtaient. Las ! On ne rit plus guère au château. On tremble chaque jour au moindre signe car on a peur de tout.

– Ah ! Te voilà, toi. Il est bien temps de me rejoindre. Tous enragés ils sont ici. Dehors, dedans, à qui parler qui soit encore des nôtres ?

– Moi, ma droulette. Moi je suis tienne. Et à l'Éternel notre Dieu pour qu'il envoie son Esprit parmi nous.

– C'est le diable qui est parmi nous, ma pauvre Vigourette. Le diable et ses maudits.

– Calme-toi, ma jolie. Je vais te faire une infusion de serpolet. Ça dépure les sangs. C'est ça surtout qui te travaille.

Pauvre nourrice ! Que n'a-t-elle tenu sa langue !

– Va-t'en au diable avec tes infusions ! Tu es là à me parler comme à une vieille femme. Oublies-tu donc que je n'ai pas vingt ans ? Va, va porter ta tisane à ceux qui se goinfrent à nos frais et à ceux de notre petit peuple !

Vigourette est sortie de la chambre le cœur lourd. Alors, sur les peaux de bêtes laineuses qui recouvrent le sol, à même le poil doux et chaud, à travers l'épaisse toison qui garde enclose l'odeur des bergeries, l'épouse du baron se laisse aller à son chagrin. Depuis la nuit où elle fut surprise par celui qui sentait l'orage, sans cesse elle vit au désert, autant que ceux qui fuient la plaine pour trouver refuge en montagne. Où sont-ils et que deviennent-ils, les vingt ans des enfants d'Israël ? Qu'ont-ils donc pour se consoler et quoi les tient encore en vie, toujours rebelles ?

La Belle entrouvre la porte de sa chambre. Une rumeur de voix brutales, de rires à gueule que veux-tu, arrive à son oreille. Cette nuit le baron essaiera sans doute de forcer sa porte. La seule pensée du toucher de son corps la rebute si fort qu'elle en vient à douter de l'avoir supporté jusque-là. Sa condition l'obligera-t-elle longtemps à trahir le mouvement d'amour qui la porte vers Abdias Maurel ?

« Tu ne convoiteras point. » Encore un commandement de la Loi sacrée. Jamais ils n'en sortiront. La Parole de Dieu dans la Bible de sang ; du sang partout, ses pages en sont couvertes. Qu'on les brûle, qu'on les confisque. Elle est là. Par cœur ils en connaissent l'histoire, plus belle que le plus beau conte et plus terrible aussi. Ils se répètent la Promesse écrite. Là, c'est écrit. Et tout ce qui est écrit devient pour ces manants, dont pas un ne sait lire, Esprit et Vie.

6.

Le roi est grand, le roi rayonne sur ses provinces et sa gloire s'étend sur l'Univers. Son soleil est partout. Le Roi-Soleil, ses courtisans et sa maîtresse : « La Guenippe », ainsi que l'appellent les malheureux persécutés. À Versailles on festoie, en pays protestant on torture et on pend. Ici point de théâtre, point de concert de violons et de harpes, point de tables de jeu à grande ou petite prime, mais des grottes pour se cacher, des repaires de brigands pour prier, le vent et la mélodie des ruisseaux pour accompagner les psaumes défendus.

À toi mon Dieu mon cœur monte
En toi mon espoir j'ai mis
Fais que je ne tombe à honte
Au gré de mes ennemis
Honte n'auront voirement
Ceux qui dessus toi s'appuient
Mais bien ceux qui durement
Et sans cesse les ennuient...

Ps. XXV

Ce soir Mme Gaspard de Calvière a décidé de braver son époux, le roi et ses dragons.

Article 2 de l'Édit de Fontainebleau : « Interdiction pour les protestants de célébrer le culte, même dans les maisons particulières. » On verra bien. Pas de lune ce soir, l'ombre sera propice.

De colline en colline ils se sont tous donné le mot : ceux que la corde et le bûcher ont encore épargnés, qui trouvent un asile à travers fourrés et bosquets, et qui refusent d'abjurer pour six livres leur tête.

« François Vivent sera des nôtres. » Le mot a couru, de bouche à oreille colporté. Brave maître d'école qui, avant de s'en aller prêcher par monts et par vaux, a légué les quinze livres qu'il possédait pour tout avoir aux pauvres de Payrolles ! « Mon Dieu, soyez ma garde sûre car en vous je m'assure. » Il faut bien croire que ce n'est point au degré d'apparence que l'Éternel choisit son monde. Jamais on ne vit plus noir et plus laid gardien de la Parole. Pour s'accoutrer et remédier un peu à son état, voilà qu'il porte perruque, lui aussi, et arbore à son petit doigt une bague d'argent sertie d'une émeraude. Le col entortillé d'une cravate de mousseline, il parcourt les contrées. Ainsi c'est là le prédicant que chacun attend fermement !

Le seigneur de Saint-Cosme n'a rien deviné du projet. Tout semble calme et sûr à l'intérieur des hautes murailles. Il est invité ce soir chez le marquis de Calvisson qui lui rend son invitation. Il y aura messieurs les dragons, sûrement Mgr Fléchier, l'évêque de Nîmes qui écrit de si belles lettres. On fera bonne chère, le vin de Langlade coulera hardiment et s'en viendra rincer d'une goulée tous ces gosiers huppés.

La pinède par-dessus le moulin a été, jusqu'à la nuit tombée, parcourue de coups de fusil. Il ne manque point de lapins ni de lièvres, et la perdrix niche encore malgré la bataille. On la voit parfois au printemps traverser une sente, sa couvée trottinant derrière elle, voletant en frous-

frous d'ailes ocellées au sombre des taillis. L'hiver promet d'être rude. Déjà, autour des chaumières, la maigre terre besognée laisse à penser que les hures noires, elles aussi, s'apprêtent à la curée. Comme s'il ne suffisait pas de tout mettre à la discrétion de la troupe.

Fort élégant M. de Calvière lorsqu'il monta dans sa chaise de poste, bien sanglé dans son nouvel uniforme de colonel de la milice. À nouveau grade, nouvelle dignité. Cocher devant et laquais derrière à cheval, fusil à la bretelle. Longtemps la baronne écouta dans la nuit décroître le pas des chevaux.

Sa tapisserie n'avançait guère. Souventes fois elle se laissait surprendre à la veillée, regard perdu dans quelque rêverie que personne ne partageait. Ou bien le clavecin restait muet sur une rime à peine ébauchée d'un psaume de Marot ou de Théodore de Bèze.

Les servantes vinrent allumer les chandelles. Leurs pas coulaient sans bruit sur les tapis. La laine ne manquait point et un superbe Aubusson donnait de la splendeur à toutes choses nouvelles que le baron avait fait récemment disposer. Elles allaient sur leurs gros bas rugueux, s'affairaient au long des salons et ne remettaient leurs sabots qu'en cuisines. La Belle piqua son aiguille au canevas, se dressa de son tabouret, traversa son endroit dans un murmure de soierie et rejoignit Vigourette au coin de la cheminée.

– Votre sire est déjà loin, ma Belle. Plût au ciel que la nuit tombe tôt ! Il n'y a point de vent et nos chants s'entendront de loin. Il n'est pas bon de faire la lumière. Pour ici celle du feu nous suffira.

Pauvre nourrice ! Elle ne vouvoyait sa Belle que pour donner plus de poids à son discours, quand les choses s'annonçaient graves. Elle perdait peu à peu sa forte croupe. Sous son bonnet les cheveux se faisaient blancs, sa haute taille se voûtait. Le souci ne l'épargnait guère. Souci d'ici, souci de là et toujours se cacher. Cacher la Bible sainte lui était réservé. Elle seule savait la place sûre, bien dissimulée sous la chaufferette à fond double qu'elle glissait le soir sous ses chevilles enflées. Point trop de braise, juste ce qu'il fallait. Auraient-ils seulement l'idée de venir la chercher là, ces féroces soldats de bourgeoisie, ces bandits qui laissaient après eux une terre brûlée ?

Depuis la mort de son Gédéon, elle occupait une chambre à côté de celle de sa Belle. Une porte basse les séparait qu'il était facile de pousser, ce qui ne manquait pas de gêner parfois le baron, habitué à ce qu'on cédât devant lui sans murailles ni séparations. De plus en plus sa petite se serrait d'elle. On eût dit que les épreuves partagées les poussaient à s'aimer davantage, si la chose eût été possible.

En cette nuit où, de concert, elles risquent à la fois la mort et la torture ou pis, l'emprisonnement pour la vie, elles marchent les yeux levés vers le Ciel d'où viendra le miracle. Pauvre Belle ! Le souvenir de son père ne la quitte jamais. Eût-il souhaité la voir l'accompagner dans son voyage ? Elle ne sait rien de ce qu'il lui est advenu et pleure souvent en cachette.

Les flammes montent dans l'âtre immense et, jusqu'à l'altière voûte, éclairent la salle de justice. Sur une épaisse et large table de la Renaissance brillent deux chandeliers d'argent qu'on n'allumera point. Là, le prédicant fera le culte. Là se rassemblera le petit pays sous la croix. Unis ils oseront, l'Éternel les tiendra en sa garde.

Pas une branche ne craqua quand ils commencèrent à grimper la colline. Ils sortaient de partout, guidés par leurs yeux de chat. Hommes, femmes, et jusqu'aux enfantous qui savaient qu'ils devaient se taire, ne point pleurer quand ils égratignaient leurs jambettes aux ronces d'églantier. Pas besoin de lanternes qui donneraient l'alarme. Pas même un murmure de voix. La nuit est bien épaisse et ils ont froid. Faim aussi mais d'une chose plus nécessaire que leur pain quotidien. Qui donc s'aviserait ici d'une pareille audace ? Les gens sont sûrs qui gardent le château. La garnison a levé l'ancre et patrouille de l'autre côté du Rhony grossi des pluies d'automne.

Petites gens de plaine, faiseurs de bas et de pauvres métiers, ici, pas de bourgeois, pas de riches marchands trop prudents voulant encore garder leurs privilèges, comme il s'en trouve dans Nîmes ou dans Montpellier. Encore moins de gentilshommes. Derrière le château une seule porte est ouverte qui donne sur le parc. Petite et basse, un par un, chacun devra passer. Pour se reconnaître, pendues par un lacet à même leur peau nue, ils usent de médailles qu'ils fabriquent de leur façon.

En silence ils avancent. Faut-il que la baronne possède d'assurance en Dieu pour ouvrir ainsi sa maison à tant de pauvre monde ! Il y a là des filles jeunes, des femmes dans la force de l'âge, des vieillettes au visage flétri sous la cagnote blanche, et dont les yeux perçants et noirs ne perdent rien de la découverte. Il n'est pas jusqu'au colporteur, à l'allure d'ordinaire si bruyante, qui ne se fasse tout petit. François Droulet se tient avec les enfants, sans peur, les poussant au-devant, toujours rieur en ce beau jour sans rien laisser paraître de la peine qu'il a portée tout seul et comme un homme. Au vrai, pas un ne craint. Ils se savent dans la main de Dieu. Vigourette les pousse en avant.

– Posez vos esclots à l'entrée, ceux qui en ont. Pour vous qui les avez déjà ôtés, venez vite vous chauffer près du feu. Le ministre n'est point là encore.

Ils n'osent se montrer dans la lumière. C'est un rêve qu'ils font éveillés. Être là, c'est déjà l'entrée de la demeure de leur Père céleste. La grande Marie les domine tous de la tête, du moins pour ce qui concerne les femmes. Sa beauté est dans le regard résolu qu'elle pose sur toutes choses car, pour une fille de dix-huit ans à peine, on peut dire qu'elle n'a plus d'âge.

Au fond, dans l'ombre, sont restés les bouviers, hommes de solitude qui sentent l'herbe des palus et le cuir des harnais. Avec eux est entré le large, la mer est avancée. Quand ils enlevèrent leur chapeau, d'un même mouvement, ce fut comme une vague qu'ils emprisonnèrent dans leurs mains salées. Quand, tous ensemble, ils levèrent les yeux, les Tables de la Loi se mirent à leur resplendir. La première : pour bien honorer Dieu dans ses quatre commandements, et la seconde comment il faut vivre avec ses prochains et ce qui leur est dû. Les deux tables unies en dix paroles.

Pendant un long moment on n'entendit que le feu crépiter, le vent gémir en haut des pins. Une bonne chaleur s'épandait dans la salle close tandis que l'assemblée se tenait serrée d'espérance. Ils se taisaient, respectueux, humbles de cœur dans leur fierté d'être soutenus. Curieux aussi de voir se comporter la dame de céans dans une occasion jamais vue.

En robe prune, sans apparat et sans ornement autre que le médaillon qu'elle portait au cou pour garder le portrait de son père, lequel ne la quittait jamais, ses cheveux coiffés en bandeaux partagés par une raie bien sage, Mme de Calvière se tenait droite au pied du Décalogue. Son attitude était si simple, si dépourvue de vanité, que pas un de ceux qui la découvrirent en ce jour pour la première fois ne se sentit troublé. Elle, d'ordinaire si vive et si remuante, avait le geste doux, le visage empreint de solennité mais aussi de détermination.

Vigourette allait des uns aux autres, marchant sur ses gros bas de laine, surveillant la porte autant que faire se pouvait. Dehors, deux hommes faisaient le guet. C'étaient des rudes, de ceux qui avaient déjà fait leurs preuves au feu des dragons de M. de Basville. Leurs yeux étaient perçants et leurs oreilles fines. On pouvait se fier à eux, à leur courage mais aussi à leur foi. Œil pour œil, dent pour dent...

Chacun attendait avec impatience le ministre de Dieu : celui qui venait de rentrer de Genève avec cinq ou six autres. Ce n'étaient point de vrais ministres, simplement prédicants. Les pasteurs étaient au refuge. Là-bas seulement on prêchait dignement, dans les règles, la vraie religion réformée. Bien à l'abri de temples sûrs, pourvus par tous les fidèles, la tête pleine d'oraisons, quand de la chaire tombaient les paroles de l'Apocalypse, à qui s'adressaient-elles ? Ces messieurs du bien-parler prêchaient la douceur, l'obéissance au roi de France, la non-violence, le Royaume de Dieu. De loin, comme c'était facile ! Ici on savait de quoi on parlait. Cependant, qui pouvait réfuter combien ils étaient soumis, de bonne volonté, persistant à suivre d'abord, avant même toute révolte, ceux qui leur prêchaient la patience !

Il fallait les voir, ces gens de plaine, moins malheureux pourtant que ceux des monts des Cévennes, du moins à ce que racontaient les colporteurs les jours de foire. C'était par eux que transitaient les bruits du haut pays et même du lointain Vivarais. Colporteurs d'un peu de tout : d'aiguilles, de fil à coudre, de bibles et d'allumettes mais surtout de sermons.

Le temps passait. L'air était tiède et s'était empli de l'odeur des corps réunis là, chacun avec sa propre souvenance mêlée à celle du voisin. Comme il eût fait bon s'endormir, protégés par une nuit calme ! Un long silence frémissant planait sur une attente vaine. Une vague crainte se propageait et la baronne, devant tant de visages qui mettaient en elle leur foi, sentit qu'elle ne pouvait plus se taire :

– Notre frère ne viendra plus à présent. Cela vaut peut-être mieux pour nous tous. Ma demeure est la vôtre, vous pouvez y rester le temps qu'il plaise à Dieu. Je sais moins bien que le ministre, et peut-être que vous, les Saintes Écritures, cependant nous pouvons chanter un psaume et réciter ensemble Notre Père.

La voix était ferme, assurée mais grave, avec une note provocante qu'ils ressentirent au profond d'eux-mêmes. Mains serrées sur sa jupe, blanche comme l'ange de l'Apocalypse, le regard de la Belle en l'instant croisa celui, brûlant, d'Abdias Maurel. Il était là, celui qui ne quittait jamais sa pensée. Sa large poitrine barrait la porte du fond, à lui seul il était un défi à l'injustice et à la barbarie, barbare lui-même qui s'ignorait. Leurs yeux ne pouvaient se défaire, échangeant une querelle par-dessus leurs semblables. Enfin, vaillamment, engageant la partie, le cavalier entonna d'une voix large et pleine le psaume CXXX :

Au fond de ma pensée
Au fond de tous ennuis
À toi s'est adressée
Ma clameur jours et nuits
Entends ma voix plaintive
Seigneur il est raison
Ton oreille attentive
Soit à mon oraison...

Le débit était superbe, chaud et dur, sans une fausse note, aussi ferme et dru que l'homme, en cet instant, était le soldat de Dieu. Les voix, mâles et féminines confondues, hésitaient au départ, puis le chant partit en haut des voûtes, s'assura fermement, grandit, devint puissant, pour s'achever dans un murmure, une sorte de bourdonnement. Les têtes s'étaient inclinées. Au fond de la salle les bouviers oubliaient leurs troupeaux noirs, les nuits de veille dans les marécages puants, n'ayant pour amitié que les oiseaux de mer et le grondement de la houle d'hiver. Seul parmi les assistants, Abdias ne s'était pas incliné.

En lui tout était passion. Amour pour Dieu, amour pour son bétail, exigence de sa propre chair, sa vie n'était faite que de courts instants d'abandon affrontés à une cruauté, à ses yeux nécessaire, quand il s'agissait de défendre la foi et la liberté. Ce que faisait cette nuit la châtelaine de Boissières était contenu dans ce qu'il aimait : le risque et l'aventure. Elle était de même trempe mais elle régnait de sa place. Lui qui, sans se soumettre, avait toujours défendu vaillamment une cause, était prêt à servir humblement celle qui se rapprochait de lui dans le danger commun. Il ne voyait qu'elle, fière et hardie à l'autre bout de la salle, silhouette découpée sur fond de flammes en langues de feu. La nuit devenait noire. Ils chantèrent les quatre strophes :

Mon âme à Dieu regarde
Matin et sans séjour
Plus matin que la garde
Assise au point du jour
Qu'Israël en Dieu fonde
Hardiment son appui
Car en lui grâce abonde
Et secours est en lui.

Hardiment ils chantèrent, Dieu le sut. Puis un grand silence se fit. L'oreille tendue ils guettaient les signes du ciel, bien loin de ceux des hommes. Ce qu'ils voyaient c'était leur Terre promise, celle qu'il leur fallait défendre, becs et ongles vaillants.

– Prions ensemble, dit la Belle d'une voix douce que pourtant ils entendirent tous.

« Nous te prions, Père céleste, pour tous princes et seigneurs tes serviteurs, auxquels tu as commis le règne de ta justice, et singulièrement pour les seigneurs de cette cité. Qu'il te plaise leur communiquer ton Esprit, seul bon et vraiment principal, journellement leur augmenter, tellement que reconnaissant en vraie foi Jésus-Christ ton Fils Notre-Seigneur sur tous seigneurs, ils cherchent de le servir et exalter ton règne en leur domination : gouvernant leurs sujets qui sont les créatures de tes mains et brebis de ta pâture, afin qu'étant délivrés de la crainte de nos ennemis, te puissions rendre louanges en toute notre vie. Amen.

– Amen, répondit en chœur le petit peuple et d'une même voix.

Personne ne relevait le front. Encore prolonger cet instant de paix ineffable avant de reprendre les chemins d'épines et de froid ! Encore un peu de temps sentir planer sur la hauteur le souffle pur de la grandeur de l'Éternel !

La Belle savait par cœur cette prière. C'était celle qu'on récitait depuis longtemps au temple de Montpellier, celle que le pasteur Poulian*, « toujours un peu déclamateur », lisait après son sermon du dimanche au temps où commencèrent à gronder les premières persécutions. Du haut de la chaire il proclamait à haute et sainte voix : « Plus de temple, plus de vie ! » Tout naturellement ces paroles étaient montées à la bouche de la baronne tant elles convenaient à l'heure.

* Poulian : qui dut abjurer par la suite.

Dehors, les guetteurs qui surveillaient la nuit trouvaient le temps bien long. Dieu merci, le brouillard ne tenait pas aux branches mais il fallait partir car le danger pressait. Le baron pouvait rentrer soudain et ce serait un beau carnage. Le prédicant ne s'était pas montré. Durant qu'on célébrait le culte, le petit d'Astier était entré à pas de loup, s'était approché d'Abdias Maurel et avait chuchoté à son oreille : « Le ministre ne viendra pas au risque de cette assemblée. Soyez bien sur vos gardes en cette veillée. Il viendra bientôt prêcher à Vergèze et souhaite que vous y soyez tous. » Ainsi dit le petit paysan qui arrivait de Loriol, ayant traversé le Rhône. On devinait en lui qu'il serait un jour grand prophète. Il contait des visions surprenantes : « Le Messie arrivait sous les traits du prince d'Orange et s'en venait les délivrer, tiré par les cheveux par les anges du ciel*. »

Abdias l'avait serré contre lui, tout froid qu'il était du dehors, mouillé de sa randonnée mais les yeux plus brillants qu'étoiles au mois d'août. Vigourette, mains croisées sous ses larges manches, la tête encore pleine de religion, à pas lents se dirigeait vers la porte basse. Devant elle chacun s'écartait. Un enfant était couché par terre, endormi bouche entrouverte tel un agneau de lait ; l'assemblée se réveillait et la grande Marie, prophétesse elle aussi, passa devant, tenant sous son bras une petite vieille tout en larmes de joie bénies, pauvre mamé de bien pauvre maison. Un par un, ainsi qu'ils étaient entrés, ils passèrent le seuil, pleins de la paix d'en haut.

– Reprenez vos sabots, chuchota la nourrice, si vous arrivez à vous y retrouver. Vite, il vous faut partir à présent. Dieu vous protégera comme il a protégé son lieu.

---

* Pierre Miquel.

Un souffle froid entra à grandes bouffées, faisant tourbillonner les flammes. Alors seulement chacun comprit que c'était fini et qu'il fallait se garder. Les hommes étaient déjà à travers sentes, l'oreille au guet et renforcés pour la bataille. Ils n'avaient pas à dire merci, il n'y avait pas sujet. Leur seigneur leur devait protection puisqu'il tenait ce haut rang du Roi des rois. Tout semblait revenu en ordre sur la terre, les petits et les grands à leurs places assignées.

De l'autre côté du torrent, juste en face, festoyait le seigneur de Saint-Cosme, levant son verre plein du sang des vignes qu'il affermait sans redouter perdre l'honneur.

Assise devant son feu, mains ballantes sur sa robe de soie, la baronne avait abandonné toute force, son idée dispersée, et n'était plus que la Belle.

Le lendemain tout paraissait rentré dans l'ordre. Bouches cousues, chacun vaqua à ses affaires. Le colporteur avait voulu rester encore un peu, caché derrière le four à pain, bien dissimulé par des fagots de bois. Cette fois, comme nouveauté, toujours sous diverses babioles, il portait un psautier à beau fermoir d'argent et quelques beaux sermons, toutes choses pour lesquelles il risquait sa vie. De son endroit, il entendit s'éveiller le château. On tira l'eau d'un puits, les palefreniers s'interpellèrent dans la cour en étrillant les chevaux. Le ciel se dégagea et une saine odeur de pâte fraîche s'envola des cuisines où s'affairaient les servantes. Rien ne vint dire à l'entour que la veille on avait tenu là assemblée.

Le baron était rentré au petit jour dans un grand bruit de roues, ivre à demi, gorgé de bonne chère, méprisant le sommeil des vilains qu'il persistait à considérer ses sujets. « Dieu garde qu'il dorme encore son content ! Ce sera journée d'oreillettes, quelques bougnettes aussi toutes coufflettes de morue qu'on a fait dessaler. » Il fallait vivre et ne point montrer au seigneur que tout allait doucement, commerces et artisans se tenant cois, espérant envers et contre tout conserver un peu de fortune. Noblesse et bourgeoisie protestantes, attentives aux ordres du roi, se dissimulaient, faisant les chattemites. Il fallait être seigneur de Saint-Cosme pour se montrer si vil en dénonçant et faisant torturer de bon gré ses anciens coreligionnaires.

Boissières, serré dans ses vignes rouillées, ramassé au pied des collines, avait le réveil triste des villages qui s'abandonnent. Ne restaient plus que les opiniâtres qui tenaient à leur terre plus qu'à leur pauvre vie. Ils se contentaient du moindre peu, sachant que les autres du haut pays étaient bien plus malchanceux.

C'était le colporteur qui le disait. Il savait tant de choses qu'il ramassait ici et là, dans ses oreilles, au gré des foires qu'il ne manquait jamais. « Il se prépare de grands événements. L'Apocalypse est pour bientôt. » C'est ce qui se chuchotait des écuries aux dépendances, de maison en maison, du château à la forge. Jusqu'aux bords des étangs perdus dans les roseaux circulaient les prophéties de Pierre de Jurieu. « 1689 sera une grande année, celle de la délivrance. » Alors on vivait d'espoir parmi les réformés et Vigourette répétait au long du jour, tout en surveillant la levée de la pâte :

« Les temps sont proches, Brazuquette. Il faut tous nous donner courage. Nos tribulations vont prendre fin bientôt. Tous nos prédicants le sermonnent ! »

Et en avant ! Elle allait et venait, gourmandant ici, caressant là, tout devait aller son train. Dieu veillait au grain.

Ce matin les bougnettes se dorent en belle huile, les oreillettes croustillantes s'entassent dans les corbeilles tressées de jonc du Rhône. On fait la part du pauvre monde. Ça sent la morue, pilée au lait dans le mortier de marbre avec une tête d'aillet. À la broche rôtissent les perdreaux, dans les toupins mitonnent les civets. C'est saison riche que la chasse. M. le baron s'y emploie puisqu'il aime tuer. « Tant encore que ce n'est que gibier d'animal ! » pense la brave femme.

Il fait bon en ce jour d'automne sur la terrasse du château, face à la plaine. La Belle sera-t-elle rassasiée jamais de son air des collines ? Qu'il soit brûlant et sec, ou frais, même de glace ou mélancolique et doux, en elle il court telle une source pure. Jamais elle ne sera lassée de son pays ainsi bousculé par le vent. La vigne est rouge à l'infini. Il y a peu des remparts d'Aigues-Mortes et des palus bordés par les roseaux. Par-delà mugissent les troupeaux. Quand le vent porte de la mer, le petit jour s'emplit de rauques beuglements, de sifflets déchirant le gris de l'horizon.

Là-bas, qui semble au-delà des mers, sur leurs petits chevaux rapides, les vachers parcourent la sansouïre. Là-bas galope Abdias Maurel le sauvage. La Belle ne cesse de penser à lui. Jamais elle n'oubliera le regard qu'il osa porter sur elle à la veillée. Nue elle s'était sentie, le temps d'un bref orage. Dépouillée de toute vanité bien plus encore que d'habits. Quelle nuit ! Ils avaient tout bravé. Mais jusques à quand la baronne tiendra-t-elle en son cœur sa promesse de fidèles pensées ? « Tu ne convoiteras point. » Le texte est là, sacré. Qu'elle fasse quelques pas, tout droit en traversant la salle, il brille en lettres de feu au-dessus de la cheminée. Et il semble à la Belle que plus jamais elle ne pourra lever sur lui un regard innocent.

Pour l'heure, tout est calme autour du château. Les oliviers sont gris d'argent, l'odeur verte des térébinthes s'est assagie avec le soleil moins ardent. Les martinets ont quitté les toits pour traverser la mer et les hirondelles ont déserté leurs nids pour ne revenir qu'au printemps.

« Aurons-nous encore un printemps ? » s'inquiète la Belle du haut de son donjon où un pin est venu pousser, a grandi, tordu par tous les vents, tantôt d'ici, tantôt de là. « Ballotté comme nous et malmené comme nos gens. »

Des remous viennent des cuisines. Des éclats de voix traversent l'heure qui fuit. La Belle saura-t-elle encore chanter ? Le clavecin reste muet et la téorbe aussi qui dort dans le salon d'été. « Ma jeunesse s'en va, que peu de temps elle a duré ! » Il lui semble qu'elle est vieille, vieille, que plus jamais ne se poseront sur ses lèvres quelques doux baisers de tendresse. Morte avant d'avoir vécu. Quatre années déjà ont passé depuis son arrivée au château après son mariage. Quatre années de vague connaissance sans avoir rien appris de l'amour, écoulées en espoirs déçus, en attentes du merveilleux enchantement qu'elle se promettait. Elle avait dix-sept ans ! Et voilà que va débuter un nouvel an qu'elle refuse de voir s'égrener comme les autres.

Ses pieds chaussés de fines bottes parcourent la calade de long en large. Elle peut ainsi faire des lieues, cheveux au vent, rien qu'avec son idée. Elle voyage, elle voudrait voler. Ce matin-là est long qui va s'achever, lui aussi, indifférent et calme après l'apaisement du vent. De temps en temps un cheval hennit dans son écurie, une dernière abeille s'attarde au soleil dans un bourdonnement soyeux. La vie est là, partout, et pourtant on dirait qu'un voile couvre toutes choses. Mélancolie, nostalgie magique de l'automne quand une musique intérieure murmurait au cœur de la Belle une merveilleuse chanson, où êtes-vous passées ?

Comme chaque jour M. le baron est parti à la chasse. Le vent porte des claquements de mousquet. On tire derrière le moulin et les coups de feu sont devenus l'habituel langage des courtes journées de l'automne. Le colporteur va s'en aller. Il a chargé vaillamment son grand sac, passé à son cou sa besace bien garnie de tranches dorées toutes chaudes sorties de la poêle.

– Allez, colporteur, bonne route. *Adissias et à l'an qué ven !* a crié Vigourette, les mains sur les hanches en le regardant s'éloigner dans l'allée balancée d'ombres et de lumières.

Il a remis son chapeau à large bord et agite une main avant de disparaître. Il faut rentrer, la Belle. La chanson de l'automne elle ne sait plus la chanter. Elle n'a goût à rien et se perd dans la languitude. Il faudrait que lui monte la joie, une grande, une belle joie, de celles qui palpitent longtemps en ailes de flammes avant d'éclater « en bélugues* », en soleils, en étoiles d'août. Hélas ! l'hiver va venir, il est là derrière les lourdes portes qu'il faudra garder closes sur les terrasses tourmentées par le vent. Sur les tapis se traînent les pas de Mme de Calvière. Les coffres sentent l'aspic, le romarin, dans sa chambre brûle un bon feu de souches pourpres, et le lit sera doux et chaud, bassiné au soir par Vigourette.

Combien seront-ils encore cette nuit à veiller près de leurs chevaux, à guetter dans l'ombre le bruit des bottes

* Étincelles.

et des armes ? « Encore un jour enfui », se dit la Belle en soupirant. Dormir... Ne plus vouloir se réveiller, sombrer dans un rêve sans fin pour ne plus avoir à choisir. Personne, pas même sa nourrice, ne doit soupçonner son tourment. Le front lisse, le regard velouté et de ferme assurance, elle ne fléchira jamais.

Dans les marécages puants se cache toute une bande de cavaliers sans peur. Leur chef : Abdias, le plus fort, le plus brave soldat du maréchal de France Catinat ; celui que son armée fidèle avait surnommé « le père la Pensée ». Abdias Maurel l'a servi vaillamment et si bien que depuis son retour des batailles chacun à l'entour l'appelle désormais « Catinat ». Un nom de guerre qui lui va bien. Cela claque tel étendard au vent, haut et loin cela porte.

Catinat, en cette nuit d'hiver, roulé dans son manteau à l'abri d'une haie de roseaux, pense à son Dieu vivant. Lui qui n'est que douceur au-dedans, que faiblesse, que tendre égarement, se montre au feu le soldat le plus rude et le plus féroce chasseur d'idolâtres. Il a la haine au cœur. Une haine qui le soulève, le porte et le pousse toujours au plus fort des mêlées. Une haine sacrée. Il hait le seigneur de Saint-Cosme avec fureur. Il ne sait point s'analyser ni faire de comparaison avec ceci, avec cela, ou les uns et les autres. Il enrage de vivre sachant qu'il lui faudra tuer. Point de quartier. Ne possède-t-il pas la vraie lumière, celle des Écritures ? Mot pour mot, à un verset près, et encore, il les connaît. C'est sa règle de vie, leur règle à tous. Il leur suffit de suivre.

Là-haut les nuages sont bien épais. Lourde se lève la houle sur la mer qui sent fort à la nuit. Point encore de lune. Le vent hurle à travers les plumets des roseaux qu'il fouette à grandes brasses. Catinat a la bouche salée, l'oreille fine. Un colosse qui a le pied sûr et les reins souples. Il est né et il vit à cheval. Peut-être lui faudra-t-il mourir ainsi, agrippé, sa monture serrée entre ses cuisses dures, et sabre au clair ? Autour de lui ils ronflent tous. Pauvres vachers, pauvre bouvine, exposés toujours aux tortures des dragons de M. de Basville ! Les chevaux, immobiles, pressés les uns contre les autres, doivent dormir aussi. Le vent emporte les rêves en commun d'une même respiration. Par-delà les marais, il fait virer les moulins sur les collines. Là-bas, dans son château protégé par ses hautes murailles, le baron se repose de ses chasses à l'homme auprès de son épouse.

Abdias s'enroule plus étroit dans son manteau. Le feu semble éteint et pourtant, à chaque rafale, les tisons mourants se réveillent en braise. Comme lorsqu'il était petit et que sa « grand » le tenait entre ses genoux pour lui faire manger sa soupe. C'était la même nuit, le même vent, mais tout a bien changé. Elle le bordait le soir dans sa paillasse et chantait à mi-voix, pour l'endormir :

Son Son Son véni véni véni	Sommeil viens viens viens
Son Son Son véni per lou front	Sommeil viens par le front
Lou nene vou dourmir	Le petit veut dormir
Lou son son son vous pas vénir	Le sommeil veut pas venir
Son Son Son véni per lou front...	Sommeil Sommeil viens par le front...

Il savait qu'au refrain il devrait fermer les paupières. Il obéissait sagement, juste ce qu'il fallait. Le feu baissait doucement dans l'âtre et il s'endormait paisiblement, papillotant des prunelles sur un rai de lumière. Pauvre « grand » ! Trop vieille et trop fragile pour avoir eu le temps de remettre en cachette sa bible, à la minute où les bottes enfoncèrent la porte. Les dragons l'avaient jetée dehors et Abdias ne parvient pas à oublier comment elle avait, chancelante, heurté du front contre la cheminée en perdant ses sabots. Pauvres jambes de vieille, cagneuses, tourmentées de travail et de sang affaibli, elles sont là, sans cesse devant lui ! Son oncle et son cousin venus à la rescousse, traînés sanglants, et qui chantaient encore un psaume avec leurs bouches éclatées, rament dès lors aux galères à la chiourme de Marseille.

Cela fait beaucoup, cela fait trop. M. Brousson doit être fou qui parle de colombe se cachant au creux des rochers. Ce sont des loups, et puis aussi des louves avec leurs petits qui se terrent dans des grottes perdues. Des loups... Catinat ne peut dormir tant ses souvenirs restent toujours vifs et pressants. Il dresse son grand corps, et sa silhouette, de bure revêtue, dessine une ombre noire sous la lune qui marche entre les nuages. Ses compagnons dorment profondément. Pas un pourtant qui ne lui soit dévoué corps et âme. Allons, Catinat ! pense un peu aux filles qui te font les yeux doux. Garde ta bouche pour leurs caresses, oublie un peu cette châtelaine qui te fit grâce d'un sourire et que tu tins entre tes bras un temps si court qu'elle doit l'avoir oublié.

La sansouïre va s'éveiller bientôt, toute jacassante du parler des pluviers et des foulques. Pour manger il faut des fusils, de la poudre, biens plus précieux que tout l'or des chapelles, et seule richesse des gardiens de troupeaux. Catinat regarde autour de lui la féerie de la nuit d'hiver. Son cheval, à deux pas, tout blanc et rassurant. Son cheval et son Dieu, confondus dans un même amour. Allons, le Seigneur seul commande. Rasséréné, au moment où un soleil pâle va monter derrière les étangs, Abdias Maurel, le féroce agneau, la tête contre une botte de roseaux, s'endort dans les salicornes.

7.

Sitôt que M. de Calvière s'éveillait, parfois très tôt, tout un chacun devait se prêter à ses désirs. Il claquait dans ses mains et son valet, attaché principalement à sa personne, arrivait sur-le-champ, à croire qu'il dormait couché devant sa porte et guettant son appel. Du haut en bas de la demeure courait un frémissement de crainte. Il n'était pas jusqu'aux filles de la baronne, dévouées à son service, qui ne tremblaient de se sentir fautives. Pauvres servantes louées, descendues des Cévennes, habituées aux exigences du maître ! Il n'y avait pas à discuter. Point de contraintes pour ce gentilhomme. N'avait-il pas haute justice, droits de moulins et droits de pigeonniers ? La justice c'était lui qui la rendait, en bon seigneur du lieu, tout-puissant sur ses vilains depuis la nuit des temps.

Ce matin un laboureur a tué deux pigeons à l'orée de ses terres. Un gardien de vignes, qui passait par là au bon moment, les a ramassés, venus s'abattre, les malchanceux, plumes trouées, juste à ses pieds. Les mains en porte-voix, il a crié :

– *Holà ! tarnagas, viro té'n paou d'aqui qué té vésé sourti.* (Tourne-toi un peu de ce côté que je te voie sortir.)

Le travailleur de terre, caché derrière un rejet d'olivier, ne bougea pas. Les palombes palpitaient encore, une goutte de sang au bec, col tourné vers le soleil levant. Leurs plumes irisées se rebroussèrent à la brise puis la vie s'arrêta. Chasseur traqué, valet soumis avaient bien d'autres sujets à considérer que s'attendrir sur des oiseaux. L'un eût voulu manger, l'autre était payé pour punir. Tous deux, ennemis jurés, se haïrent sur l'heure.

Le paysan s'appelait Baroulaïre. C'était un homme qui avait toujours aimé les voyages. À pied, bien entendu. Il en avait usé des paires de sabots ! Le Grau-du-Roi, les palus, la cité d'Aigues-Mortes-la-Belle qui s'empourpre au couchant, même les rivages de Cette aux plages infinies, n'avaient plus de secrets pour lui. Il pouvait vous parler durant des heures des coquillages apportés par la vague et dont pas un ne se ressemble, pareils aux oreilles roses des dames de la cour qu'il ne rencontrera jamais. Jamais en place, il avait de quoi se régaler en un temps où chasser et fuir devenait jour après jour règle de vie ou de mort.

Le garde de M. de Saint-Cosme, l'œil aiguisé, le mousquet à l'épaule, se réjouissait par avance d'avoir enfin gibier à sa mesure. Le vicaire serait fier de lui. Pauvre Baroulaïre ! Dissimulé derrière son tronc d'olivier dont une branche lui chatouillait les narines, l'odeur de la terre rouge remuée l'enfiévrait de regrets. Une terre lardée de cailloux, bonne garrigue pour les culs-blancs, toute en saveur sèche, ardente, chaude à ses pieds de rôdeur. Il fallait toujours qu'il y revienne. Il partait, un beau jour, soucis envolés, sans but, sans souvenirs, un croustet au fond de sa besace. Se fiant à son flair, il s'arrêtait chemin faisant devant une chaumière qui n'aurait rien dit à personne. Là, si quelqu'un avait besoin de lui, pour une écuelle de soupe il traçait un sillon, puisait de l'eau, content de tout : d'une grange à l'abri où il piquait un pénéquet, d'un coin de cheminée pour s'y réchauffer, ôtant la paille de ses sabots usés. Usés, polis jusqu'à la pointe.

Parfois, en traversant une prairie où la pelouse était de velours frais, il y marchait pieds nus, mouillé de rosée jusqu'aux cuisses, et c'était tout délices. De béal en béal, au courant de l'eau claire, des rainettes bondissaient à son pas et il s'esbaudissait de tout, de vert et d'ombres nouvelles, de soleil déjà chaud. Alors, de voir ce valet-là, réjoui de vraie méchanceté, dressé devant lui qui n'avait en tête que psaume de contentement, la colère le prit. Il s'enflamma d'un coup, le rouge lui monta et dans sa tête se mit à rugir la bête. Sans penser, sans rien qui puisse retenir son bras, il épaula, tira, d'un seul coup de fusil étendit le gardien de vigne. Bouche ouverte, yeux grandis de terreur, de surprise, l'homme tomba devant, juste aux pieds du Baroulaïre qui, hébété, regardait fumer son mousquet. Les palombes, au plein d'une touffe de thym, dormaient du sommeil paisible des innocents. « Y a-t-il une terre bénie pour les oiseaux du ciel, existe-t-il un enfer pour ceux qui tuent, comme toi, pauvre travailleur de terre promis au Paradis ? Du moins dans les Écritures : les premiers seront les derniers. »

Le manant regarda autour de lui sans rien voir. Il se baissa. D'une seule main cueillit au sol les doux oiseaux et, machinalement, les allongea dans sa besace. Le geste de la faim, de ceux qui ne savent rien perdre. Ramasser, ramasser ce qui tombe en cadeau du ciel. Ramasser pour ne pas mourir.

Il était là, calme et tranquille dans le joli soleil d'automne traversé de cris d'aoucelets, d'aboiements de chiens qui chassaient, très loin, au travers des labours. Il ne vit le laquais du château que lorsque ce dernier, alerté par le coup de mousquet, fut sur lui, mais il était déjà trop tard. Pris sur le vif, en défaut, il méritait son châtiment. C'était la loi, celle du seigneur du lieu.

Le laquais était petit de taille, mais son ombre s'allongeait si loin devant lui que le laboureur prit peur avant de lever les yeux. Sans même jeter un regard sur l'homme qui saignait au creux d'un sillon, il avança, écarta du pied le mort qui le gênait, et sa main s'abattit sur l'épaule du Baroulaïre avec la force de la justice. Cette main pesait son poids d'années de servitude. Ils étaient bien pareils : le prisonnier et le justicier, tous deux soumis aux mêmes ordres. C'était ainsi. Tout un héritage qu'ils partageraient jusqu'au bout. La mort était à tout moment présente. Tant de suppliciés encombraient les chemins qu'un de plus ou de moins n'était pas une affaire.

Ce fut Vigourette qui les vit la première monter par une allée, les chiens sur les talons du gueux. Le baron, pour une fois resté dans sa demeure, était de fort mauvaise humeur. Tous ces opiniâtres causaient bien du souci et lui donnaient matière à réfléchir sur la façon de les piéger au mieux. Fallait-il relâcher ses soins ou, au contraire, se laisser aller à son penchant pour la violence ? Toute cette canaille méritait pis que les prisons. Jamais elles ne seraient assez sûres, il n'était point d'assez sombre cachot pour les insoumis d'un aussi grand monarque.

Gaspard de Calvière avait enlevé sa perruque et s'était déchaussé. Seul dans la salle de justice, il avait posé ses pieds sur un tabouret de velours grenat et chauffait ses mollets. En simple justaucorps il digérait. Et mal. Des coliques le prenaient au bas-ventre. De plus en plus souvent il lui fallait aller pisser par les terrasses, pris de court et la vessie lourde.

La baronne avait fait seller sa jument de bonne heure et, sans même lui faire un signe d'amitié, était partie par ses collines. Elle devenait chaque jour plus lointaine, plus distraite de lui, mais, trop occupé d'épurer et de faire pendre, le baron avait d'autres tracas. Au diable les chatteries dans le lit de sa femme ! Les servantes ne manquaient point. Il y avait longtemps que les bigoteries de ses ancêtres touchant aux choses défendues du sexe ne le tourmentaient plus. C'était de mode chez les dévots, même à la cour. Il s'en cachait pourtant. Une fille qu'il attirait une heure ou deux auprès de lui, juste pour se faire une idée de sa virilité, cela lui suffisait. Personne n'en parlait mais chacun le savait. Au reste son secret ne lui pesait guère. Qui oserait se plaindre ? La peur scellait les lèvres. C'était d'ailleurs pure plaisanterie d'abbé de cour, cette cour qui distribuait ou dédain ou louange et dont il espérait tout.

– Va prévenir M. le baron que je lui amène du gibier ! cria du seuil le laquais.

Il serrait le col du vilain qui traînait du sabot sur la pierre brossée.

– Quitte tes esclots et baisse un peu les yeux devant ton maître.

Avec ses habitudes de bourlinguer sa carcasse partout, le laboureur avait la vue perçante et n'avait garde de l'oublier. Rien de ce qu'il avait vu jusqu'ici au cours de ses barodages ne l'avait préparé à tant de magnificence. Il avançait sur les tapis profonds vers le ridicule personnage qui s'était retourné au bruit de son entrée. Ainsi c'était donc là ce baron, terreur du pauvre monde ! Fait comme tout un chacun, plus mal s'il se pouvait. C'était en cette immense salle, devant les Tables de la Loi, qu'il rendait la justice. Le Baroulaïre n'avait plus peur. D'autres auraient tremblé. Lui, il était dans la main d'un autre plus grand que tous ceux-ci, une main autrement puissante que celle de ce frère qui le poussait devant et se croyait son ennemi.

– Avance, manant. Agenouille-toi, voleur, et demande pardon.

Les pigeons, sur le flanc du voleur, étaient encore tièdes du soleil d'automne qui rasait le haut des fenêtres. Le vilain les sentait lui tenir compagnie. Il serra son bras sur la besace et redressa la taille.

– Lâche cet insolent, fit le baron au laquais, chassant d'un geste gracieux un grain de cendre sur ses chausses.

À ce moment, dans la cour d'entrée, se précisa le galop d'un cheval. Mme de Calvière rentrait de sa promenade. Le laboureur, pieds nus devant son seigneur, avait l'air d'un lièvre pris au collet. Aussi roux, soudain devenu peureux de se voir ainsi démuni présenté devant une dame, pire que s'il avait la corde au cou.

Mme de Calvière, de tout temps, avait aimé les chevaux. Fille de cette plaine qui s'en allait jusqu'à la Méditerranée par-delà les marais où le petit peuple avait acquis droit de chasse bien avant Saint Louis, elle montait en cavalier, avec des habits d'homme et des bottes souples qui lui arrivaient aux mollets. Seule femme à oser, à des lieues à la ronde, s'accoutrer de la sorte.

Elle traversa la cour d'entrée et ses talons sonnèrent sur les dalles de pierre, hardiment. La tête droite, le regard fier sous son chapeau à large bord, sa taille fine bien prise dans un justaucorps de velours brun, la baronne, rose encore de vent et grisée de sa course, n'avait jamais été si belle. Elle n'avait crainte de rien, prenait de plus en plus de grands airs avec son époux. Elle savait, la rusée, se rebeller dans le dedans sans qu'il y parût, un sourire moqueur sur sa bouche de grenade mûre. Vigourette tremblait à présent devant cette nouvelle femme qui naissait à la vie, bravant son temps bien avant qu'il en fût coutume.

La Belle, sans s'attarder, cravache en main, avançait dans la galerie, sûre d'elle et de sa beauté. Son pas se rapprochait et, derrière les portes des cuisines, la valetaille écoutait résonner l'écho d'une ferme assurance. Elle franchit le seuil, s'arrêta net devant la scène muette qui se figeait là, sous ses yeux. Le seigneur et le pauvre bougre, tous deux pieds nus mais l'un en bas de soie pomponnés de rubans, l'autre, ses pieds calleux, noirs de terre et de crasse enfoncés dans la haute lisse.

– Quel beau tableau, mon seigneur ! En vérité, on ne saurait lequel des deux est le maître de l'autre ! Ainsi, Broussetou, vous osez donc chasser sur nos terres ?

Ainsi elle avait tout compris.

D'un geste élégant elle avait enlevé son chapeau, l'avait jeté sur une console. Mains sur les hanches, encore gantées, le pied frémissant de colère, elle toisait le baron avec arrogance. Ses longs cheveux avaient croulé sur ses épaules en houle brune venue s'allumer au reflet des flammes. En apparence méprisante, elle s'approcha du manant tout ramassé de honte. Il eût voulu s'agenouiller, demander son pardon. Sa place n'était point ici parmi ces gens d'en haut. Quand elle fut à son côté, à lui qui conservait les yeux baissés :

– Allons, allons, Broussetou, montre-moi un peu ces palombes. Ainsi tu dérobes à ton maître ce qui lui revient de droit ?

Elle avait ouvert la besace et soulevé délicatement par les pattes les oiseaux raidis par la mort.

– Deux pigeons, mon seigneur ! Juste de quoi vous faire une misérable entrée. Vous qui avez tant d'appétit, pas même une bouchée.

Gaspard de Calvière, médusé, droit sur sa chaise, se retourna brusquement vers le feu pour éviter le regard de sa femme. Il ordonna d'une voix sèche :

– Qu'on lui confisque son fusil et sa poudre. À dater d'aujourd'hui, tous ceux qui possèdent une arme devront me l'apporter. Qu'on se le tienne pour dit et que l'on fasse battre tambour afin de l'annoncer partout.

Comme un sanglier taquiné de près par une meute il faisait face. Intelligent, habile, il comprenait enfin l'ironie d'une situation qui devenait insupportable.

– Laisse-moi ton fusil, Broussetou, reprit doucement la baronne en lui tendant les deux pigeons. M. le baron a raison, que deviendrions-nous si le peuple mangeait le bien des gentilshommes !

Elle souriait du coin des lèvres, à lui, pauvre manant qui n'osait pas bouger ni même regarder. En lui montait et descendait un torrent d'amour et de reconnaissance qui emportait misère et humiliation. Lui qui s'apprêtait, résigné par avance, à la potence, voilà qu'une voix douce pardonnait, mieux encore, partageait sa fierté blessée.

Laquais et serviteurs, maître et canaille de laboureur, tout se taisait. Un oiseau passa devant une fenêtre, oiseau familier, autre pigeon sans doute. Une souche craqua dans l'âtre illuminé. Le temps s'était arrêté, le temps d'une trêve hasardée. Jean Broussé, travailleur de terre, dit Baroulaïre, et de Vauvert, respira un grand coup avant de tendre son arme-gagne-pain au valet qui le serrait de près. C'était un geste généreux plus que de soumission. La Belle s'approcha résolument du baron, toute fraîche dans son odeur de vent et de collines.

– Cher seigneur, lui dit-elle à voix basse en se penchant sur lui, voyez comme la bonté vous va bien. Personne ici qui en doutât, croyez-m'en bien.

Sa bouche était brillante sur ses dents, appétissante et mûre, et le baron ne voyait pas plus haut, vers le regard glacé qui le jaugeait avec bonne mesure.

Baroulaïre n'attendit pas son reste. Un seul tour sur lui-même et il bondit vers la porte restée ouverte. Il se rua dehors où le soleil déclinait. L'ombre montait des terres et le château se découpait dans les rayons baissant sur l'horizon. Courir, courir dans le vent d'automne à la rencontre de la liberté... Avoir craint la corde ou les galères et se retrouver, pieds nus, dans la glaise des vignes... Broussé courait à perdre haleine, l'amour et la rage au cœur. Haletant, parvenu à l'endroit où il avait chassé, il s'arrêta. Alors seulement il sut avec certitude que la haine prendrait le pas sur le pardon. Il se sentit nu, dépouillé, en humeur parfaite avec ses autres frères qui ne rêvaient que de vengeance.

Là, à ses pieds, oublié de tous, gisait le gardien qui l'avait surpris. Le nez contre la terre qui avait absorbé son sang, il avait l'air de faire partie du paysage. Broussetou, étonné, se demanda un court instant ce que ce lourdaud faisait là, endormi au creux d'un sillon. Va pour les palombes, il se souvenait les avoir abattues, mais le valet ? Baroulaïre se passa une main sur le front. Sa chemise collée au corps, les chausses déchirées, pieds écorchés, était-ce bien lui qui respirait encore ? Il regarda à son entour. Le soir tombait. Les taillis buvaient peu à peu la dernière clarté du ciel voilé de brume. Rousses les feuilles mortes, dorés les rameaux des vignes dénudées, couleur de terre l'homme qui dormait, dissimulé dans les labours.

Jean Broussé se baissa pour mieux voir. La tête était paisible, les yeux à demi clos. On eût dit que le regard parlait encore. D'un coup Broussetou comprit tout et ce qu'il faisait là, revenu du monde étrange qui l'avait capturé un instant. Fuir, il ne lui restait plus que cela. Droit devant, sans retour en arrière. Retrouver ses frères dans la foi, chasser de son idée qu'il était devenu le meurtrier d'un homme que chacun avait oublié et dont la vie comptait moins que deux oiseaux tombés du ciel.

Moulins, pigeonniers et garrigue, depuis François Droulet qui faisait à présent partie de la maison et qui préférait les communs du château à sa masure de Boissières, jusqu'aux vilains qui gîtaient dans la seigneurie et jusqu'au maréchal-ferrant, lequel tenait dur comme fer à son honneur, ils étaient tous complices. Et la fièvre montait. Plus de fusils et plus de munitions, la famine se mettait en marche. Ils avaient bien besoin de ça ! Pourtant, jamais le gibier n'avait été si abondant. Poules d'eau, plongeons, canards et canardous barbotaient à qui mieux mieux dans les roseaux. La sansouïre piaillait et cancanait sans retenue au petit jour. Privés de leurs droits, gardiens de troupeaux, laboureurs, pauvres gueux, voilà que sans trêve on les pourchassait. Il n'était plus qu'en royaume d'Orange qu'ils pouvaient sans crainte s'assembler, « pays enchanté » où les habitants sont polis et la domination douce, exempts des tailles et des subsides et vivant comme dit l'Écriture : « chacun sous sa vigne et sous son figuier* ».

Las ! Pour quelques appelés peu d'élus parmi les opiniâtres. Combien s'en étaient allés se réfugier en terre étrangère, poursuivis jusqu'à la frontière par le seigneur de Calvisson ! Bref, il n'était point de maison qui ne se cachât, point de veillée qui ne fût soupçonnée. À Boissières les « sopo-sen-lun** » se serraient autour de leur maigre feu, tous craintifs, tant le seigneur était vigilant à montrer son zèle pour le roi. Ses laquais rôdaient à la nuit et toujours sa chaise de poste les poursuivait de son roulement de tonnerre, jusque dans leur sommeil ; par les chemins on n'entendait qu'elle, promettant le malheur.

* Mémoires de Mme du Noyer.

** Soupe-sans-lumière.

Ce jour d'hiver il a neigé tôt le matin. Le Bancal l'a senti avant même de mettre le nez dehors. Sa jambe lui faisait mal et il avait si froid sur sa paillasse que son rêve était blanc. Blanc de givre, glacé de branches ployées sous la bourrasque. Il n'aurait su dire si c'était agréable. Dans son rêve il oubliait tout : la faim, la crainte et même la douleur. Il échappait à toutes les prisons, planait au ciel de son Seigneur dans un silence où ne bruissait plus le sang des hommes. Aucune odeur, rien que la perception d'une blancheur sacrée : la neige de l'Agneau.

Son feu était mort depuis longtemps et l'éternité se déroulait sans lui, autour de lui. Il eût voulu ne point se réveiller. Une cloche tinta, lointaine. À travers le rideau de neige drue elle sonnait matines pour le seigneur de Calvisson, roi de son petit pays, non roi du Ciel.

« *Aisso duraro encaro très ons. Encaro très ons... encaro très ons...* » (Ceci durera encore trois ans. Encore trois ans... encore trois ans...) Voilà bien plus de trois ans que le charpentier de Cassagnas a colporté cette nouvelle. Patiemment, ils avaient tous attendu que l'Éternel les fît sortir de Babylone, mais rien n'était venu et le temps avait fui. Allaient-ils tous perdre l'espoir ?

Le Bancal bougea sur sa couche. Il vivait seul depuis que sa fille prophétisait. Partout on la demandait. À droite, à gauche. Il avait trop de respect pour la retenir avec lui, pauvre berger plus guère bon qu'à garder trois brebis. Son rêve tournait en rond. C'était par une nuit pareille à celle-ci que Vivent le François avait béni Claude Brousson, l'avocat. À genoux, la nuit de Noël, il avait reçu de son frère l'imposition des mains. La même nuit, le même matin depuis le premier Noël.

À présent le carillon des cloches portait à travers les garrigues un vent d'aube de messe. Le Bancal ouvrit un œil, tourna la tête d'où venait l'air par le volet disjoint et vit tout net qu'il était seul et à moitié gelé sur sa paillasse raide. Il n'y avait que l'hiver à l'entour et il n'avait plus envie de vivre. M. de Calvière pouvait même entrer là avec sa valetaille, le faire pendre sur-le-champ puis l'exposer à quelque carrefour qu'il s'en moquait bien en ce moment.

Il rejeta sa bure et s'assit, grelottant, sur un escabeau devant la cheminée sans feu. Il enfila ses brailles, se frotta les mains et fourragea dans sa tignasse. Il savait que s'il entrouvrait le volet il verrait blanc, comme dans son rêve. Il couchait à côté des poules. À la première lueur du jour les folles se mettaient à babiller, ignorantes des temps mauvais, des dragonnades et de la roue. Puis c'était le menu troupeau qui remuait dans sa paille avant que de bêler. Voilà que tous, là, ensemble, ils avaient laissé passer minuit et n'avaient point entendu les anges. Alors c'était que, plus jamais, il n'y aurait de paix sur la terre.

Quelques sarments bien secs n'avaient guère besoin d'étincelle pour prendre feu. Il leur suffisait de peu de flamme.

« La foi, se disait le Bancal devant son âtre, *es béléou aco. Nascu dé res. D'un paou dé fioc, amai siégué pitcho, pitcho... Paouro Bancalet ! Un paou d'aïgo-boulido dinc un mari toupin**... »

Il pensait à sa prophétesse. Elle accompagnait partout M. Brousson qui voulait toujours, par ses discours, donner des leçons à M. de Basville. Il écrivait, écrivait, lui, si savant, sans que cela servît à rien :

« Ma colombe, dit le Seigneur, qui te caches dans les fentes des rochers et les cavernes des montagnes, tu ressembles à l'Église qui n'habite pas les palais des rois ni les maisons magnifiques comme les prélats de l'Église

---

* « La foi... c'est peut-être cela : née de rien, d'un peu de feu, même petit, petit... Un peu d'eau bouillie dans un méchant toupin. »

antichrétienne, mais les bergeries, les étables, comme fit Notre-Seigneur, les garrigues et le creux des torrents. »

Étaient-ils la colombe de Jésus-Christ, ceux qui se souillaient dans une idolâtrie abominable, qui étaient sortis de la sainte communion pour entrer dans celle de l'Antéchrist et qui persévéraient dans leur apostasie, en abjurant la religion de leurs pères ?

La colombe est un oiseau doux et paisible. En était-il ainsi de l'Église romaine dure, sans pitié, pleine de gens cruels qui opprimaient leurs frères, dépouillant les vrais fidèles de leurs biens, les chassant de leurs maisons, les traînant dans des cachots, leur faisant souffrir la question, les galères et la roue ?

« Ma colombe, montre-moi ta face et que j'entende ta voix, car ta voix est douce et ta face est belle. Lève-toi, mon amie, et viens vers moi ; car l'hiver est passé, les fleurs naissent et voici le temps des chansons. N'entends-tu pas la tourterelle ? Lève-toi, mon amie, ma belle, et viens vers moi*... »

Tel était le sermon que tous les persécutés gardaient au fond de leur cœur et le Bancal comme les autres. Le printemps ! Comme il tardait à venir ! Le Bancalet, en boitillant, s'approcha de la fenêtre. D'un seul revers de main il poussa le battant et reçut à pleine volée un paysage virginal planté de lys de neige, de fleurs de givre. Une miniature d'abbaye peinte par quelque moine monté en Paradis, tiens, un de ceux de Psalmody qui se serait changé en flocon voletant et s'amuserait à l'ornement d'un livre d'heures. Qu'ils semblaient loin, le temps des tourterelles et le doux roucoulement de la colombe venant picorer dans la main tendue de M. Brousson !

---

* Célèbre sermon de Claude Brousson dont le texte intégral se trouve aux archives du Languedoc à Montpellier, carton C181.

Frissonnant, le vieux referma la fenêtre. Au loin les tours du château s'estompaient, se diluaient dans une brume blanche. Pas un cri d'oiseau. Un profond silence endormait toutes les sèves. Plus d'étoiles, berger, pour te conduire en ce Noël d'un an de grâce. « Ils doivent être des centaines amoundaou, et plus malheureux, c'est certain. Ici on a encore de l'huile, du vin, même du blé. Chacun a donné sa part au prédicant. De quoi ravitailler les nôtres, un bout de l'an qué ven. »

Le Bancal se frotta les mains de contentement. Bien caché au fond d'une grotte, son compagnon le Baroulaïre veillait au grain. Personne n'irait le chercher là, gardien vigilant du trésor confié à ses soins. Un vrai grenier. Le boiteux, au creux des cendres, fit chauffer son aïgo-boulido. Une odeur familière de thym et d'ail fuma sous le couvercle du pot. Un parfum sain et dru de garrigue rôda par la bergerie. « Là-haut ils doivent avoir faim, là-haut dans les ravines mais aussi plus près, dans les palus, protégés de la neige par le front des bœufs serrés contre la tempête. »

L'écuelle de soupe était chaude entre les mains du Bancalet. Il y frotta ses paumes jointes. Le grain du bois était aussi doux que le poli de ses sabots. Il se tailla une tranche de pain noir, la coupa en morceaux bien égaux et, de la pointe de son couteau, les poussa dans le bol. L'huile d'olive, par-dessus, cligna des yeux ensoleillés. Et le Bancal, en ce matin de gai Noël, se dit qu'il était heureux, du moins qu'il le serait, si chacun pouvait, de tout cœur, suivre M. Brousson en réclamant sa liberté avec patience, croire que son grand roi l'écoute avec sa bonté, et qu'à force de crier Noël il faudra bien qu'il vienne enfin.

Rarement en ce pays ensoleillé s'attardent les nuées de neige. Ce Noël-là pourtant s'éveillerait ainsi : dessiné à traits de pinceau, froid et de silence blanc. Un Noël comme en vivent depuis toujours les montagnards et comme en rêvent gens de plaine qui ont bonnes maisons, bons châteaux, bons commerces. Du clocher pointu tinta à cœur perdu la messe de Noël portant au monde que l'Enfant était né. Les sons volaient sur la garrigue ensommeillée, voltigeaient autour du donjon de Boissières.

Réveillez-vous chacun fidèle
Menez en Dieu joie or endroit
Louange est très séante et belle
En la bouche de l'homme droit
Sur la douce harpe
Pendue en écharpe
Le Seigneur louez
De luts, d'épinettes
Saintes chansonnettes
En son nom jouez.

Ps. XXXIII

Au clavecin, Mme de Calvière est assise. Une chaleur odorante de chandelles en cire d'abeille vacille en tremblant à leur flamme. Cela est doux, cela est bon et chacun pense, rêvant les yeux mi-clos : « Notre Dieu est venu pour nous, pauvres domestiques, pauvres laquais serviles, muets de peur et de sottise. » Ils sont autour de leur dame, unis par la musique aigre-douce qui martèle les strophes du psaume, tantôt puissante et tantôt murmurante.

La Belle est là, plus belle que jamais. On dirait une reine des cieux avec sa coiffure tout en boucles montées en diadème et couronnant son visage pur, lisse et blanc. Un fichu de soie gorge-de-pigeon entoure ses épaules et une robe de taffetas s'épanouit en rose-mousse sur ses pieds nerveux qui rythment les notes vibrées. Ses doigts fins parcourent les touches et jamais on ne vit mains plus douces effleurer un clavier pour célébrer l'enfant venu dans une étable.

Le Seigneur Éternel regarde
Ici-bas du plus haut des cieux
Dessus les humains il prend garde
Et les voit tous devant ses yeux
De son trône stable
Paisible, équitable,
Ses clairs yeux aussi
Jusqu'au fond visitent
Tous ceux qui habitent
En ce monde ici.

Noël. Personne ne bouge en le salon scintillant de tous ses lustres allumés. La dernière note est triomphante. Debout autour du clavecin, les servantes essuient une larme. Vigourette, derrière sa maîtresse, les yeux baissés, a croisé les mains sur son devantier de fête. Le silence est grand céans. Le grondement du vent courbant les pins couvre à peine le crépitement de l'énorme bûche de Nadal posée entre les chenets, massive et durable espérance de l'année qui s'avance. Tout paraît simple et bon, les douleurs oubliées dans une paix qu'on voudrait prolonger.

La Belle regarde l'un après l'autre les visages qu'elle connaît par cœur. Pas un qui accepterait de trahir en cette nuit bénie, mais demain ? Ceux qui sont là sont des fidèles ou, du moins, font semblant de l'être, résignés par avance à soumission et à pratiques. La peur engendre le parjure. Pourtant, en ce lieu, ils sont bien. La messe est commencée à l'église des idolâtres. Ils doivent en être à leur Eucharistie. Mme de Calvière, les yeux clos, devine le baron agenouillé pour recevoir l'hostie. Ridicule bouche ouverte devant la main du prêtre, sa langue blanche de trop de riches mets, qu'il digère de plus en plus mal, offerte, palpitante, à ce qu'il dit être le corps du Christ. La clochette de l'enfant de chœur s'agite plus fort. Comme ici plane le mystère de l'homme-Dieu que chacun conduit à sa manière.

Dans le salon passent des ombres et des lumières. Sur les murs palpitent d'autres yeux, d'autres bouches fermées sur leurs secrets. Ils sont là les Calvière, réformés, huguenots, sévères barbiches pointées sur la fraise empesée. On dirait qu'ils vont parler, dire à leurs manants qu'ils sont fiers de leur ténacité.

« Allons, levez les yeux et voyez ce que nous avons été : riches et respectés. Grâce à nous vous êtes sûrs de monter au royaume de Dieu. Nous avons préparé la place. Chacun la sienne, bien entendu. Le peuple agenouillé, les grands les bénissant. »

Une dernière strophe du psaume que chacun connaît par cœur, et il y en a onze. Mme de Calvière s'est levée de son tabouret, a refermé presque tendrement le couvercle de l'instrument. Il y a bien longtemps qu'elle n'en a touché, pourtant ses doigts, d'entrée, ont su retrouver leur souplesse. Au reste, tout en elle est douceur. Ce soir elle n'est que tendresse et prière. Pardonner... Ils en ont tous besoin. Dans le secret de ses demandes à Dieu est sa requête la plus difficile : « Mon Dieu, enlève de mon cœur ce sauvage amour interdit. Accorde-moi patience et ne me fais pas tomber en tentation. »

Elle a veillé à tout. Chaque maison du village a reçu, la veille, sa visite, et cependant, malgré Noël, son âme n'est que languitude.

Dans les cuisines on s'empresse. Quand le baron va rentrer avec quelques amis, il va réclamer bonne chère.

« De la biasse, toujours de la biasse ! » bougonne Vigourette dans sa barbe.

Moustachue plus que jamais en vieillissant, la brave nourrice. Son poil blanchit mais ne s'éclaircit guère. Et allez donc ! Faisans, dindons, sanglier nageant dans une sauce épaisse, poissons épanouis sur plats d'argent l'œil ouvert sur des frondaisons d'herbes fines, oreillettes blondes en montagnes craquantes dans les corbeilles enjuponnées de blanc, rien ne manquera au festin. Évêque, seigneur, vicaire et curé boiront sec. Nuit de Noël ou pas, ils ont gagné leurs indulgences en faisant leur devoir : bastonnades, potences, question ordinaire et extraordinaire, galères et prisons, bûchers et dragonnades, leur arsenal est un bienfait de M. l'intendant. On convertit, donc on sauve son âme.

La première messe s'achève. Une à une les lanternes s'égrènent dans la nuit. Aucun bruit autre que le vent d'hiver qui précède une bonne neige. La chaise du baron, escortée de laquais, de soldats de milice, se fraie un passage au creux du petit peuple courbé devant son seigneur. « Après tout, doivent penser certains, mieux vaut vivre en faisant semblant qu'être pendu par une nuit pareille. »

Abdias n'est pas de cet avis. Il a réuni ses compagnons derrière les dunes soufflées par le vent. Ils ont du sable plein les oreilles et ont rabattu leur chapeau sur leurs yeux rougis par les embruns. Le fracas de la mer couvre jusqu'aux mugissements des bœufs réfugiés dans la sansouïre.

– Il va nous falloir d'autres chevaux en même temps que d'autres armes. Cette nuit tout un chacun festoie et la garde est au sec.

Il a un grand rire, Abdias Maurel. Un rire qui fait éclater sa bouche sur des dents qui brillent dans l'ombre. On ne voit plus de lui que cette mâchoire de loup. Les autres, habitués au ton et à la voix, ont fait silence. Il y a là ceux du Cailar : Bouzanquet, Pierre le meunier, Paul Aumède, travailleur de terre, David Fulcrand le sabotier. De Vauvert et de Beauvoisin : Marc Tissot, Moïse Bernard, valet de ferme du château de Candiac, et le fermier David Giberne. Plus Jean Colombet, gardien de vignes. Seul manque à la troupe Broussetou et ils savent pourquoi. Chacun d'entre eux a dans son cœur un bon motif de haine et de révolte. Rien n'est gratuit, et c'est donnant, donnant. Coup pour coup, ainsi qu'ils l'ont appris dans l'Ancien Testament. Ramassés autour de leur chef, prêts à payer de leur existence le droit de vivre à leur guise, ils ne font qu'un.

– Avant l'aube l'enlèvement sera terminé, si nous sommes assez hardis et malins pour défier l'armée. Un mas ici, un autre là... Les écuries sont toutes derrière et nous approcherons sans bruit. Voleurs on nous a décrétés et bien pis. Tant mieux mais restons-le. Pour la gloire de l'Éternel. L'Esprit nous le commande cette nuit.

D'un geste ample et sûr Catinat désignait le nord, le sud et le couchant. Et chacun des cavaliers suivait par la pensée leur itinéraire secret. Une vague se leva debout derrière Catinat, tonnant si fort qu'elle couvrit sa voix. Un vent glacé sifflait au ras des dunes et fouettait les enganes salées. Ils aimaient ça : les plages désertes d'hiver, les solitudes infinies, les horizons où se perdent les astres, où tournent les tempêtes.

– La grande Marie nous l'ordonne de la part du Seigneur. Voyez donc tous que nous n'avons plus rien à espérer ici. Guillaume d'Orange nous trahit, avec les autres des Provinces-Unies. Nous sommes seuls, mes frères. Que Dieu nous soit en aide !

En file indienne, enveloppés dans leurs manteaux, ils se rangèrent dos à la mer. Les chevaux, à l'abri des roseaux, dressèrent les oreilles. Leurs ombres agrandies bougèrent, balayées par les tamaris. Petits, nerveux, infatigables, c'étaient de vrais coursiers, montés par de vrais cavaliers. Sans bruit, ils bondirent en selle. Lorsque leur chef leva le bras, d'un même trot, à la même cadence, la petite armée s'ébranla. Le sable fuyait sous les sabots. Quand ils eurent dépassé les dunes, se reflétèrent les marais. Le sol, mouillé de sel, crissait un peu et par moments se dérobait. Aucune route pourtant n'était plus sûre que pour ces cavaliers sortis de l'Apocalypse. Jamais aucun ne s'était égaré au travers des étangs. Même à moitié endormis, à quelque retour de veille ou de patrouille, leurs montures au pied sûr avaient toujours retrouvé le bercail : pauvres cabanes de quatre planches aux toits de roseaux séchés assujettis solides, orientées pour défier le vent.

Catinat avait pris un peu les devants. La nuit se calmait quand ils débouchèrent à l'entour de Beaucaire. Pour les assurer un sabre leur battait les flancs. La guerre commandait les armes. Attaquer les mas un à un. En douceur ouvrir les écuries et voler les chevaux. Ils étaient habiles, courageux, et un brave les commandait. Sur un signe de lui ils mirent pied à terre. Plus de lumières aux fenêtres, les bons chrétiens devaient dormir.

Ils étaient devant de riches fermes entourées de mûriers, d'oliviers, de vignes bien taillées qui dessinaient dans l'ombre des paysages familiers. Le ciel bas ouatait les bruits et le mystère s'épaississait au fur et à mesure qu'ils avançaient. Abdias savait que bientôt il neigerait. Il fallait se hâter.

Ce fut un jeu d'ouvrir les écuries. D'un claquement de langue que les bêtes connaissaient si bien, les voleurs, un à un, firent sortir les chevaux assoupis. Pas un ferraillement de mousquet ou de lame ne vint troubler le sommeil de ceux qui dormaient leur Noël en bonne conscience.

Chapeau enfoncé jusqu'aux yeux, les gueux traversèrent la cour, tenant les chevaux par la bride.

Chacun en selle remonté se chargea d'une bête volée qui suivait celle qui la précédait, et cela formait une longue chaîne de queues ballantes et de sabots qui résonnaient dans le silence. Tout dormait, ils accentuèrent l'allure. Les premiers flocons se détachaient du ciel quand ils retrouvèrent leurs aises et le ressac. Personne ne parlait chez les bouviers. Point n'était besoin de paroles vulgaires. En eux brûlait le psaume des batailles.

Dans tout le pays d'oc et la Provence on avait souhaité la trêve. Pourtant chacun avait fêté Noël à sa manière : fanatiques d'un bord, chrétiens assurés de leur salut de l'autre. Seule, la troupe de Catinat n'avait pas respecté la sainte nuit, au mépris du danger. Les Beaucairois s'étaient réveillés dépouillés de leurs chevaux, écuries vides, portes ouvertes sur le matin vibrant de carillons que la neige endormait au ras des toits ; elle avait recouvert toutes traces, les chevaux s'étaient envolés.

Quelle occasion pour enflammer la piété des ouailles qui s'engouffraient en masse dans l'église ! Jamais, de mémoire de bon catholique, on n'avait eu tant de raisons de poursuivre les hérétiques. Ainsi, il en resterait donc toujours ! Point de clémence. Et du haut de la chaire tonnait la justice immanente.

Ces événements n'empêchèrent cependant point de festoyer, durant la fin de l'an, ceux qui possédaient dans le couloir du Rhône riches vignes et bonnes moissons. Beaucaire, une des plus prospères villes du Royaume, bien commerçante et bien achalandée, pouvait sans crainte continuer à soutenir ses prêtres.

– Maudits soient ces voleurs, ces gredins qui ne respectent rien, fit le baron, apprenant la nouvelle. Savez-vous bien, Madame, que c'est Catinat, lequel vous défendez toujours, à tout endroit, et souvent devant nos invités, qui a dirigé ce coup-ci ?

La baronne ne répondit point à la question qui lui était lancée au travers de la table où ils étaient reçus, chez le marquis de Calvisson. Toute la contrée était là, des châteaux avoisinants, afin de célébrer l'an neuf. Quelle assemblée ! Marquis, baron et gentilshommes accompagnés de leurs épouses. C'était contre son gré que Mme de Calvière avait accepté cette sortie. Sise à côté du marquis, ravi pour une fois de faire la conversation avec une jolie personne que chacun autour se disputait, il arborait, étant chez lui, une mine si réjouie qu'il éclatait de suffisance sous ses dentelles et ses habits brodés.

« Dieu ! Comme il mange vilainement », pensait la baronne en le regardant par côté barboter dans son assiette et porter ensuite à sa bouche luisante de graisse une cuisse de volaille rôtie.

Tous les regards s'étaient soudain tournés vers elle. Sans faiblir elle soutint hardiment, un sourire sur sa bouche mignonne, la colère de son époux. Faisait-il donc exprès de la provoquer là, devant une assistance qui ne pouvait manquer de lui donner raison ? Ah ! le lâche ! Se sentant approuvé, il faisait ainsi le faraud. Elle l'en détesta sur l'heure. Jamais elle ne saurait lui pardonner si grand affront.

– Seigneur, mon cher époux, répondit-elle modestement, baissant les yeux, où prenez-vous que j'en tienne pour de tels voleurs de chevaux, moi qui soigne toujours avec grand amour ces animaux, comme vous le savez ?

Elle faisait face, toute belle et charmante dans sa toilette de brocart qui laissait ses épaules nues, dorées de l'été d'avant et contrairement aux dames de la fête qui se protégeaient toujours du soleil.

– Ah ! Madame. Vous aurez pour moi toujours raison, lança le marquis à son adresse. Chevaux pour chevaux, ne sont-ils pas déjà remplacés ? Et puis, ajouta-t-il, saisissant sa main pour la baiser, laissons un peu ces gueux à leur folle hérésie. Qu'avons-nous à faire de mieux, en augurant cet an nouveau, que lever nos verres à nos chères santés !

Et, derechef, il emplit la coupe de la baronne, qui s'empressa de l'en remercier, d'un vin ambré tout pétillant de bulles. L'incident paraissait donc clos et les convives reprirent à l'envi leur gaieté. En vérité, ce devait être la dernière fois que la Belle se soumettait. Tant de honte fluait en elle ! À la douce lueur des chandelles qui illuminaient le salon, il n'était que de voir tant de visages réjouis pour s'en dégoûter à jamais. Les valets tournaient autour des invités. La marquise de Calvisson, en face d'elle, à côté du seigneur de Saint-Cosme, donnait les marques de la plus vive satisfaction. Dodue autant que son époux, son menton doublait sur sa poitrine. Le visage était avenant, les yeux fort beaux, brillants de contentement, légèrement embués par le vin et la bonne chère. C'était une assez bonne personne, assez bécasse, dont la conversation roulait toujours sur les fanfreluches et la mode. Trop sotte pour jalouser vraiment la jeunesse de la Belle, elle ne considérait jamais en son miroir que le reflet de ce qu'elle avait été, ne se voyant aucunement vieillir et se coiffant toujours comme une jouvencelle.

M. de Calvière lui faisait une cour assidue, sans vergogne. Elle riait fort haut, s'esbaudissant sans grande malice de voir autour d'elle réunis gens de noblesse catholique, ou nouvellement convertie, que l'on ne rencontrait guère qu'au pré et le lundi de Pâques.

– J'espère, Monsieur, que vous saurez bien nous défendre à l'avenir contre ces scélérats, chuchota-t-elle à l'oreille du baron qui lui tenait la main sous la table, tout en s'essuyant le coin des lèvres à la nappe damassée de lin fin brodée aux armes du marquis.

Pauvre Belle ! Elle ne pouvait s'empêcher, devant tant de frivolité, tant de dédain pour les malheurs du petit peuple, de regretter la stature fière de Catinat, lequel dépassait à l'infini en véritable allure tous ces marquis et seigneurs-traîtres. Cette tablée de visages, contents de leurs richesses, était si différente de la vraie sérénité répandue chez ceux qui avaient à Noël tenu chez elle veillée interdite, qu'une tristesse désespérée la prenait, sans pour cela qu'elle montrât au jour le plus petit chagrin.

Ainsi, une année s'achevait. Fertile elle avait été en événements désastreux pour les huguenots. Ce n'était point tant l'augmentation des tailles et des impôts nouveaux qui tourmentait le peuple, mais bien la défense qui leur était faite de penser et de vivre à leur guise. Et il fallait boire à cela, se montrer courtisan en diable, ne point trop raisonner afin de préserver ses biens !

La Belle avait le cœur si serré en remontant dans son carrosse, au petit jour, qu'elle eut peine à faire ses remerciements au seigneur qui lui ouvrait si galamment la portière. Le laquais sur son siège avait les mains si gourdes et les oreilles si scellées par le froid qu'il dut faire répéter deux fois le commandement de partir. On voyait sortir des naseaux des chevaux la buée de leur respiration, et malgré la chaufferette qu'en cuisines on avait obligeamment garnie pour les invitées, la Belle avait les pieds glacés. Elle s'engouffra par la portière, après un dernier salut vers le marquis, lequel tenait si bien la boisson qu'il faisait encore le charmeur, bien qu'il fût ivre mort.

La nuit était claire, veloutée, du château partaient encore des danses, des airs de violons et de harpes. M. de Saint-

Cosme s'en retournait chez lui, content de sa veillée, fier de sa diplomatie.

– Ah ! ma mie, fit-il en s'installant en face de sa femme, quel enchantement que ce château ! (Il souriait de-ci, de-là, sans regarder de face la Belle qui baissait la tête.) N'êtes-vous point fâchée de la parole que je vous fis tantôt ? questionna-t-il encore, bâillant à s'en décrocher la mâchoire.

Était-il besoin de répondre ? Déjà il n'entendait plus. Raide sur son coussin, écarlate et content de lui, il dormait.

8.

Dans toute la Vaunage, comme dans les montagnes, se levait un vent de prophétie. L'Esprit soufflait, donnait des ordres que l'on suivait aveuglément. Même les petits enfants s'agitaient dans des convulsions surprenantes. Des phrases en bon français sortaient haut et clair de leurs bouches, eux qui n'entendaient jamais que du patois. Plus le baron frappait, plus on se rassemblait. On ne comptait plus les obstinés qu'il avait envoyés aux galères.

Torturé dans ses œuvres vives, le seigneur de Saint-Cosme ne se sentait guère en qualité d'accomplir ses devoirs d'époux. Sa vessie le gênait de plus belle et la maladie aggravait encore son hypocrite cruauté. Mme de Clavière n'avait garde de s'en fâcher. Quel répit qui arrivait au bon moment et laissait liberté à ses rêves ! Elle se montrait à l'encontre de son mari toujours d'égale humeur et de calme apparent.

Bien des saisons avaient passé, emportant bien des espoirs et bien des illusions. Un autre hiver allait s'enfuyant et les premiers canards sauvages criaient par les étangs, se poursuivaient à grands bruissements d'ailes dans les roseaux. Derrière les lourds rideaux de damas cramoisi la baronne guettait le retour des hirondelles. Un accent pointu d'ailes noires se posa un matin sur le toit du donjon. Fenêtres ouvertes, la Belle était éveillée à l'aube par le vacarme des gosiers jaunes affamés réclamant leur première becquée. Le soleil sortait tôt et chauffait les pins au fort du jour, leur senteur résineuse se mêlant à celle des buissons d'aubépine. Les servantes préparaient les tenues pour l'été et reléguaient les couettes dans les combles. On battait les tapis, on fermait dans les coffres les épaisses courtines sur du poivre cassé.

Un sang neuf courait aux veines de la Belle qui songeait à prendre à nouveau ses collines ; elle les voyait changer d'heure en heure. De minute en minute l'horizon s'éclairait. L'amour lui remontait au cœur et elle avait envie de chanter. Oublier, elle ne pouvait. Mais courir et danser sa jeunesse qui s'envolait, volait, à tire-d'aile d'hirondelle.

Le colporteur n'était plus revenu et l'on disait qu'il s'était fait pendre. Il y avait une servante nouvelle, toute jeunette et tendre, dont le baron, il n'y a pas longtemps, aurait fait ses délices. Cheveux blonds tout en frisottis retombant de chaque côté de ses joues roses, toujours à se mirer de-ci, de-là et ne comprenant pas un mot de français, il fallait la commander en oc et Vigourette ne s'en privait point. Elle avait appris à broder au couvent et le point de Beauvais n'avait pour elle aucun secret. Petit point, point hongrois, de Paris ou de Gobelins-droit, elle en remontrait à la baronne. Il fallait la voir, penchée sur son canevas, tirant une langue de petit chat, toute frisquette sous son bonnet blanc. On l'appelait « la petite Marie ».

Un nouveau laquais faisait aussi son entrée, lequel, soi-disant, devrait remplacer ce pauvre Gédéon et s'occuper à surveiller un peu la maisonnée. Un vrai Robin, ainsi qu'il fut surnommé dès le premier jour, mais un malin qui ne parlait guère. Recommandé par le curé Daignac de la paroisse de Boissières et grand ami de Mgr Fléchier, il avait été engagé au vu de sa bonne mine : grand, avec des cheveux roux qu'il laissait flotter sur ses larges épaules et qui lui donnaient l'air d'une bête des bois. Campé sur des jarrets solides, il semblait fait pour les rudes ouvrages. Il ne se gênait guère pour « espincher » un peu partout et la baronne le croisait sans cesse sur sa route, où qu'elle se trouvât.

– Je vous dis que celui-là est venu pour nous espionner, dit un jour Vigourette à l'oreille de sa maîtresse. Voyez un peu comme il vous suit partout.

Elle, redressant fièrement sa forte taille, plantait son regard noir dans les yeux du rouquin jusqu'à ce qu'il baissât les paupières. Un jour qu'il paressait dans sa cuisine où il n'avait que faire, elle s'approcha de lui, ajusta son bonnet d'un maître coup de poing, et lui fit :

– Vous seriez pas un petit rapporteur, vous ? Vous seriez pas en train de nous épier tous pour aller répéter tout de go au vicaire ce qui se passe ici ? Hein ?

Mains sur les hanches elle le défiait vaillamment, si proche que son souffle vint à lui chatouiller l'oreille. Ledit Robin se leva brusquement, ramassa son chapeau et sans plus demander son reste sortit l'échine basse. Il n'avait pas l'air très méchant et la brave nourrice regretta sur-le-champ de l'avoir ainsi malmené. Le service marchait, que demander de plus ? Qui pourrait être assez faraud pour seulement tenter de remplacer son garde-chasse si fidèlement dévoué, mort à la peine ?

Chaque jour voyait, la nuit venue, la nourrice porter ses pas sur le tertre où reposait son époux. La tombe ne se distinguait plus désormais, couverte d'herbes et de fleurettes des champs. Aucun dragon, fût-il des plus malins, ne saurait s'aviser de découvrir l'endroit où dormait l'hérétique. Même le baron ne soupçonnait rien, chacun à son entour lui ayant assuré que le vieux était retourné chez le père de Belle. Savait-il, ne savait-il pas, voulait-il éviter nouvel ennui à sa maison ? Si la chose avait transpiré, on eût déterré le bonhomme afin de « faire un procès à sa dépouille ». Cela s'était connu à Montpellier pour la demoiselle Carquet dont la tête avait roulé dans un ruisseau, sortie de la poussière où son corps eût dû reposer jusqu'au Jugement dernier. Vigourette frémissait d'horreur à la seule pensée que son pauvre mari fût profané par ces brigands venus de Babylone. Se méfiant de tous, elle passait derrière le château, furtive, contournant la maisonnette où elle avait vécu. Maintenant, volets fermés, on attendait que le baron y logeât quelque jour ses dragons, dès qu'il viendrait à soupçonner un manquement aux offices de l'abbé Daignac. Raide en ses cotillons, cachée par le cyprès et col baissé sur la tombe, Vigourette joignait les mains et murmurait le Notre Père.

Ainsi la surprit un jour le Robin qui rentrait un dimanche à cheval au château, après sa tournée au village. Il s'arrêta, surpris, la considérant à son aise. Était-il possible que ce tard-venu soit au courant ? Derechef, faisant semblant de cueillir les laiterons nouveaux qui montraient tendrement leurs pousses ici et là, la nourrice le héla :

– Holà, Robin ! Tu fais gaillarde mine. On voit bien que l'air d'ici te réussit.

Sans bouger de sa place elle se campa, écartant un peu les jambes, droit sur le tertre de son vieux, et d'un grand rire lui montra qu'elle aussi savait tirer profit de son dimanche en musant par les vignes. La jovialité n'étant guère dans ses habitudes, à son endroit du moins, le rouquin, étonné, salua, tourna bride et rentra dans les écuries. Ainsi, souvent, ces deux-là se prenaient du bec. Sinon tout marchait dans « le domestique ». Il fallait bien. En dehors de ses chasses à l'homme, le baron ne s'occupait guère du train de sa maison. Il avait bien d'autres soucis. Les bouviers en particulier qu'il eût voulu surprendre et faire pendre devant lui. Disait-on pas qu'Abdias Maurel présidait, lui aussi, des assemblées, qu'il était si rusé et connaissait si bien les lieux que l'intendant, malgré son acharnement à découvrir le scélérat, était prêt à mettre à sa poursuite un régiment.

– Ça, ma mie, dit un jour le baron à sa femme, voyez comme le temps est beau et se prête à la promenade.

Ils étaient tous deux à déjeuner sur la terrasse, au soleil déjà chaud, se régalant de café qu'il avait ramené de Paris et de pain chaud enduit de beurre d'Avignon, qu'on disait le meilleur.

– Il est sans doute bien inutile, Madame, que je vous prie de m'accompagner ? ajouta-t-il d'un ton railleur.

Il se levait sans même attendre de réponse, tapotait deux ou trois miettes qui gâtaient son pourpoint, lui faisait un bref salut et l'abandonnait, lui tournant ses talons qu'il faisait claquer sur la calade.

Quelle journée ! Juin fleurissait aux bois, la garrigue s'enchantait des cigales ; des vignes en fleurs étoilées sourdait le Cantique des cantiques.

« La vigne en fleur exhale son parfum
Viens, viens, ma bien-aimée... »

La Belle, à travers l'appel de ses collines, entendait la voix d'Abdias lui parler d'amour. La brise du matin lui portait ses paroles, elle s'en enivrait, c'était une voix humaine qui lui parlait de Dieu et qu'elle fondait en son cœur.

Repoussant tout soudain sa chaise elle se dressa et, encore en toilette de matinée, rentra dans sa chambre pour se préparer à galoper, tout ce beau jour, sans souci du baron. Qu'il aille donc rendre gloire à Marie, aux saints, au pape s'il voulait, cela n'était point pour elle de son goût. Elle avait mieux à faire, joindre les siens en assemblée.

Une fois revêtue de sa tenue de cavalière, elle fit seller sa jument grise. Le Robin la lui conduisit, toujours poli. Peu à peu, il savait se faire entendre de tous. On revenait de l'opinion que l'on avait sur lui et Mme de Calvière ne le détestait point, même quand il fuyait ses yeux, embarrassé de la voir si fraîche et de senteur fleurie. D'un bond elle monta en selle et peu après franchit le Rhony, s'émerveillant de la douceur de l'air, des chants d'oiseaux qui s'égosillaient dans les arbres. Sa poigne était ferme, pourtant douce, et le mors serra la bouche de l'animal sans le forcer.

Parvenue devant Calvisson, elle s'arrêta au pied de la colline. Là, au creux du vallon, devait se tenir assemblée. Les fanatiques s'étaient, bien sûr, donné le mot, chacun étant assuré de l'autre du secret.

L'air était transparent et l'horizon déployait son éventail de nacre vers l'infini des marécages. La Belle contemplait le domaine interdit. Il eût suffi d'un saut pour abolir toutes distances. Mais ce saut était à la mesure de ses défenses : infranchissable. Le rêve prenait le relais de ses illusions. Tout devenait permis, elle avait dépassé le seuil du septième commandement et n'était plus chaste en ses désirs. Elle imaginait des étreintes, de folles équipées au milieu de solitudes amoureuses, des gestes passionnés, violents et tendres. Un monde défendu où elle abordait sans contrainte.

Elle défit ses tresses, libérant ses longs cheveux noirs. Le vent tiède se glissa dans son cou quand elle dégrafa son justaucorps de velours bleu. C'était si bon ! De sa fine main gantée de gris elle caressa la croupe de la jument docile dont les oreilles se mirent à bouger de contentement. Tout leur plaisait à l'unisson. La journée serait belle, sereine. Un autre jour et puis des nuits de pleine lune et d'étoiles, sans penser au malheur qu'on voudrait oublier. Son cœur était plein d'amour et retournait à l'aube de sa jeunesse. Toute la sève de ses quinze ans battait en sa féminité à l'évocation d'Abdias Maurel.

Autour d'elle la garrigue frémissait d'une ardente saveur, riche, foisonnante de sons et de parfums qu'elle redécouvrait. Le vent fouettait les oliviers et balançait les pins en roulant des complaintes.

Le soleil se leva d'un trait derrière les villages assoupis de la Vaunage. La baronne, d'une pression de talon plus légère que le vol d'une abeille, enleva sa jument qui se mit à descendre d'un pied agile à travers les fourrés.

Comme des fourmis sortirent des taillis et des sentes les besogneux d'une foi défendue. Pas un qui ne fût réjoui en ce matin où tout leur manquerait pourtant des choses d'ici-bas. Prêts à braver l'Inquisition, ils osaient se réunir en plein jour, entourés de soldats en armes qu'ils étaient, pour l'instant, tant l'amour débordait de leur entendement, tout prêts à prendre pour des frères.

La tramontane grondait si fort qu'on n'entendait point leurs esclots dans les pierres. Ils se groupaient sans parler, déjà unis par la présence de petit Marc monté sur une souche d'olivier et qui dominait l'assemblée. Mme de Calvière se tenait un peu à l'écart, derrière un amandier. Son cheval avait baissé la tête. On eût dit que lui aussi attendait la manne céleste.

– Rapprochez-vous de moi, mes frères, en cet instant pour que la voix de Dieu se fasse entendre parmi nous.

Il parlait bien, ce petit Marc. Sorti de rien comme les autres mais quand l'Esprit l'habitait il avait des accents de prophète.

– Chantons au psaume XLVII :

Or sus tous humains
Frappez en vos mains
Qu'on oye sonner
Qu'on oye entonner
Le nom solennel
Du Dieu Éternel...

« Comment font-ils ces paysans pour chanter en si bon français ? » se demandait la Belle en entendant s'éparpiller les belles rimes à travers les branches.

L'harmonie sourdait à droite, à gauche, les sons paraissaient s'évanouir, puis une voix dominait ici ou là et frappait en flèche les oreilles, pour repartir un peu plus loin et venir murmurer au cœur. Vint le moment où petit Marc prêcha. Un humble sermon, tout de vaillance, où il puisait un peu partout ce qu'il avait appris des lettres du refuge. Chacun buvait ses paroles et comprenait le principal. Il dit :

– Prions. Seigneur, qu'il te plaise pour l'avenir nous soutenir par ta vertu, afin que par l'infirmité de notre chair nous ne trébuchions point. D'autant que nous sommes environnés et affaiblis continuellement de tant d'ennemis que le diable, le monde, le péché et notre propre chair ne cessent de nous faire la guerre, veuille nous fortifier par ton Saint-Esprit et nous armer de grâces afin que nous puissions constamment résister à toutes les tentations jusqu'à ce que nous obtenions une pleine victoire, pour triompher une fois en ton Royaume, avec notre capitaine et protecteur Notre-Seigneur Jésus-Christ.

Amen... emporta le vent d'un même chœur. Et durent l'entendre les oiseaux nichant dans les murettes et les renardeaux blottis dans leur terrier.

– Mes frères, reprit petit Marc, il y a ici présents le vin et le pain de la Sainte Cène. Que ceux qui veulent y participer s'approchent en silence.

On vit alors, disciplinés, fervents, rangés les uns derrière les autres, s'avancer à pas lents les affamés de Dieu. La Belle, de son endroit, vit s'approcher Abdias et ne vit plus que lui. Il marchait le regard en haut, mains croisées sur son chapeau qu'il tenait devant lui, son visage à nul autre semblable en puissance et en grandeur farouches, absent de la foule, détaché. Face à son Dieu, il osait.

Sur une planche appuyée sur quatre bâtons fichés en terre était posé un plat d'étain rempli de pain coupé en menus morceaux. À côté, une bouteille de cuir pleine de vin.

– Élevons nos esprits et nos cœurs en haut où est Jésus-Christ en la gloire de son Père. Et ne nous amusons point à ces éléments terriens et corruptibles que nous voyons à l'œil et touchons à la main pour le chercher là comme s'il était enclos au pain ou au vin. Contentons-nous donc d'avoir le pain et le vin pour signe et témoignage, cherchant spirituellement la vérité où la Parole de Dieu promet que nous la trouverons.

Tout se taisait autour du prédicant illuminé de majesté soudaine : taillis, ronces, épines, arbustes nains ou forts qui avaient, pour venir au jour, travaillé la terre et poussé les cailloux.

Droite sur ses étriers, la baronne suivait les gestes du pasteur. Elle n'entendait pas sa voix mais point n'était besoin. Ce fut cet instant solennel que choisit Gaspard de Calvière pour fondre sur les hérétiques. Tous plongés dans un état de grâce, pas un ne pouvait échapper. Le baron s'était fait escorter de soldats de milice en plus que ses laquais. Si grande était sa haine et si fort son contentement de les surprendre au nid qu'il ne vit point sa femme s'égailler derrière la colline. La Belle eut juste le temps d'apercevoir Catinat, couché sur sa selle et bras levé, faire signe qu'il allait chercher du renfort. Hélas ! Voici les opiniâtres fuyant de tous côtés au milieu des cris, éparpillés avant que de se rendre.

– Je veux les femmes, commandait le baron. Saisissez-vous du prédicant vivant.

On ne voyait que lui au fort de la mêlée. Le plus enragé à vouloir leur défaite. Traînées par les cheveux, trois filles qui se débattaient comme diablesses furent prises. Plus quatorze huguenots. Le reste comptait peu. Petit Marc ne s'était pas même défendu. Tout à son oraison, peu lui importait de souffrir mille morts. Cela lui revenait. Il n'était ni beau ni savant, dans son humilité il eût voulu payer pour tous, être le seul. Il cria, blessé et pantelant, couvert de sang :

– Laissez-les donc aller. Moi seul vous rendrai comptes, s'il y a lieu de vous en donner.

De tous côtés partaient les cris habituels des dragons rouges : Tue... Tue ou catholique.

Petit Marc, tiré par les cheveux qu'il portait longs, se présenta devant le baron, grand seigneur de grande prestance qui le considérait du haut de sa monture. Il avait un air si vainqueur sous son chapeau à large bord que le pauvre ministre n'eut besoin que d'un seul coup d'œil pour être assuré de sa mort imminente. Sa chemise arrachée laissait flotter au vent des manches en lambeaux. Il avait perdu ses souliers, et ses jambes à demi rompues ne le soutenaient plus.

– Ainsi voici notre prédicateur ! Notre fier pasteur d'hérétiques !

Le baron, un poing sur la hanche, mains gantées, plume au vent, retenait son coursier frémissant. Autour de lui les soldats ricanèrent.

– Voyez donc cet insolent qui nie et qui blasphème. Et, qui plus est, essaie d'entraîner à sa suite cette canaille à nos entours.

Les filles enchaînées osaient encore le braver, la tête haute.

– Emmenez-moi ce joli monde au château. Qu'on fouette ensuite les trois filles, devant l'église, en présence de tout notre peuple. Quant à vous, manants, vous êtes quatorze il me semble. Notre roi a grand besoin de vaillants équipages pour garnir ses galères. Vous ferez tout à fait l'affaire.

Un grand rire parcourut les rangs de la troupe.

– En route, prédicant. Passe le premier devant moi.

Et Gaspard de Calvière, d'un coup sec de badine, cravacha la joue de petit Marc. La tramontane redoublait quand ils débouchèrent dans l'allée qui menait au château. Le jour était dans son plus vif éclat. Clair et sec, pétillant. Un air parfumé de fête et d'épices, dimanche riche en sucs de bonnes venaisons, se laissait porter par le vent aux narines des prisonniers. Le soleil inondait les sentiers traversés de rayons et chauffait l'échine des gueux traînés par les cailloux. Les sabots des chevaux crépitaient joyeusement, fièrement eût-on dit. Une marche d'entrée triomphale.

Le baron en tête, ils arrivèrent dans la cour d'entrée. Personne aux fenêtres, aux portes le silence. Un château déserté alors que le seigneur aurait voulu faire sonner les cloches pour célébrer une victoire. Un pin tordu avait poussé jusqu'en haut de la tour et une de ses branches s'étendait à l'horizontale, presque à hauteur d'homme, leur barrant le passage.

– Voilà ce qu'il nous faut, fit le baron en désignant la bonne potence. Voilà qui sera parfait.

Il se tourna d'un trait vers la cohorte figée sur place :

– Qu'on me pende ça haut et court.

Pauvre petit Marc ! À demi mort, son esprit voyageait déjà par les nuages. Il n'eut guère le temps de s'apercevoir de son sort. Encore heureux qu'il échappât à la torture ! « Mon Dieu, reçois-moi en ta sainte garde », eut-il la force de murmurer avant de basculer à deux pas de la calade tapissée d'aiguilles de pin.

La Belle regardait du haut de la tour. Elle ne pleura point. « Plus jamais ne sortira de ma bouche une plainte », se jura-t-elle au vu de Marc Laurier balancé sous sa branche.

Et tandis que la bourgeoise milice escortait la canaille entravée sur la place, elle se dit que là s'achevait sa jeunesse.

9.

Là-bas, vers l'horizon, Catinat se faisait la main. Il devenait féroce loup. De jour, de nuit, se battre le harcelait, ne lui laissait aucun répit. Pas de temps pour penser au beau temps, au sable chaud, si doux, à son corps épuisé de batailles. Comme il eût aimé s'y rouler, pareil aux juments en chaleur, quand le sang bat leurs flancs ! Les lys des sables ouvraient leurs étoiles en odeurs enivrantes, sans même qu'il s'en dilatât à la nuit les narines. Il ne partageait plus les jeux de ses compagnons avec les bouvillons. Il leur fallait des armes. Plus s'avançait l'été, plus Catinat devenait sombre. On racontait tant de misères ! La grande Marie venait parfois s'acagnater à leur feu du soir. Elle en disait, elle en savait des choses ! On aurait dit une vestale quand elle s'asseyait auprès d'eux et restait chastement recueillie durant des heures avant de laisser sortir de sa bouche des voix qui les commandaient

Ce fut par une de ces belles nuits du solstice d'été qu'ils conçurent un plan qui devait les rendre invincibles, du moins à ce qu'assurait la prophétesse. Tout dans la tête. Nul besoin de dessin, de plan savant élaboré. Au dernier moment il suffirait que l'Esprit leur en dictât l'allure.

Rassemblés autour d'un feu de ramures salées qui pétaient en faisant un écran de fumée, les vachers devenaient nerveux. Les marais leur donnaient les fièvres, les moustiques dévariaient les troupeaux et les chevaux ruaient, harcelés qu'ils étaient, nuit et jour sans repos.

La plus longue nuit de l'année... Ils auraient pu faire l'amour et non la guerre ; avoir des pensées autres que tueries et révoltes, mais aucun d'eux ne pouvait oublier le sort des trois filles fouettées sur la place de Calvisson avant d'être enfermées à la tour de Constance. Sans parler de ces événements, la plaie béait à l'intérieur d'eux-mêmes... Chaque nuit, à l'heure où se lève la lune pour laquer les étangs de lumière, ils se tenaient à l'écoute des souvenirs : la corde bien mouillée claquait, à longues et lourdes brassées qui fendaient le cul blanc des filles exposées à la rue. À chaque coup de fouet le sang giclait et les badauds riaient à gorge déployée, couvrant de leurs cris le supplice.

Abdias, les dents serrées, couvait sa haine. Quatorze frères expédiés aux galères en ce même jour de printemps, petit Marc au bout d'une potence... Aigues-Mortes et sa tour sinistre. Leur paysage à tous, leur petite Chanaan souillée à tout jamais.

Catinat ne pouvait plus dormir. Du haut de son cheval il regarda vers Aigues-Mortes. La mer battait doucement derrière lui, régulière, calme et ronronnante comme un gros chat qui vient de s'endormir. Sur sa gauche, d'un bond, il aurait pu joindre le pays de sa Belle. Mais il était un homme de guerre et n'avait point de temps à perdre pour l'amour. C'étaient histoires de femmelettes ou de gentilshommes-mignons qui mélangeaient parfois les deux.

La Saint-Jean ! Ils devaient sauter par-dessus les feux au château. Le baron voulait voir son monde réjoui et la coutume était bonne. La valetaille devait s'en donner à cœur joie en oubliant les jours méchants.

Catinat fit virer brusquement son cheval. Les vachers ronflaient tous, emboucanés dans leurs manteaux jusque par-dessus les yeux. Le sable était humide, bien damé entre les salicornes, quand Abdias s'enfonça dans la sausouïre, à pas comptés, droit sur Boissières. La nuit était calme et devenait chaude à l'ouest plus il s'éloignait de la mer.

Quelques pluviers cancanaient encore à travers les roseaux, cherchant leur nid. Un parler d'oiseaux tard couchés puisque l'air était doux et le ciel clair vers le couchant. Il contourna les étangs, prit entre Le Cailar et Vauvert, passa devant le château de Candiac qu'il laissa à bonne distance. Aux quatre points cardinaux la belle nuit d'été s'éclairait de lueurs. Un vaste incendie semblait allumer la plaine, dessinant les contours des collines. Ça craquait et ça sautait un peu partout, de tous côtés. Le cavalier avançait dans l'embrasement d'une fête. Il ne cherchait point à se cacher, la garrigue était accueillante avec ses chênes verts, ses amandiers en feuille tendre, ses bosquets d'oliviers.

Abdias arriva devant le château de Boissières insolemment perché, rouge et or, illuminé comme en plein jour. Des ombres noires sautaient par-dessus les feux. Des farandoles s'enroulaient, des rondes folles s'envolaient et le ciel se veloutait d'étoiles. Catinat avait le cœur serré. Derrière le château, l'ombre des grands pins se montra hospitalière au soldat de la nuit. C'était là qu'il fallait aller pour achever de se gorger de haine. Comment tenir sans la mémoire ? Ne jamais oublier. Au reste, comment le pourrait-il ?

Les aiguilles de pin étaient douces et le cheval avançait au petit pas, sans bruit. Un chemin de mousse s'ouvrait devant lui. Ici, on n'entendait plus que la brise. La fête s'éloignait. Le château sombre était plus en accord avec Abdias Maurel. Il écouta. Ils chantaient et s'amusaient tous. Tout le village était là. L'amertume et le dégoût envahirent l'âme du fier Catinat. « Elle aussi doit régner sur la joie. Sans doute elle chante aussi, en accord avec son baron. » Solitaire et désespéré, il n'avait plus envie de se battre.

Il ferma les yeux, faible un instant plus qu'une femme. La sève des pins, chaude encore de soleil, sentait l'été. « Rester encore un peu à l'abri du Seigneur. Qu'Il réponde à ma voix, qu'Il me dise, à moi pauvre bouvier, qu'Il veille sur Ses sujets. Qu'un instant, Il daigne porter Son regard sur Son petit peuple assiégé. »

On entendait pétiller les feux de joie et Catinat aurait voulu s'endormir à jamais. De l'autre côté d'un ruisselet, droite ainsi qu'un lys en paradis, se tenait Mme de Calvière. La lune s'était glissée au ras des arbres et dessinait l'ombre de son cheval attentif. Blanche et bleutée de lumière, si proche, à la fois charnelle et irréelle, il n'aurait eu qu'à étendre la main pour mesurer son rêve. Aucun geste ne les trahissait tant était grande leur peur de dissiper le songe trop beau de la Saint-Jean d'été. La Belle laissait comme d'ordinaire flotter ses longs cheveux. D'un seul regard Abdias embrassa tout de la femme de chair, sensuelle, abandonnée d'avance dans son espérance à l'attendre après les longs jours de l'hiver.

La farandole s'éloigna, revint, tourna autour du brasier. Partout brillait la nuit. De château en moulin, de folie en oubli, d'espérance en terreur, de convertisseurs en opiniâtres, dansaient des silhouettes comme pantins au bout de fils. Quelle nuit ! Belle nuit, chaude nuit brasillante d'étoiles infinies posées sur les épaules des amants en écharpes de soie ! Mais les amants de Boissières ne pouvaient pas s'étreindre à la façon des ordinaires qui s'accouplent au fort de leur fièvre au creux de quelque haie ou derrière une meule de paille. Ou dans les grottes perdues où prophétisait Marie la Grande.

Possédés ils étaient dans l'échange de leur passion entière contenue. En cette nuit de feu il leur aurait suffi de prendre racines en cette terre qu'ils foulaient à l'unisson et qui n'oublierait plus la minute où ils furent si totalement l'un à l'autre, séparés. Catinat et la Belle ! Catinat au visage terrible et ravagé, et la Belle qui découvrait l'amour qu'elle attendait. Hivers, printemps, automnes, tous avaient fui, les années avaient coulé, inutiles, pour aboutir à cet instant unique. Les chevaux s'étaient rapprochés, col baissé et presque à se toucher.

– Ah ! Madame, murmura Abdias tout près de son oreille, accepterez-vous d'entendre ce qui chante en mon cœur ? Un psaume d'amour à votre endroit, si beau, bien que désespéré, que je ne peux le garder ce jour sans vous le faire entendre. Il dit que je vous aime d'un amour si puissant que le seul fait de vous avoir ainsi tout près de moi suffira pour me rendre heureux, même au sein des pires tourments.

Il plongeait son regard hardi, tant amoureux, dans les yeux éperdus de la Belle qui lui répondaient en un langage resplendissant d'étoiles et de larmes. Abdias avança alors une main qui se fit douce en remontant la croupe du cheval de la Belle pour venir s'arrêter sur son épaule nue, à l'endroit où s'attachait son bras, si fin et délicat, chaud et si doux que c'était à perdre la raison. Elle pencha la tête vers lui, il approcha la sienne. Leurs lèvres se touchèrent si près que leur odeur se mêlait dans un enivrement des sens où ils sentirent qu'ils demeuraient l'un à l'autre à jamais.

Soudain, un appel juste derrière eux les fit tressaillir et se quitter tremblants de leur désir, égarés. Vigourette cherchait sa Belle, toujours inquiète dès qu'elle n'était plus sous sa garde. C'était donc fini. Le temps allait reprendre son cours. Catinat se ressaisit le premier. Ne s'étaient-ils pas tout dit ? Leur Dieu ferait le reste. Le soldat, d'une pression de ses talons, fit tourner son cheval. La colline descendait devant lui. On n'entendait plus que les voix des servantes s'appelant de tous les côtés. La nuit poursuivait sa course, tout sembla basculer dans le cœur des amants.

« Y a-t-il encore des heureux en ce monde où nous sommes ? » se demanda la Belle.

Un galop lui répondit, l'aventure s'éloignait avec un bruit d'averse, comme après un violent orage.

Partout, à chaque carrefour et de temps immémorial, à chaque détour de chemin creux, surgissaient des hordes de gitans. Jamais on n'en vit tant qu'en cet été flamboyant de grenadiers en fleur. Ils étiraient leurs caravanes au long des routes poussiéreuses, hardis et fiers, roulant leur bosse au gré des ombres portées, faisant halte à quelque fontaine pour s'y désaltérer.

Bourgeois, manants, réfugiés derrière le treillis de leurs portes-fenêtres, regardaient passer, apeurés, attirés, subjugués, les mystérieux voyageurs. Les caraques, que la faim faisait sortir comme les loups d'un bois, se présentaient sur le seuil des maisons, leur vannerie en équilibre sur la tête, une main retenant la porte qu'on leur claquait au nez. Seule la noblesse de Camargue respectait leur honneur, suivant en cela une loi de l'hospitalité qui remontait à bien des lunaisons.

Mme de Calvière, au cours de ses chevauchées, en rencontrait parfois. Ils barraient son passage, soulevaient leurs chapeaux pointus en riant de toutes leurs dents, et elle répondait à leur salut par un sourire ou un signe de main.

Il y avait toujours au château quelque repas mis de côté, Vigourette obéissant aux ordres de la Belle. Rien ne devait se perdre, ni draperies, ni cotillons, ni frusques bonnes encore. Tout cela propre et net, bien arrangé en baluchon, toujours prêt à l'office. Il n'était pas jusqu'au plus petit brin de tabac à priser de M. le baron qui ne fût économisé à leur dessein.

En cette année où la peur était bien installée dans chaque foyer les caraques osaient encore chanter de leur façon, battre du tambourin à grelots, faire danser leurs ours sur les places où les badauds venaient à la nuit s'éclaircir les idées. Qu'ils étaient beaux, les baladins au clair de lune ! Les oripeaux chatoyaient de paillettes, les yeux et les dents étincelaient dans la nuit bleue, les longs cheveux des femmes brunes se soulevaient à la brise comme les vagues de la mer d'où elles paraissaient jaillir.

C'était par ces nuits sans pareilles, éternelles, claires et veloutées, que la Belle aimait attendre le lever du jour de la terrasse où elle s'endormait, bercée par le chant des grillons. Elle sortait quand le château, enfin silencieux, permettait à son rêve de s'en aller là-bas, vers les palus et la mer bleue. Pieds nus, la pierre chaude du jour la caressait, calmant sa fièvre. Tout était si doux à son entour !

Les murs vivaient leur immortalité et l'étrange beauté calme des pierres rendait familier à la Belle le sortilège de la nuit.

Ce soir-là, tandis que sur le rempart face à la plaine, nuque renversée pour mieux boire à la source chaude des étoiles, elle apaisait la soif d'amour qui la consumait, elle ne vit la bohémienne que lorsque cette dernière fut sur elle. Cela se fit silencieusement, si naturellement qu'elle n'eut peur une seconde. L'apparition était là, devant elle, immobile. La Belle ne fit pas un geste. Pourquoi soudain se sentit-elle si proche de la vagabonde dont les yeux ardents la fixaient en une prière passionnée ? Peut-être étaient-elles sœurs d'un même voyage, d'une même illusion, en partance pour une autre patrie ?

La femme tenait ses bras croisés sur sa poitrine, cachant au creux de son giron un chat soyeux dont les yeux de turquoise posaient sur la Belle leur énigmatique regard. Mme de Calvière ne pouvait détourner sa vue du pouvoir des prunelles bleues. La fille souriait toujours et sa main caressait le doux pelage de la bête dorée dont le ronronnement venait aux oreilles de Belle comme un appel d'amour. Elle avança une main vers le chat, mais la gitane s'empara de la paume tendue d'une ferme pression, l'emprisonnant entre ses doigts.

– Prenez ce seigneur-chat. Il est à vous dès maintenant. Partout il vous protégera, vous gardera, mieux que le plus cher des amants.

Elle parlait d'une voix rauque et basse qui entourait la Belle d'un charme irrésistible.

– Je lis dans votre main qu'il vous faudra toujours prendre patience. Bien des malheurs seront sur vous. Je vois beaucoup de sang à votre entour. Prenez-y garde. Cette bête vous guidera. Elle vient d'un pays loin d'ici et n'a pas d'âge. Nous, les nomades, on vous devait bien ça au milieu de tant de périls. Qui sait si nous nous reverrons jamais !

Le chat ne bougeait pas et levait vers la Belle un visage menu, racé, plein d'une insaisissable expression. La gitane avait lâché la main de la baronne. Une telle paix descendait de l'espace infini, l'heure était si prenante que la Belle sentit à peine échoir entre ses seins le fardeau doux et chaud. Le chat alors se fit pesant et recommença à ronronner contre elle. Elle le pressa et rencontra la soie tendre du ventre où sa caresse s'abandonna. Une foule de sensations obscures et nouvelles l'emplissait d'une telle joie qu'elle ne vit pas disparaître la fille par le sentier qui descendait à travers la garrigue. Plût à Dieu qu'elle restât ainsi, sans autre pensée que le moment présent, sans plus songer au devenir des siens, ayant au cœur son amour préservé de tout mal !

La nuit était profonde et sûre, le silence parfait, quand enfin elle se décida à rentrer, l'animal précieux toujours serré contre elle.

Ce fut la nuit suivante que Mme de Calvière se sépara de son époux d'une façon définitive, du moins pour ce qui concernait le lit. Il n'y avait plus entre eux de communion d'esprit depuis longtemps, la chair ne pouvait que suivre. Trop occupé de ses pensées mauvaises, le baron songea d'abord à un caprice venu pour un animal qu'il ne pouvait souffrir. Puis il se laissa prendre tout entier par la guerre acharnée qu'il faisait dans le diocèse aux opiniâtres hérétiques.

La Belle se sentit délivrée. Plus de moiteur malodorante à supporter la nuit, plus de bruits de ventre ou de bouche, bref, elle se laissait envahir par une saveur de liberté qu'elle partageait avec le chat dans le velouté d'une subtile intimité.

Vigourette, un matin qu'elle portait le déjeuner à sa maîtresse, faillit laisser choir le plateau de surprise, voyant pour la première fois l'animal roulé en boule sur la soie du drap blanc. Il dormait et la Belle souriait sans bouger de crainte de l'éveiller.

– Dieu du ciel ! fit la nourrice, les yeux écarquillés. D'où sort ce maudit animal ?

À ces mots, le chat, lentement, s'étira puis, sans abandonner l'endroit, darda ses prunelles magiques sur la porteuse de friandises. Ses narines se dilatèrent tandis qu'il bâillait lentement, découvrant une langue rose. Il renifla deux ou trois fois sans la quitter des yeux et vint se blottir à nouveau, avec une superbe indifférence, dans la courbe des reins de la Belle.

– Tu vois, Vigourette, me voici avec un amant, moi si sage jusqu'à présent ! Que dis-tu de celui-ci, ma douce ?

Elle éclata de rire devant la mine de Vigourette dont la poitrine se soulevait en spasmes d'indignation.

– Allons, débarrasse-toi plutôt de ton plateau et viens m'embrasser sans crainte. Regarde comme il se laisse apprivoiser.

La nourrice avait déjà retrouvé ses esprits. Il eût fallu bien autre chose pour la tenir longtemps de court.

– Ainsi vous voilà pourvue d'un amant ! J'en suis bien aise. Puisse-t-il seulement ne pas vous absorber au point de vous faire oublier ce que vous devez à votre Dieu !

Elle ramassa ses jupons, assujettit son bonnet sur son chignon et quitta majestueusement la place. Un moment la Belle écouta dehors le chant éperdu des cigales. Quelle journée se préparait ! Elle allongea la main, le chat roucoulait de bonheur et le désir montait de lui dans les veines de Belle en un trouble sacré. Elle ne se sentait point coupable, délices confondues. Cartinat était là présent, partout, à tous moments. Le monde entier n'aurait rien pu faire contre l'amour qui la prenait pour son chef de guerre, quant elle pensait à leur nuit de Saint-Jean.

10.

En ce 22 juillet de l'an 1702, Beaucaire s'éveilla de bonne heure. Dans toute l'Europe, sauf peut-être dans Pézenas, il n'était pas de plus prestigieuse foire*. Depuis plus d'un mois la ville était en effervescence. De tous côtés on clouait, on sonnait, on sciait, on s'interpellait. Une ruche bruissante, en beau travail d'été, bourdonnait au cœur de la cité. La prairie qui bordait le fleuve-roi, le Rhône-dieu, était devenue ville éphémère de cabanes en planches, futurs repaires de marchands de tous poils et de tous horizons. Province par province, ville par ville, ils se groupaient, concurrents mais solidaires, représentants de leur petite patrie.

Grouillante, cosmopolite, éclaboussée d'un passé rayonnant, pendant plusieurs jours le peuple s'en réjouirait. « Prenez-en votre content, bonnes gens de la plaine. Régalez vos yeux, vos oreilles, ayez-en tous pour votre argent. » Il n'était pas de mas, fût-il le plus caché dans ses vignobles, qui ne s'apprêtât à se vider. On préparait les chevaux, les carrioles, les chars à bancs.

---

* Foire de Beaucaire : égale en tout cas à celle de Troyes, Leipzig ou Nijni-Novgorod (Auguste Jacquet, président du Comité des musées).

À Boissières M. de Saint-Cosme faisait fourbir son équipage. Du haut en bas du château, la baronne donnait des ordres précis, cœur battant du secret espoir de rencontrer en ville son amant de Saint-Jean. Vigourette faisait bouffer son cotillon et, la coiffe en bataille, parcourait les communs, morigénant chacun de crainte d'un oubli. On avait une liste : le grand valet, celui qui avait des cheveux de cuivre, seul à connaître quatre mots de français ; sous la dictée de la baronne, en abrégé de sa façon :

« Rue de Voiron : au moins cinquante aunes de beau lin fin, de quoi confectionner draps et nappes et occuper les servantes à la veillée. Broderies et rubans seront choisis rue des Quatre-Rois.

« Rue Fusterie : renouveler les couteaux des offices et les courroies des attelages.

« Rue des Couverts : il faudra pour les soupentes une horloge ordinaire pour réveiller un peu tous les feignants. »

Vigourette s'occuperait, en compagnie de sa maîtresse, à voir un peu l'orfèvrerie. Ne disait-on pas qu'une nouvelle croix d'or faisait fureur auprès des réformés, si tant est qu'il en restait encore dans ce pauvre pays ? Enfin, on ferait provision de morue salée qui venait de Cette, en flânant un tour sur les quais, mais en dernier car l'odeur du poisson salé n'était point de celles qui s'évaporaient par enchantement, même au prix de parfums d'Arabie ou d'eaux de Montpellier.

Il faisait déjà une chaleur du diable. À les voir tous courir ainsi, n'eût-on pas dit qu'ils avaient oublié leurs tourments ! Ils le voulaient bien sûr, et l'occasion était bonne d'emprisonner en quelques heures un peu de joie pour achever l'année. Dans la cour du château les chevaux piaffaient, harnachés de pompons, de grelots, de plumets écarlates. Quel branle-bas ! Le jour brûlait sur les terrasses. L'air tremblait de chaleur et les cigales kisskissaient si fort qu'on pressentait l'ardeur des heures à venir.

La Belle aimait le blanc. C'était la couleur qu'elle portait divinement, avec le bleu-velours. À l'aise dans une jupe simple et froncée, point trop longue pour ne pas entraver sa marche, un justaucorps serrait sa taille fine, tout de soie souple et à larges manches bouffantes qui s'évasaient au coude. Elle avait sa coiffure mondaine, celle qu'elle détestait mais qui laissait sa nuque dégagée, cheveux ramenés en hauteur sous un nœud de ruban. C'était la mode pour la noblesse, et le baron, qu'elle accompagnait, l'avait priée de la respecter.

Lui, toujours fier de prestance, de plus en plus soucieux de paraître, n'avait pas eu grand effort à faire pour briller de ses plus beaux feux. Il resplendissait, ringrave* de dentelle sur bas de soie, souliers à ganse et perruque en vagues frisées, il n'avait garde d'oublier sa canne enrubannée qu'il maniait avec componction comme ces messieurs de la cour. Versailles occupait ses pensées. Il n'était pas de service qu'il ne souhaitât rendre au roi, pas de sacrifice auquel il ne consentît pour garder la faveur de son maître. Un mot condescendant tombé de sa bouche orgueilleuse, ma parole ! il eût offert sa femme.

Huit heures venaient de sonner quand s'ébranla la chaise de poste. Embarrassé de son chapeau à plume, le baron faillit manquer le marchepied. À son côté la Belle arrangea un peu sa jupe, aidée par la nourrice, et le cortège se mit en marche. Escortée de deux laquais à cheval et pistolets à la ceinture, suivie d'une carriole dans laquelle gloussaient les servantes, la voiture, au trot des chevaux gaillardets, prit la route. Uchaud, Bernis, Aubord, des chemins encombrés défilaient et chacun s'écartait pour laisser passer le seigneur et sa suite. Quand ils furent aux abords

---

* Ringrave ou rhingrave : sorte de haut-de-chausse en usage au XVIIIe siècle.

de Saint-Gilles, la chaleur était si forte que, même rideaux écartés aux portières, M. de Calvière manqua se trouver mal.

– Ah ! Ma chère, comment faites-vous pour présenter ici pareil visage ! Pour ma part, je sue sang et eau.

Le tumulte des cigales couvrit sa voix et il dut se pencher vers son épouse pour se faire entendre. La Belle avait gardé son teint d'été, ni plus ni moins. Pas une goutte ne perlait à son front serein, on eût dit une rose thé entrouverte aux aurores.

– Voyez, nous sommes à Saint-Gilles. Ne sentez-vous pas l'air salin ? Oh ! et puis oubliez un peu ici votre santé, je vous prie. La journée sera longue.

Elle parlait sans le regarder, affairée à suivre le trafic des routes. Ils traversèrent des places ombragées de platanes, longèrent des jardins clos bruissants d'abeilles. Il eût voulu s'attarder un moment, à l'abri du soleil d'enfer qui lui desséchait le gosier.

– N'est-ce point assez de nous arrêter à tout instant afin de vous soulager ? À ce train nous ne serons pas à Beaucaire avant midi.

Elle ne le supportait plus, en venait à détester jusqu'à sa voix. Le moindre de ses gestes provoquait son dégoût, un déplaisir qu'il lui fallait cacher à tout prix.

Il était onze heures passées quand ils parvinrent au pied du château où devait s'arrêter l'attelage. M. de Calvière avait à faire avec le consul de la ville et devait rencontrer le clergé et d'autres autorités. Quand la baronne mit pied à terre, une rumeur montait du champ de foire étalé sous ses yeux. La Méditerranée entière avait débarqué là avec ses trafiquants : l'Espagne gorgée de fruits d'or, le Maroc enturbanné avec ses cuirs damasquinés, l'Afrique et son tabac. La Turquie et l'Égypte exhalaient l'Orient en vagues de parfums échappés des tentures et des tapis étendus à même la prairie. Une griserie d'aromates, d'épices, poivrait les volutes d'air chaud qui montaient de la ville. Ici, gare à la bourse ! Vigourette, sans lâcher ses jupons sous lesquels se dissimulait son escarcelle, s'abritait de son mieux derrière le rouquin. D'un pied léger, la Belle se frayait un passage, sans prendre garde à ceux qui la frôlaient, dans un caravansérail bariolé, ondulant d'étendards, de bannières au vent. Éblouie, elle retrouvait sa vivacité d'autrefois. Tout lui faisait envie, tout la charmait.

Elle sortait peu, n'aimant guère les mondanités de sa charge, mais là, elle se sentait intégrée à un monde vivant où chacun bougeait, chantait, criait de sa façon, en toute liberté. La liberté ! Elle frémissait à chacun des pas qui la rapprochaient des siens : ils étaient là, ceux du Sud : saltimbanques, brigands, bateleurs tournoyant autour d'elle, faisant valoir leur ruse et leur souplesse. Ils vivaient, ils aimaient, ils volaient et tuaient mais ils avaient une présence ; leurs corps étaient de chair, musquée ou pigmentée qu'importe ! Leur sang était chaud, leurs mains aussi qui l'effleuraient en allumant en elle le plaisir.

Belle, Belle, passagère d'un jour qu'Abdias Maurel ne pourra jamais oublier, que faites-vous, Madame, ainsi bousculée sur les quais au milieu d'un peuple en délire qui vous prend au filet ?

Elle ne voyait pas le temps passer. Vigourette sur ses talons, le grand laquais les précédant écartait par sa musculature les trop entreprenants. Elles arrivèrent au Rhône. Le fleuve, au soleil de midi, battait les flancs des barques appontées chargées de trésors éclatants. M. de Seignelay* faisant acheter en foire de Beaucaire, sept à huit cents

---

* Fils de Colbert, ministre de la Marine (1651-1690).

barques se balançaient sur l'eau et jamais on ne vit marchandises plus avenantes.

La galère *La Reyne* assurait la sécurité et tenait la côte nette de tous corsaires. Adieu, barbaresques qui faites rêver les filles d'Arles et de Beaucaire ! Les beaux pirates n'aborderont point en ces jours de liesse.

– Brazuquette, songez à votre provision de pommades et de savonnettes, voici nos marchands de Grasse.

Et les sacs du rouquin s'emplissaient. Pêle-mêle, on trierait après. M. de Saint-Cosme, trop occupé de ses affaires, laissait libre sujet à son épouse. Ce jour-là lui appartenait et, si on l'en eût privée, elle l'eût dérobé. Elle goûtait à tout : aux oranges des Catalans, aux figues sèches dressées en fortins, si douces sous leur peau ridée, aux pâtisseries poudrées brûlantes au sortir des cuisines dressées en plein vent. Une odeur de grasse friture, de sucre brûlé, de cannelle, planait au-devant des échoppes. Des volutes de bon manger s'enroulaient aux chalands, sollicitant leur nez et leurs papilles.

En ce jour on voulait oublier tueries, tortures. Laisser cela derrière soi, juste le temps d'un jour. Bousculée, dans la chaleur et la poussière, Mme de Calvière redevenait enfant.

– Tu vois, Vigourette, criait-elle aux oreilles de la pauvre femme qui s'efforçait vainement de demeurer à sa hauteur, ces anneaux de verre ne sont-ils pas mille fois plus jolis que tous les diamants du monde ?

Et elle enfilait à son doigt une bague de Balaruc.

– Le temps passe, ma Belle. Il faudrait un peu nous poser.

La nourrice poussait des soupirs à fendre l'eau du Rhône.

– Assetas vous un paou aqui ! cria un gros vigneron juché sur son tonneau. (Asseyez-vous un peu ici !)

Il sauta d'un bond de sa barrique et avant que Vigourette eût le temps d'esquisser un refus, résolument, l'empoignant par la taille, la quilla sur le fût.

Honteuse, tous les regards fixés sur elle, la pauvre défaillait. Jamais la Belle ne devait rire désormais d'aussi bon cœur. Radieuse, bouche ouverte sur ses dents de perle, gorge offerte au bonheur de vivre, dorée de soleil, ainsi la surprit Catinat qui dépassait la foule de sa haute stature. Sa troupe le suivait, attachée à ses pas. Catinat le terrible, cloué sur place, n'entendait pas les cris, les rires redoublés, la joie du peuple, que d'ordinaire il partageait. Son amour était là, devant lui, à sa portée. Il n'aurait eu qu'à étendre la main pour le saisir, le voler, lui qui savait si bien le brigandage. Ainsi elle riait. Sans lui. Elle était donc heureuse.

Farouche Abdias, pauvre amoureux brûlant de foi, égorgeur d'idolâtres, le voilà tremblant de fièvre et de désir ! Les cavaliers étaient venus pour se fournir en armes. La grande Marie l'avait prédit, le but était là. Il n'y en avait pas d'autre. Point d'argent pour en quérir, eh bien ils en voleraient. Il s'en trouvait des mousquets, des pistolets, des sabres et des couteaux en foire de Beaucaire !

La Belle battait des mains et s'empiffrait de sucreries. Était-ce bien la même femme, cette beauté enfantine et rieuse à laquelle il n'osait rêver ? Catinat fit un signe et ses amis, obéissants, s'effacèrent. La joie n'était pas pour eux. Ils se dispersèrent dans la foule. Ce peuple-là n'était plus le leur. Ils ne savaient plus partager le plaisir de la multitude serrée autour d'un bateleur. Il n'était plus pour eux poésie, chansons de troubadours. Tant qu'il resterait un opiniâtre pour se faire rouer sur la place aux Herbes*,

* Nîmes, un lieu de supplice.

tant que continuerait à ramer à la chiourme un obscur galérien pour la foi, ils garderaient leur cœur féroce.

Sur leur passage la foule s'écartait. On ne craignait rien tant que ces hautes figures taillées à coups de serpe. On savait qu'ils ne ménageaient rien afin de servir leur Dieu, un Dieu jaloux qui ne faisait jamais de quartier. La baronne, fascinée par la danse d'un gros ours brun dressé sur ses pattes arrière, et muselé, pauvre balourd qui se dandinait sur un air de tambour, n'avait rien vu de la troupe des gueux. La nourrice, portée comme une plume, était revenue à terre et arrangeait ses cotillons, tremblante et rouge de colère.

– *M'y vérès pas pus din vosto fièiro ! Bando d'ibrougnos !* (Vous ne m'y verrez plus dans votre foire ! Bande d'ivrognes !)

« Comme il aurait fait bon s'asseoir un peu au bord de l'eau, pensait la bravounette. Tremper mes pieds dans le courant du bord, tranquille, loin de ces baladins ! »

Il lui semblait que sa tête éclatait, que ses oreilles, saoules de ce jargon d'accents mêlés, s'emplissaient de sable brûlant.

– Allons, maîtresse, voyez-vous pas le soleil tourner ?

Le rouquin eut un rire qui lui fendit la gueule de plaisir. Il ne sentait, lui, qu'ivresse et vertige. Son dos lui pesait mais comme tout un chacun il était fou. Enfin la baronne eut pitié. Il fallait s'en retourner, regagner le château et ses tours. La fête était terminée pour elle. Pendant quelques heures elle avait oublié sa solitude. Le baron devait l'attendre et Catinat buvait sans doute avec sa troupe, caché dans quelque auberge. Le vin était gouleyant les jours de foire, il n'en était pas de meilleur au monde. Frais et léger, d'un rouge sang, plus on en buvait, plus on avait soif. « C'est comme pour l'amour, pensait la Belle. Dieu ! Comme j'en ai soif. »

La journée allait s'achever sur la folie d'un jour. Comme une fleur sans eau, la Belle se languirait encore. Le métier des armes était un domaine qui lui était interdit. Elle, elle ne savait qu'aimer.

Dans les rues de la ville se sont dispersés les sauvages bouviers. Chacun d'eux sait ce qu'il doit faire, leur plan est dans leur tête, ce plan conçu un soir autour des feux. Des armes il leur faut : des pistolets surtout, pour servir leur dessein. Toute une rue leur est acquise : mousquets, fusils à baguette, fusils à baïonnette, poires à poudre, sabres, tout est là, à portée de la main. Oseront-ils ainsi, en plein jour, s'attaquer aux marchands, la police entière occupée ailleurs à bader à chaque carrefour ?

Des feux s'allument çà et là. Le fleuve brille à la lueur des torches, là-bas aux ventres des bateaux. Voici venir l'heure entre chien et loup, celle des soldats, des brigands. L'été s'attarde, le ciel s'embrase vers le couchant, la poussière des rues est chaude, brassée de cris et de rires de femmes poursuivies jusqu'aux cabarets.

Soudain, bousculant la populace, Catinat, le poing à la ceinture, fait irruption dans une échoppe. On n'a point encore éclairé les chandelles et les derniers rayons du soleil se faufilent par la boutique. Allons, partisans ! Chacun la vôtre. Toute la rue est envahie. On court de tous côtés. La scène est brève.

– Ne bougeons pas, Messieurs ! hurle Catinat, menaçant le marchand cloué derrière son comptoir.

D'un seul geste, il a raflé deux pistolets, à la bretelle accroché deux mousquets et bourré ses poches de poudre. Les autres ont déjà fait de même. Pas un seul mouvement de révolte tant la terreur est grande. La renommée des vachers de Camargue s'étend sur toute la plaine. Ils sont le remords vivant des nouveaux convertis, la conscience endormie des apostats.

Tous dehors au même moment, ils courent hors de la ville, poursuivis de loin par quelques courageux. Ils fuient à perdre haleine, leurs sabres s'accrochant aux broussailles, et lourds de leur butin. La plaine est là. La garrigue va s'endormir sous la lune levée. Les cigales se taisent une à une, remplacées par la cantate des grillons. Les camargues attendent, paisibles, dissimulés par des bouquets de chênes verts, attachés ensemble mais libres de longe. Pas un ne s'est entravé tant ils ont l'habitude d'obéir à leurs cavaliers.

Abdias s'est arrêté, tourné vers ses compagnons qui arrivent les uns après les autres. On voit briller leurs yeux et leurs dents dans la nuit toute brasillante d'étoiles. Alors, d'un seul élan, sans s'être concertés, levant le front vers le Dieu qui vient de leur donner encore une fois la victoire, ils font monter vers lui le chant de l'assurance en son amour.

Débats contre mes débateurs
Combats Seigneur mes combateurs
Empoigne-moi bouclier et lance
Et pour me secourir t'avance
Charge-les et marche au-devant
Garde-les d'aller plus avant
Dis à mon âme : âme je suis
Celui qui garantir te puis.

Ps. XXXV

Dans toute la Vaunage, il n'est question que du dernier exploit de ces messieurs de la bouvine. Le seigneur de Saint-Cosme fulmine, mais rien n'y fait. Les vachers sont armés, il faut s'y résoudre. À quoi bon tant de réquisitions, de supplices, la contagion gagne partout. M. de Basville, fier d'avoir percé des montagnes*, n'avait pas prévu que la route qui va de Sommières au Vigan servirait de passage à ces illuminés, illettrés de surcroît, en refuge vers L'Esperou. Ils narguent les dragons du roi, se déguisent en bourgeois de milice, enferment les curés et brûlent les églises. Désespérés, ils ne trouvent raison de vivre et de lutter qu'en leurs prophètes que l'on voit surgir de partout.

Marie la Boiteuse, une bâtarde, enfant abandonnée, « pleure le sang et crache par la gorge ». Et combien d'autres qui enflamment les foules ! Commandés par l'Esprit, les fanatiques ont tous repris le glaive et redoublent de religion. Au château de Boissières, le baron rassemble ses gens. Nuit et jour il surveille, armé jusqu'au pied de son lit. La Belle a pris, depuis longtemps, une autre chambre, séparée de celle de son époux de toute la largeur d'un salon. Le chat serré contre elle, jaloux plus qu'un amant, se réfugie dans sa chaleur. Elle pense parfois à la bohémienne qui lui a fait pareil cadeau. Le mystère demeure en l'animal, un mystère attaché à ses pas et qui le suit. D'où vient-il, de quel pays lointain, de quelle autre vie descend-il ? Il semble parfois à la Belle qu'elle l'a toujours connu. Dans sa mémoire, lorsqu'elle caresse, pensive, la douce bête, surgissent des images furtives, pleines de fantaisie et de vigueur soudaines. Le peuple étrange des Tsiganes, d'où sort-il, où va-t-il, quel sera son destin ?

---

* Depuis près de quinze ans, Basville a percé les montagnes d'un réseau de routes reliant Alès au pont de Montvert, Saint-André à Florac, Sommières au Vigan et à L'Esperou.

Le baron ne se pose pas ces questions. Il est si occupé, affairé dans ses délations, que peu lui chaut. Mgr Fléchier est avec lui.

Quel été ! Il a mal commencé. De la plaine aux montagnes claque la mousquetade. Le curé du Cailar s'est promis la tête des frères Bouzanquet dont l'un, David, pourrit déjà à la tour de Constance. Les deux autres : Pierre et Jacques, dit l'Escloupié, amis de Catinat, ont participé au pillage des armes. Après les chevaux, les fusils. Beaucaire en a vu bien d'autres. Les filles de la plaine suivront-elles cette fois les soldats du Seigneur ? Ils auraient bien besoin de gentes femmes afin de prendre soin de leurs pauvres hardes. Sales, dépenaillés, ils s'embusquent le jour, prêts à fondre la nuit, entonnant leur psaume des batailles, sur la milice dispersée promptement.

On a pourtant fait la moisson, battu le grain. Le moulin de Calvisson, perché sur la colline, tourne ses ailes à grandes voiles. Dieu seul sait si la farine, belle ou moins, n'ira point s'engranger dans quelque grenier clandestin. Il faudrait tout prévoir. M. de Calvière a de quoi faire. Il galope de seigneurie en seigneurie. Bien escorté, il continue vaillamment à faire des visites.

Les marais sèchent sous le soleil ardent et les troupeaux paissent aux bords des étangs de vase craquelée jusqu'à la nuit tombée. Il fait grand jour très tard et les chemins s'éclairent trop pour autoriser les malcontents à s'assembler pour prier Dieu. Et puis il faut travailler. Paysans, vignerons, la terre est toujours là qui réclame leurs soins. Le raisin sera beau, les grappes lourdes commencent à virer, cela compte. La récolte d'olives promet, les arbres ont profité de la chaleur et leurs branches sont chargées de fruits qui presseront une belle huile, franche de goût et blonde de couleur. Bref, pour subsister, sans cesse il faut besogner. Alors, quelle occasion pour le baron d'écouter les mouchards ! Il est aisé de prendre au vif les croquants quand leur chemise colle à leur maigre échine sous le soleil ardent des moissons ! Et en avant pour les galères, les prisons et la place aux Herbes !

Au reste, y a-t-il jamais eu saison pour tous ces braves ? En janvier, près d'Aigues-Vives, n'a-t-on pas pendu en face de l'église, à la branche d'un amandier bourgeonnant de corolles, un serrurier et un menuisier qui eurent juste le temps, avant le suprême hoquet, d'entrevoir le ciel bleu et d'avaler une goulée de leur dernier printemps ?

– Pauvres de nous, répète Vigourette en récitant sa bible, lèvres serrées de peur d'être entendue.

Elle essuie une larme du coin de son tablier en regardant vers les collines où galope la Belle que rien ne peut plus retenir au château, hormis, parfois, le chat. Quelquefois elle obéit mystérieusement à son invite de ne point le quitter. Et chaque fois c'est pour que lui soit épargné un malheur ou quelque représaille. Ainsi la défend-il, gardien vigilant, sans arme autre que son regard.

Cette aube-là brûle déjà sur les terrasses quand elle sort sans bruit des écuries, tenant son cheval par la bride. Elle n'a pu dormir de la nuit tant ses rêves la tourmentaient. C'est une journée d'août, limpide, crissante de cigales. Le château s'éveille : des bruits qu'elle connaît trop bien et qui ne la transportent plus. Son corps est là, présent, mais où est donc partie son âme ?

La première messe sonne quand elle franchit la cour d'entrée. Quelle est donc cette façon d'obliger de plus belle les gens à fréquenter les sacrements ? Plus que jamais, après une accalmie, les curés se montrent zélés. Pour échapper à leur contrainte, la baronne fuit chaque dimanche à l'aurore et ne rentre que pour dîner. Chacun l'envie parmi ceux qui craignent la torture. Des yeux inquiets l'épient derrière les volets entrebâillés quand elle passe, insolente et superbe, exprès, sous les fenêtres du village apeuré. « Voyez donc comme il nous faut aller, clame son allure fière. Hardiment, il nous faut marcher. Notre existence compte peu au regard de nos libertés. »

Ils voudraient tous la suivre et ils ont honte. Honte de courber la tête, honte d'aller comme des moutons à la messe pour avoir droit au certificat de présence signé de la main du vicaire, et qui les tient encore en vie.

Voyez donc ce cardeur de laine « resté dans le bas de la nef* ». Quel sincère nouveau converti ! Il se cache la figure dans son chapeau et, pieusement, tient en main un livre bien catholique où sont écrits l'Ave Maria, les sept psaumes, le calendrier avec les saints de l'Église romaine. Le sournois ! Ne vois-tu pas, curé, qu'il s'agit d'un recueil de prières calvinistes ? « Quoi donc, se demandent les vicaires, les tient ainsi, ces manants toujours rebelles ? » C'est qu'au-dedans, en toute simplicité, ils savent s'adresser à Dieu sans votre aide, pauvres phraseurs de latin et vendeurs d'indulgences !

La Belle grimpe vers le moulin à travers la pinède. De l'endroit elle peut apercevoir, quand l'air est pur, la mer scintiller au-delà de la plaine. Elle ne s'aime plus que là. Du haut de son belvédère sans fleurs ni herbes autres que rabougries, rien ne vient la distraire de sa contemplation. Elle peut rêver à son aise, voyager en esprit, détachée, vers le pays des palus et des vagues. Le souci est en elle croissant. Depuis des nuits elle ne dort guère et tout le château avec elle : valets, laquais et jusqu'à la nourrice n'osent plus s'aborder et baissent les yeux quand ils se croisent au hasard du service.

---

* Lavisse, *Histoire de France.*

La chaleur est si grande, l'air si incandescent, qu'il faut attendre la soirée pour prendre un peu de frais. Seule, la baronne ose affronter la souleyade.

En ce jour du 13 août, elle ne rentra que vers midi, l'heure qu'elle goûtait pour le plaisir, comme elle aimait, en brûlant sa peau douce, couleur de pain sorti du four. Ses yeux paraissaient bleus, ses dents plus blanches. Si elle l'avait osé, elle aurait galopé, nue, pour mieux assouvir sa soif de liberté. Jamais elle n'avait eu tant besoin de chaleur. Mais elle savait comment tromper son monde et rien n'y paraissait. Elle donnait bien du souci à Vigourette quand elle rentrait, haletante et toute décoiffée, sans peine de son élégance, jambes griffées mordues d'épines.

Quand la jument, ruisselante d'écume, fit son entrée dans la cour chauffée à blanc, pas une branche ne bougeait aux pins et les oliviers immobiles se grisaient de l'assourdissant concert des cigales. Elle lança les rênes au valet qui se précipitait à sa rencontre, pieds nus sur la terre sèche.

– Où se trouve M. de Calvière ? fit-elle dès l'abord. N'est-ce pas aujourd'hui qu'il doit partir pour sa tournée d'impôts ?

« Elle le sait bien, la maligne, qu'il est encore à barouler du côté de Vauvert », se dit le garçon d'écurie, la saluant respectueusement.

Vigourette arrivait, les bras et les yeux au ciel. La Belle l'écarta d'un geste et se jeta sur un fauteuil, écarlate sous son grand chapeau.

– Vous m'achèverez, croyez-m'en, un de ces jours avec vos folies. Seigneur Dieu ! Regardez dans quel équipage vous êtes. Donnez votre chapeau.

– Aide-moi donc plutôt à enlever ces bottes et cesse de toujours gémir.

Ses courtes bottes de cuir souple lui arrivaient aux mollets qu'elle avait ronds. Par-dessous, la peau était plus claire. Elle se mit à agiter les orteils sous le nez de la pauvre femme en éclatant de rire.

– Qu'on me fasse porter un grand cuveau d'eau claire afin que je barbote un peu.

D'une tape légère, elle fit basculer la nourrice qui eut juste le temps de se tenir à un bras de fauteuil.

– Tu ressembles à une toupie, ma pauvre Vigourette. Je pourrais presque te faire virer comme un toton.

Gorge renversée, elle riait, la Belle. Voluptueuse, taille cambrée, reins tendus comme pour apprivoiser l'amour. Elle était si belle, si vivante, si adorable de jeunesse, que le rouquin qui portait l'eau en eut le souffle coupé. Sans se lasser, la servante reprit :

– Si votre seigneur vous voyait ! Il a demandé après vous ce matin. Il dit que vous risquez à courir par tous les chemins.

La Belle détourna la tête. La phrase était de trop en lui rappelant à la fois et son sort et celui des siens que pour un peu elle avait oublié. En vérité, elle cherchait à s'étourdir, mais qui s'en souciait ? Faudrait-il donc toujours mentir, ne plus jamais avoir le droit de mener sa personne là où on le voulait ? Elle n'avait pas faim. Seul lui venait un besoin de se rafraîchir sans attendre, là, dans cette sombre galerie, sous le regard scandalisé de ces barbons à fraise et à moustache, pendus aux murs depuis des lunaisons. Tous les narguer, se moquer comme s'il était naturel de faire voir son corps plus que son âme que l'on devait garder cachée.

Les hautes glaces avaient perdu l'habitude de refléter beauté si lumineuse. Cela faisait des taches de clarté qui allaient et venaient, radieuses, et la Belle en se mirant pensait : « C'est peut-être la dernière fois que je cours après le bonheur. »

En regagnant sa chambre où le chat ronronnait à l'aise, si fort l'entendant approcher qu'on eût cru ouïr un cœur battant la chamade, elle se sentit délivrée, elle ne savait de quoi. Son corps ne lui pesait plus. Elle s'allongea sur son lit, toute fraîche du bain et dépouillée d'envies.

– Viens, mon doux sire, fit-elle au chat en le prenant tout contre elle.

Il avança la tête, les yeux mi-clos sur la magie de sa personne, et elle l'aima si fort soudain qu'elle sut qu'ils étaient l'un à l'autre à jamais. C'était le lendemain de la Saint-Jean qu'il était arrivé, comme envoyé en cadeau par celui qu'elle chérissait. De plus en plus son âme lui disait que c'était Catinat qui lui avait fait ce présent par l'entremise de la bohémienne. Il n'était pas de jour qu'on ne le vît au milieu de ces gueux, riant et buvant avec eux, mélangeant prophéties des uns et recettes de sorcellerie des autres. Ces gens-là savaient tant de choses ! Il leur suffisait d'écouter le ciel les commander. Ils regardaient sans peur le soleil en face et parlaient en langue sacrée à la lune et au vent.

– Ah ! Mon amant, que vous êtes donc près de moi à tout instant et combien je vous appartiens !

La chaleur restait au-dehors. Midi flamboyait sur les terrasses où pas une herbe ne frémissait. Le jour semblait n'avoir plus de fin.

11.

13 août. Le seigneur de Saint-Cosme, au trot de ses chevaux de poste, traverse la garrigue. Toujours content de lui, il est invité à dîner chez le seigneur de Vauvert : Philippe d'Auteville. Le comte de Broglie, qui commande le Languedoc, loge au château la compagnie du sieur de Guilheminet. Bonne table, bons vins, le baron s'en réjouit d'avance. Pourtant il est morose. Les choses ne vont point comme il veut. Depuis la foire de Beaucaire il se méfie de tout. De sa femme d'abord, qui n'est plus la même et qui le fuit, prétextant ceci ou cela. Plus il s'acharne à reconquérir le bien qu'il croit perdu, plus elle glisse entre ses mains dès que, par hasard, il la serre.

– Ne pouvez-vous, manant, aller plus vite ? crie le baron au cocher, passant sa tête à la portière.

Ils viennent d'atteindre le Vistre qu'il leur faut traverser à gué. Les eaux sont basses, et des roubines montent des odeurs pourries et malfaisantes. Le baron a plus chaud que jamais mais, vaille que vaille, il faut aller et faire son devoir. On passe des sentiers moelleux tapissés d'aiguilles de pin et bordés de buissons épineux enchevêtrés d'asperges sauvages : de ces fines asperges vertes, si goûteuses, qu'on découvre au printemps en s'égratignant aux argelas. L'ombre du sous-bois adoucit un peu le torride de l'air et il ferait bon d'arrêter au pied d'un chêne vert, souffler un moment, le nez au mitan d'une touffe d'aspic.

La chaise va cependant bon train par les cailloux. Pas un souffle ne passe, la garrigue grillée de soleil écoute voyager le baron de Calvière.

Si occupé de ses pensées, comment aurait-il vu ses ennemis planqués au guet derrière les arbustes ? Il y a là, réunis, les pires gardiens de la « vraie religion », les plus enragés, les plus déterminés. Chacun d'eux, caché dans les broussailles, épie d'un œil aiguisé par la vengeance le « bougre et faux frère », si près que leur odeur de gueux vient un moment chatouiller les naseaux des chevaux du baron. Ils soufflèrent bruyamment puis, redressant le col, poursuivirent leur route.

Le plan de la grande Marie, mûri, exécuté déjà pour la moitié, il faut aller au bout. Mais la grande Marie est occupée ailleurs, là-haut, derrière les crêtes, avec les cévenols qu'elle a rejoints. Pierre Bouzanquet, meunier, voit ses dix-huit ans s'enflammer pour la Cause. L'Esprit le guide aussi, il sait les Écritures et, lorsque Dieu le visite, on suit aveuglément.

– On a tout notre temps, murmure le meunier. Ce soir il aura son « sadoul » de biasse et puis de vin. Ses gens aussi.

On entend s'éloigner le piétinement des chevaux. Le roulement de la voiture diminue, s'estompe, et les cigales reprennent à l'envi leur chant interrompu. Ça grille et ça friture de partout. Autour des conspirateurs reviennent les senteurs connues et ils se laissent envahir par la paix brûlante des lieux qui les ont vus grandir, familiers, si proches qu'ils ont cessé de les voir. Hélas ! Il n'y a plus liberté d'y faire un somme au gros de la chaleur, la tête sur un sac, à l'abri d'un amandier, chapeau rabattu sur les yeux. Sans cesse, il faut se conduire, toujours sur le qui-vive.

Ils sont patients, cette journée leur appartient. Furtifs, comme des chats ramassés sur leur convoitise, ils suivront le baron. Il y a là Bénezet, Bansilhon, les deux frères Bouzanquet, et le plus sauvage de tous, le plus ardent : Abdias Maurel, dit Catinat. Il y a longtemps qu'il attend ce moment. Tant de fois il s'est senti, au plus fort de son engagement, délégué par le Roi du ciel pour accomplir une besogne nécessaire : débarrasser le pauvre peuple d'un infâme persécuteur.

De leur besace ils ont tiré un quignon frotté d'ail et trempé d'huile. L'Escloupié sort une gourde et la met à l'ombre. Le temps de poser un peu. Sous leurs grands chapeaux leurs yeux luisent, résolus. Francs entre eux, soudés par une haine complice, rien ne peut désormais arrêter leur passion. Ils ont une mission qu'il faut remplir au péril de leur vie. Catinat s'est dressé. Il est si grand que sa tête s'enfonce aux ramures d'un olivier. Sent-il seulement le goût amer des feuilles sur sa bouche ? Il a enlevé son chapeau. À la racine des cheveux une barre blanche cercle son front d'une auréole. Il brûle d'amour et de haine, de sauvage fierté et d'absolu renoncement. Autour de lui, agenouillés et tête nue, les malcontents vont une fois encore, juste avant la mêlée, invoquer Dieu :

Donne secours Seigneur, il en est l'heure
Car d'hommes droits sommes tous diminués
Entre les fils de l'homme ne demeure
Un qui ait foi, tant sont diminués.

Ps. XII

Quel moment ! Ils vont massacrer au nom du Dieu d'amour et de liberté. Nourris de psaumes, abreuvés des Saintes Écritures, de versets de l'Ancien Testament qu'ils ont appris par cœur, persuadés de leur bon droit, risquant les pires tortures, les fanatiques, régénérés, reprennent la piste du renégat.

L'après-midi s'avance et la chaleur n'a point diminué. Hors des maquis l'air brûle et dessèche la terre. Au creux des buissons, au profond des bartas, muets plus que des carpes et patients comme des renards, regards de braise sous leurs chapeaux baissés, ils s'avancent vers le château de Vauvert. Les heures passent. Soudain, un galop de chevaux fait vibrer le sol où Bouzanquet vient de coller l'oreille. Fouette, cocher ! Voici venir le tourmenteur.

Plus près baron, encore un peu daignez vous approcher. Le sentier résonne d'une grêle de sabots pressés et du grondement des roues. Ils passent. Ils sont passés. Alors, comme des loups en quête, les osards sortent de leurs fourrés. À bonne distance la voiture devant eux ralentit en arrivant en vue du moulin de Candiac. M. de Calvière donne l'ordre au cocher d'arrêter. Il a des intérêts de ce côté, le meunier est de ses obligés. Essoufflé d'avoir trop mangé et trop bu, le baron descend de voiture, regarde autour de lui, le temps de se reprendre un peu. Pas une ramure ne bouge. Une petite brise se lève pourtant vers l'ouest et dans le ciel, venant droit de la mer, file un triangle de flamants roses. Serait-ce le moment ? Pas encore... On repart, on arrive au moulin.

Descendu du carrosse, le baron agite son chapeau, s'en servant comme d'un éventail, tandis qu'il s'adresse au meunier accouru. La meute est à l'affût. Entrera-t-il, n'entrera-t-il pas ? L'après-midi va s'achever et il reste beaucoup à faire. On s'agite, on gesticule, on marchande sans doute. Le cocher s'impatiente en regardant autour de lui. Le laquais qui l'accompagne est au garde-à-vous près de la chaise de poste, mousquet à la bretelle. Enfin les deux bavards se séparent, l'un redressant la taille, appuyé sur sa canne, l'autre se courbant jusqu'à terre. M. de Calvière est prêt à reprendre la route. Pesamment, il remonte à sa place, faisant ployer le marchepied.

– Vous pouvez aller ! crie-t-il par la portière, agitant une main gantée.

Les voilà repartis. Bercé par le roulis de la voiture qui prend de la vitesse, le baron est près de s'endormir. Comme il lui tarde de se retrouver dans la salle fraîche du château ! Il a conclu un bon arrangement avec ceux du moulin. Tout irait comme il le souhaite sans ces brigands qui donnent du fil à retordre à M. de Broglie. Néanmoins, il est de belle humeur. Voici la côte de Vestric. Les cigales font un tel tapage en ce lieu qu'on l'appelle « Canto-Cigalo ». Il faut s'y faire pour ne point s'ensourdir dans le crissement monotone qui couvre jusqu'au bruit des roues. L'espace tremble de vibrations sonores qui vous poursuivent, vous accompagnent sans jamais vous lâcher d'un pouce. On se perd, on se noie, on coule dans un fleuve au large courant, et on voudrait dormir, dormir, bercé, bercé mollement par une infinie barcarolle. Chaleur, poussière, il fait soif et les chevaux ont pris le pas.

Voici l'instant des opiniâtres, fini le temps de se cacher, plus de mesure. Les voilà courant à fonds perdu derrière la voiture qu'ils rattrapent en quatre enjambées. M. de Calvière, entendant derrière lui un bruit de bottes sonner sur le chemin, se retourne et passe sa tête à la portière. On voudrait lui parler sans doute. Quelques solliciteurs, mais que diable ! Il entend que chacun soit fier de l'entretenir de ses propres soucis.

– Arrête, cocher, ce doit être gens de chez nous. De plus j'ai grand besoin de faire de l'eau.

La voiture s'immobilise, le seigneur descend lourdement. Il a ôté son chapeau et s'est éclairci de sa perruque. Sa tête apparaît lisse comme une rave, mais ses moustaches sont encore vaillantes et se révèlent finement. Un coup d'œil sur les manants figés sur place, mains derrière le dos et tête nue, mesurant chacun de leurs gestes.

– Laissons-le pisser à l'aise pour la dernière fois, il est à nous, murmure Bouzanquet.

Sans se gêner le moins du monde le baron se débraille. Le laquais, le cocher, somnolents, se fiant que leur maître a son pistolet à la ceinture, ne bougent de leur siège. Voici le temps des assassins. Pour les armes : leurs poings et des bâtons, de grosses pierres qu'ils ont ramassées çà et là. Il faut garder la poudre pour de meilleurs usages. M. de Saint-Cosme n'a pas même loisir de crier. Bouche bée, croulant culotte sur son cul grassouillet, il reçoit sur le front un coup à assommer un bœuf. Le sang jaillit tandis qu'il perd l'esprit et tombe sans une plainte. Et les cigales continuent leur concert. On n'entend qu'elles.

Imprudent baron, pourquoi avoir oublié votre arme dans la voiture ? Cela n'est point de vous. Un des valets descend et, sans s'approcher des brigands, tire un coup de fusil de chasse et blesse Bansilhon moins leste que les autres. L'autre valet, frousse au dos, bondit de son siège et, sans plus demander son reste, file droit sur Vestric pour appeler à l'aide, le vaillant tireur au derrière. Le champ est libre.

Le baron gît à terre, jambes écartées, montrant à l'air son fourniment ridicule, pitoyable pour d'autres que pour ceux-là qui lui portent une haine accumulée depuis des ans. Sans un mot, sans une injure, mâchoire serrée et gosier sec, Abdias assouvit sa vengeance. D'abord un bon coup de bâton qu'il assène en poussant un *han !* de bûcheron afin de briser les reins de celui qui fit rouer tant d'innocents, rompre tant de membres pour le plaisir de cruauté et pour conserver sa pension à l'abri. Jamais ils ne frapperont assez durement, jamais ils n'écraseront suffisamment la tête du scélérat qui a vendu ses frères dans la foi.

Pour l'achever, Abdias a sauté sur le siège de la chaise de poste et s'est emparé du pistolet. Le baron respire encore, chose incroyable. « Fais ta prière, renégat ! » Deux coups en plein cœur, à bout portant, les jambes de Saint-Cosme s'agitent dans un dernier sursaut. Sa tête n'est plus qu'une bouillie sanglante et la terre sèche à l'entour, avide, boit son sang. Il pue déjà, pourri jusqu'à la moelle.

Hébétés, les meurtriers ont lâché leurs bâtons et leurs pierres. Juste le temps pour eux de souffler et de torcher d'un revers de manche la sueur qui coule dans leurs yeux. Ils s'essuient les mains à de maigres touffes arrachées aux herbes des fossés, ramassent leurs chapeaux épars. Catinat regarde autour de lui. Sa large poitrine se dilate et il respire à grandes goulées l'air qui fraîchit un peu. Tout est désormais à sa place : Canto-Cigalo, les oliviers, la garrigue flamboyante au couchant. Rien d'insolite au paysage ami, sinon la calèche vide et les chevaux paisibles entravant la chaussée. Rien, à part l'impossible défroque qui encombre impudemment la place. Comme il paraît petit à présent, ce seigneur qui, d'un regard, pouvait envoyer son homme à la torture !

Catinat, chapeau renversé sur la nuque, contemple le pantin dérisoire dont la présence auprès de la femme qu'il aime a changé chacune de ses nuits en supplice. Qu'est-il à présent ? Moins qu'une mouche écrasée. Abdias fait un geste. Les deux David, tenant chacun Bansilhon sous un bras, l'aident à sautiller par les fourrés. En un clin d'œil ils ont tous disparu. Les taillis sont à leur entour favorables : de buis court et vert, de chênes, d'arbousiers. Leur garrigue, leur pays reconquis. Ils sont couverts de sang jusqu'en haut de leurs chausses.

Il ne faut pas perdre de temps. Ils s'enfoncent au cœur des broussailles. Plus ils avancent, plus Abdias se sent fatigué. Sa force s'en va de lui avec la mémoire. Fugitive mémoire qu'il voudrait repousser ! Un fleuve de sang coule devant ses yeux. Le voilà devenu assassin pour l'amour d'une femme. Est-ce bien là ce que désirait son Seigneur, ce Dieu qui ne saurait souffrir le partage ? Aurait-il tué seulement pour épargner à sa chair le tourment de son âme ? Lui, l'homme de sabre et de cheval, envoyé par Dieu pour accomplir une mission que, jusqu'ici, il croyait sacrée, sent le doute croître et le submerger, devenu plus faible qu'un enfant. Il n'est point ici secours de religion. Et le fier Catinat, le sauvage, laissant un peu les autres s'éloigner devant lui, s'assoit pesamment sur une pierre, se prend la tête dans les mains et pleure.

Jamais fin de jour ne fut aussi radieuse sur les terrasses, jamais si étourdissant concert ne s'entendit entre pins et garrigue. Jamais août n'avait retardé autant la nuit au-dessus des étangs.

Mme de Calvière, assise à son clavecin, toute fraîche dans le salon d'été, laisse courir ses doigts en rêvant, oubliant pour un temps que le baron s'est bien attardé aujourd'hui. Dans un moment, quand la pierre s'attiédira, elle ira s'asseoir sur le rempart. Le chat la suivra pas à pas et l'échine souple, sans souci des regards jaloux qui les suivront à les voir ensemble. Une autre journée s'achève dans la folie d'un été sans mesure. Dieu ! Qu'elle aime donc cela qui ne devrait jamais finir ! Depuis qu'elle a découvert la passion de l'amour, elle s'invente une autre vie. Elle est heureuse et se regarde vivre. Cela lui suffit pleinement. Elle se dit à chaque instant : « Point n'est besoin d'une présence. Partout je le vois, il est à moi. » Elle se libère d'autres liens, pourtant bien restée attachée aux commandements de son Dieu.

Les servantes commencent à s'agiter après la torpeur de l'après-midi. On allume les feux du dîner et par les fenêtres ouvertes s'échappe l'odeur des soupes aux herbes. La pendule sur la cheminée vient de chanter sept heures. Sept notes musicales, bien timbrées, marquent à la Belle que son époux n'est pas rentré. Au fait, l'a-t-elle seulement aperçu de la journée ? Il ne lui manque guère. En vérité, il ne lui manque rien. Plus aucun mal ne peut l'atteindre, égaler en douleur les jours où, devant elle, on s'est montré tel que l'on est : vil flatteur des grands de ce monde, cruel et sournois, attaché seulement au temporel. Que peut-il arriver de pire que d'avoir supporté la vue de l'humble prédicant pendu court sous ses yeux en ce 3 juin de l'an ?

Cette nuit qui vient sera belle, veloutée sur la mer. Les vachers de Camargue dormiront sur le sable humide, au bord du Vaccarès tout jacassant d'oiseaux. Là-bas, au ras des vaguelettes frémissantes, l'eau doit être fraîche, apaisante aux fièvres des corps brûlés de sel et de soleil. C'est comme si elle s'y trouvait. La baronne laisse son esprit l'emporter loin, vers le pays défendu de l'amour.

Soudain, le chat qui ronronnait, roulé en boule sur un coussin tout près du clavecin, s'est redressé, l'oreille au guet pointée vers l'allée d'entrée. Par la porte ouverte du salon, quel est ce vacarme qui accompagne le grondement de la chaise roulante ? Des cris puis un long gémissement poussé par Vigourette et entrecoupé de sanglotements et d'appels. Les chevaux sont entrés dans la cour au galop. On les entend piaffer, souffler et taper du sabot. Puis soudain le silence. Un silence si grand que chacun croit l'ouïr se propage céans et vient bruire aux oreilles de Belle qui paraît sur le seuil.

M. de Saint-Cosme, la tête enveloppée d'un linge, porté dans les bras de ses laquais, laisse pendre jambes d'ici et bras de là, pantelant, couvert de sang caillé. Reste-t-il encore en lui quelque souffle de vie, on ne saurait le croire. Ils sont tous, servantes et valets, réunis autour de la calèche fumante de poussière. La baronne n'a pas bougé d'un pouce, pas esquissé un pas pour la mener devant.

– Est-ce là le baron ? dit-elle dans un souffle.

– Madame, répond un des laquais d'une voix sourde, nous n'avons rien pu faire. Ils étaient trop nombreux.

Un long temps s'écoule et chacun retient sa pensée.

– Qu'on le porte dans la salle de justice et qu'on aille mander M. Rouquette* et M. Roque**, si vous parvenez à les trouver.

Elle est là, toute blanche, à précéder la sinistre cohorte. Frappée par son allure fière, son calme, la nourrice la suit sans mot dire. D'ailleurs chacun se tait, seuls résonnent les pas au long des galeries avant de s'étouffer sur les tapis. Le chat a disparu dans la chambre de Belle, se faufilant entre les jambes sans que personne se souciât de lui. Il n'a pas eu un seul gémissement à l'égard du baron. Il n'a pas feulé sur le passage de sa sinistre personne. Pour

---

* M. Rouquette : chirurgien de Calvisson.

** M. Roque : médecin.

Réf. : Paul Aumède et Jean Broussé condamnés aux galères, Pierre Bouzanquet rompu vif. Le 7 septembre, son corps fut exposé à la sortie d'Uchaud. Interrogé cinq fois, torturé, il clama toujours son innocence. Le curé du Cailar fit exécuter Pierre. Jacques l'Escloupié va s'enrôler dans une troupe de camisards. David (dit Turenne), Abdias Maurel (dit Catinat) en fuite tous les deux. (I. Exbrayat)

Le curé Daignac consigna dans le registre paroissial : « L'an 1702 et le 14e d'août, est décédé Noble Gaspard de Calvière, seigneur de Saint-Cosme et Boissières, n'ayant pu recevoir les sacrements de l'Église à cause de l'assassinat commis en sa personne le jour d'hier ayant été porté dans son château mort et a été enseveli ce jourd'hui entre quatre et cinq heures du soir dans l'église de ce lieu. Présents les sieurs Maistres, Pierre Berlié (apostat, fils d'un pasteur de Calvisson, docteur et avocat du lieu de Calvisson), M. Étienne Blau, avocat et juge dudict Boissières, et M. Jacques Pons, ministre-apothicaire de Saint-Gilles. »

lui, depuis longtemps il a envisagé la chose, ce qui vient ici ne le surprend donc point.

Le Robin, qui soutient par les épaules le baron tandis qu'un autre des valets porte le reste de sa personne, se tourne enfin vers la Belle, s'arrêtant pour souffler :

– Où faut-il le coucher, Madame ? Il vaudrait mieux pour vous ne point le regarder.

La Belle relève la tête, examinant à son entour. Les voilà arrêtés ainsi qu'elle en a donné l'ordre devant la cheminée du Décalogue. Ils posent le baron sur le tapis et, malgré eux, leurs regards montent docilement où ils doivent aller. Droit sur les Tables de la Loi gravées sur la pierre en Justice. Point pour eux n'est besoin de s'agenouiller pour comprendre. La vérité est là. Cependant, doit-on abandonner ainsi un corps à terre, gisant avant son heure et sans décente sépulture ?

– Menez-le sur son lit. Étendez-le et puis allez un peu ôter ce qui tache ainsi votre livrée. Pour ma part, j'attendrai ici.

Le cortège s'éloigne dans le silence haché par le cri tournoyant des martinets du soir. Il est là, le seigneur de Saint-Cosme, revenu une fois pour toutes aux lieux témoins de tant d'événements passés dont les pierres gardent fidèlement souvenance. On a rassemblé les restes de son corps d'une manière un peu décente, et tout cela fait une triste chose au milieu des dorures, des soies et des dentelles. Et tout cela se reflète, multiplié par les miroirs, dans une infinie solitude.

À l'intérieur du château s'est fait un grand silence. Une immense plage déserte se déroule devant la Belle sous ses yeux éblouis. Serait-ce là pressentiment ? Elle n'a point de crainte pour son devenir. Depuis si longtemps vie et mort s'entremêlent à son entour sans aucune justice. Elle finissait par ne plus distinguer la sagesse de son Dieu vivant. Tant de fois elle l'a prié de vouloir bien prendre sa main et la conduire qu'elle voit dans la destinée tragique du baron une preuve de sollicitude. Calme et détachée, elle écoute au-dehors l'assourdissant orchestre des cigales. On dirait ce soir qu'elles chantent éperdument un hymne à la liberté.

– Que peu de chose nous serons ! radote la nourrice. Pauvres de nous !

Elle se tient auprès de sa maîtresse dans un angle de la cheminée. Les pas se feutrent dans les corridors. On attend la venue des hommes de science qui sont hommes du roi. Qui songerait à prévenir le curé ? Trop tard, Monsieur le baron ! Vous avez donc quitté ce monde comme vous l'avez trouvé en naissant : seul à seul avec le Roi des rois.

Deuxième partie

1.

La Belle avait donc un chat, siamois, puissant félin au râble étroit et aux yeux de turquoise. Ils étaient devenus jaloux l'un de l'autre au point que le coussin de brocart bleu sur lequel paressait le chat était sacré, autant et plus que l'oreiller de sa maîtresse ; personne ne s'en approchait en dehors de l'un ou de l'autre. Quand la Belle partait à cheval, le chat se rendormait, blotti dans la soie de Chine, et ne se réveillait qu'en entendant son pas. De son côté, la baronne avait, seule, le privilège de l'entretenir, usant du doux parler qu'elle lui réservait. Elle le caressait alors rarement et cette rareté donnait à ses chatteries une préciosité infinie. Ils se vénéraient, chacun pensant que l'autre était unique.

La Belle se passionnait pour l'animal qu'on lui assurait venir d'Espagne. Il parcourait tout le château, majestueux, superbe, à pattes de velours à travers les cristaux de la chambre du roi. Il ne la perdait jamais de vue, plein d'antique mystère, immobile statue posée sur la toilette. Il l'observait d'un œil se dévêtir et, seulement après qu'elle était nue, venait blottir son doux museau entre ses seins. La Belle se laissait velouter en pensant à son chef de guerre. Le chat devinait-il ses pensées ? Parfois il émettait un miaulement qui n'avait rien de commun avec le langage des vulgaires matous qui chantent sur les toits à la mi-février, quand l'amour les fait hurler de douleur et d'extase. Lui, son extase était à sa mesure : royale. Nulle autre que la Belle ne le posséderait jamais.

Il avait détesté le seigneur de l'endroit, qui le lui avait bien rendu.

Au reste ils s'étaient rarement rencontrés, le chat évitant jusqu'à sa vue. À la mort de son ennemi il s'était senti, lui aussi, délivré. Désormais plus rien ne l'empêchait de suivre pas à pas la Belle, fidèlement, noblement, en chat racé et fier de l'être. Sérieux, imperturbable, il demeurait. Chacun avait peur de lui et se rangeait en le voyant passer. Les yeux du chat... Il avait l'air d'un prince, d'un amant, il avait tous les droits.

Rien n'avait tellement changé, en dehors de la présence continuelle du chat, depuis l'ensevelissement du baron dans l'église de Boissières. Rien sinon qu'on gardait la vision de Pierre Bouzanquet roué vif, lequel avait jusqu'au bout protesté de son innocence. Aumède et Broussetou, le voleur de palombes, envoyés aux galères, Catinat avait disparu.

Ah ! Il n'était pas beau à voir, Bouzanquet, exposé aux passants sur une claie à la sortie d'Uchaud. C'est ainsi que l'on édifiait les manants en donnant un exemple. M. de Basville n'avait point tort de le penser, tant la foule curieuse s'amassait autour de la dépouille, malgré la puanteur et les mouches qui grouillaient sur le pauvre cadavre.

Pourtant, en dépit de ces événements, la vie poursuivait son cours, chacun s'efforçant de ne point montrer ses terreurs. Tout de même on respirait mieux, du moins dans la seigneurie. Mme de Calvière continuait de fréquenter ses collines, toujours aussi belle et hardie. Elle porta du blanc jusqu'à la fin octobre, après vendanges, et quand, là-haut, aux barres des Cévennes, commencent d'éclater dans leurs bogues les premières châtaignes. Elle n'alla point à la messe, suivant en cela ses habitudes, malgré la visite hebdomadaire du curé Daignac qui surmontait, pour ce faire, la peur qu'il avait du chat, démontrant ainsi son courage et le désir qu'il conservait de convertir Mme la baronne. Il la connaissait mal.

– Accepterez-vous une tasse de chocolat ? disait-elle pour le quatre heures. Vigourette a fait des oreillettes. C'était le dessert préféré de Mgr Fléchier quand il venait me sermonner. Ou préférez-vous du café, comme en Suisse ?

Il préférait du chocolat. Trop gourmand pour rien refuser, l'homme d'Église levait deux doigts pour puiser dans les friandises. La Belle, devant sa bouche ourlée de sucre pilé qu'il essuyait de son jabot, détournait sa vue de dégoût. Carré dans son fauteuil, le prélat sirotait la boisson onctueuse dont il se délectait. Sa cruauté était sincère. Il était convaincu d'être dans le vrai en voulant à tout prix faire le salut de ceux qui le dédaignaient.

– Songez à votre âme, Madame, je vous prie. Voyez les calamités qu'attirent sur nous les rebelles. À votre tour vous en subirez les conséquences.

Et il avançait au-dessus de la tasse fumante des lèvres voluptueuses. C'était le moment que choisissait le chat pour faire son entrée. Il humait les chausses du curé qui n'osait plus bouger, même le petit doigt, et sautait sur les genoux de la baronne. Silencieux, énigmatique ainsi qu'il se devait, il fixait de ses prunelles bleues fendues de noir le menton luisant de l'envoyé de l'intendant. Gêné, l'autre ne savourait plus son délice, tout son plaisir gâché, et ses yeux esquivaient le petit sphinx qui le dévisageait. Il se levait, embarrassé, furtif, et la Belle savourait leur triomphe.

– Quoi ? Vous partez déjà ? disait-elle, un sourire moqueur au coin des lèvres.

Ses doigts fins se perdaient dans le ventre doré du prince-chat, s'attardaient, et son geste même était provocation.

– Ce chocolat était délicieux, Madame la baronne, mais n'oubliez pas, je vous prie, ce que je vous ai dit concernant votre propre salut.

Il quittait la pièce à pas comptés, à reculons, et chaque vendredi revenait, en profitant de renifler par les cuisines si l'on respectait céans le carême. Les journées s'écoulaient. Cependant, la Belle n'avait jamais tant redouté la venue de l'hiver. C'était la nuit surtout qu'elle avait peur, malgré ses gens tout dévoués qui continuaient à trouver refuge près d'elle depuis la mort tragique du baron. On eût dit qu'elle représentait, même pour les scélérats de laquais qui avaient si mal servi leur seigneur en s'enfuyant comme des lâches, leur dernier défenseur.

On allumait tôt les chandelles et l'on se couchait de bonne heure. On avait fait supprimer le guet et renvoyé les gardes. Rien ne pouvait arriver de méchant à la Belle qui ne se souciait jamais du devenir.

Une nuit de novembre le vent d'est se leva si fort que les pins, surpris de toutes parts par la bourrasque, fracassèrent leurs plus hautes branches. La tempête gémissait, se glissait sous les lourdes portes, battait en tourbillons de pluie mêlés de feuilles mortes. Tout craquait et les feux de cheminée refoulaient des flots de fumée épaisse chargée d'odeurs mouillées.

Vigourette venait de quitter sa maîtresse et serrait son fichu sur sa tête pour traverser les vastes corridors. Longuement, elle avait brossé les cheveux soyeux de sa petite comme elle le faisait du temps de son enfance. La Belle se laissait toujours faire, alanguie de sentir cette amitié la réchauffer. De temps en temps elle s'acagnatait contre son devantier, laissant aller sa tête dans l'odeur du cotillon de futaine, et c'était comme une halte douce. Elle portait une longue chemise de laine tissée fin, nouée devant sous la poitrine par un lacet de velours blanc, et qui tombait en plis neigeux tout autour d'elle. Elle se glissa dans les draps tièdes et le chat vint se nicher au creux de son épaule en ronronnant près de sa joue. Ils s'endormirent.

Ce fut le chat qui s'éveilla d'abord. Il avait cessé brusquement de roucouler contre l'oreille de la Belle. Imperceptiblement il s'était redressé, il écoutait. La nuit s'était calmée et de courtes flammes montaient à présent dans l'âtre, faisant danser des ombres au plafond. Un frôlement contre la muraille, juste sous les fenêtres qui donnaient sur le parc où dormaient les ailes du grand cèdre, se précisa, léger. On eût dit le vol d'un oiseau de nuit. Le seigneur-chat, droit sur ses pattes, dos rond, oreilles pointées, immuable, entendait se rapprocher le bruit.

Dans son sommeil Mme de Calvière rêvait. Une oasis sereine était devenue le château. Au plus violent des représailles, des déportations et des tortures, il restait plus vaillant et plus fidèle que jamais. Un berceau, un asile sûr.

Le bruit se rapprochait.

C'était presque comme un feulement à présent, juste devant la fenêtre. Le chat se ramassa, prêt à bondir. La Belle ouvrit les yeux, sentit l'étrange sort qui l'entourait de solennel silence. Elle souleva la tête et regarda le chat. Ses yeux étincelaient dans la pénombre, il paraissait subjugué par une chose qu'il ne rejetait point. Tout son être acceptait d'avance le moment qui suivrait. Un sortilège émanait de toute sa personne. La Belle étendit la main et il se coucha aussitôt, docile, fermant ses yeux de pierrerie. Son poil était demeuré lisse. Il savait.

Deux coups légers furent frappés au carreau bas, puis deux encore. L'animal restait immobile. Sans bruit, rejetant les douces peaux de bêtes qui la tenaient au chaud, la Belle se leva pour s'en aller ouvrir. Dehors la nuit d'encre sentait la pluie et une bouffée d'air humide vint balayer ses cheveux, les jetant en arrière.

– N'ayez pas peur, Madame. Ne faites aucun mouvement sinon je suis perdu.

Catinat le sauvage, d'un bond souple, atterrit aux pieds de la Belle. Toujours elle avait su. Il n'était point de ruse qu'elle ne fût capable de déjouer, point de paroles qu'elle ne pût comprendre ni de situation qui la troublât de haut en la prenant au dépourvu. Cet homme-là était à elle. À la minute où il s'agenouilla pour cacher son visage au creux de sa chaleur, son rêve se mit à vivre. Simplement, dans toute sa splendeur, sans vaine hypocrisie. Le chat n'avait pas bougé du lit. Il attendait.

– Relevez-vous, mon fier amant. Je savais que vous viendriez.

Qu'un tel soldat possédât tant de noble délicatesse peut dépasser l'entendement. Depuis longtemps ne sachant plus tenir qu'armes de guerre, encombré de ses mains, son corps tout entier étranger dans la demeure où il se présentait tel un obscur géant de forêt de légende, il demeurait aux pieds de la Belle qui, lentement, caressait ses cheveux en broussaille.

– Laissez-moi refermer la fenêtre et venez près du feu que je vous voie enfin.

Sa voix avait un timbre velouté et Catinat, du fond de son abîme, redoutait de montrer au jour sa figure terrible. Il demeurait courbé, malheureux et traqué plus que bête courue.

– Dieu ! fit-elle. Comme je vous aime ! Je crois plus que mon Dieu.

Alors il déplia son grand corps épuisé, écarta les bras, et elle vit briller sur sa poitrine la médaille qu'il portait au cou. De son endroit le chat, à présent assis sur les coussins, observait toutes choses. Aucun bruit, aucun geste ne lui échappait, et il accueillait l'intrus avec une attentive indulgence.

La flamme se mit soudain à tourbillonner dans l'âtre. Le vent tournait au nord. La Belle restait debout, si petite à côté du guerrier qu'il aurait pu sans peine la soulever comme une plume. Il vacillait, saoul de fatigue et d'abominables tueries dont il s'était rendu coupable. Mais elle avait oublié la guerre avec ses crimes, tout commençait ici et la vie éternelle ne suffirait pas à contenir tout leur amour.

– Cette tête que vous voyez là, Madame, près de la vôtre, est mise à prix. Rien au monde pourtant n'aurait pu m'empêcher de venir vous demander pardon.

– Pardon de quoi, mon doux seigneur ? Je vous aime pour ce que vous êtes et tel que je vous vis pour la première fois.

– Ah, Madame, murmura le fier Catinat regardant audehors sans oser fixer un regard sur la Belle, je suis l'assassin du baron. Je l'ai massacré, comprenez-vous, et pour l'amour de vous. Seulement pour l'amour de vous.

Il était désespéré, perdu dans son comportement, rempli de doutes sur lui-même. Mme de Calvière sentit en elle monter tant de pitié qu'un moment cela domina son amour. Que lui importait qu'il fût meurtrier, ne l'étaient-ils pas tous ? Complices en tout cas et dans un même camp entièrement tourné vers un seul but : la liberté. Ne valait-elle pas tous les sacrifices, y compris celui de la propre tranquillité de son âme ?

– Je ne puis rester près de vous avec ce poids qui m'accable de jour comme de nuit. Où que je sois, il n'a de cesse de me tourmenter. Dieu m'a frappé soudain d'une infirmité telle que même dans le désir présent que j'ai de vous je ne saurais me comporter en homme. Notre Dieu est un Dieu jaloux qui ne supporte pas que l'on se détourne de lui un instant. Cependant nul au monde ne vous aimera jamais comme je vous aime.

Pour la première fois, ils étaient seuls, rien n'empêchait qu'ils fussent l'un à l'autre. Pourtant Abdias n'était que souffrance et péril, séparé de celle qu'il aimait par son impuissance à le lui démontrer autrement que par une foi sans défaut.

Elle levait sur lui des yeux si purs qu'il la prit enfin dans ses bras mais si tendrement au désespoir que la Belle sentit son cœur se fondre. Quelle douleur plus grande pourrait-il survenir qui dépassât l'instant ?

– Asseyez-vous là, mon seigneur, dans ce fauteuil. Venez vous reposer. Dieu ne peut nous abandonner.

Elle le poussa devant la cheminée, mit une bûche au feu et le bois sec commença à pétiller. Catinat ne pouvait plus la regarder tant elle resplendissait. Vaincu, il la laissa faire quand elle ôta de ses mains fines sa chemise mouillée, sans même le frôler. Tous ses gestes étaient empreints de tranquille assurance. Pour sa part il se laissait guider. Il n'aurait su dire quoi le délivrait soudain de toute angoisse. Les objets avaient l'air de se placer d'eux-mêmes, complices. Dans la minute l'entoura plus d'amour qu'il n'en avait reçu durant toute sa vie. Il ferma les yeux. Il entendit la Belle se recoucher dans sa longue chemise qui traîna un peu sur le tapis, dans un doux frôlement.

Tout se passait dans une autre dimension. Soudain projetés dans un univers à leur mesure et qui dépassait la chair pesante et leur désir charnel évanoui. Leurs mouvements étaient recueillis, silencieux et purs. Le monde autour d'eux n'existait plus ou bien c'était un autre plus grand et plus définitif. Le soldat, comme en rêve, acheva d'enlever sa défroque, secoua sa crinière. Son corps parut lavé de sueur et de pluie. Si blanc et désarmé.

En eux rien ne troublait la paix. Le vent pouvait rouler ses rafales et venir battre sourdement, les murailles n'existaient plus, réfugiés qu'ils se trouvaient, au calme d'une rade que n'atteignait plus la tempête. L'instant était de nuit et de lumière. Ils comprirent sur l'heure qu'ils ne s'uniraient jamais qu'en l'Esprit. Ils l'avaient su depuis toujours.

Assis au pied du lit, le chat ne bougeait pas : un garde de corps si puissant qu'il n'était besoin d'autre défense que son regard bleu posé sur les amants. Une telle force irradiait de sa personne qu'on l'eût dite entourée de rayons. Il commandait, de par Dieu, cela se concevait tout net.

La Belle vit Abdias s'approcher du lit posé comme un bateau dans le fond de la chambre. Le chat avait bondi, souple et tout de velours. Il s'installa, prenant ses aises, et la Belle étendit la main sur lui. Quand le soldat vint s'allonger à son tour, il ferma les paupières, se fit tout lisse et posa une de ses pattes sur la poitrine de Catinat, comme pour en prendre possession. Les amants ne se touchaient pas. Les yeux clos, ils s'aimaient. Le chat, entre eux, dormait en ronronnant.

Le lendemain durant le château parut dormir, entouré des tourbillons du vent cornant novembre aux lisières des champs. On eût dit qu'un raz de marée allait emporter branches et toits pour ne rien laisser après lui. Il fallait que François Droulet se courbât, tout leste pourtant qu'il était, pour parvenir jusqu'aux fagots du bûcher, se ramassant pour tenir tête en revenant. De menues pignes jonchaient les terrasses fouettées par la bourrasque.

Au creux du lieu la Belle cachait son guerrier. Qui oserait venir le chercher là, séparé des siens, poursuivi, sans recours ? Elle fit sécher son habit, lui porta ses bottes que Vigourette avait graissées sans demander d'explication. Qu'il retrouve un cheval et il serait à l'aise.

Le restant de la nuit qu'il avait passée dans son lit sans même l'effleurer, Mme de Calvière avait eu loisir de le contempler. Il s'était endormi d'un trait, sa lourde tête enfoncée au plus profond de l'oreiller douillet. Et c'était saisissant contraste de voir ce visage mollement détendu, sans défense, au milieu des dentelles. En cette étrange nuit il lui était livré. Redoutable cadeau. Penchée sur lui, la Belle détaillait chaque ride, chaque grain de la peau grossière tannée ainsi que le cuir souple d'une bête sauvage. Il avait des cils roux, courts et drus, brûlés par les embruns, une bouche très rouge avec d'épaisses lèvres, un front haut, généreux, planté bas de cheveux en broussaille qui retombaient sur les épaules.

Elle s'emplissait le cœur de la présence dont elle avait rêvé durant des mois. Une présence transparente malgré l'humanité du corps abandonné. La pendule battait trop vite. Les secondes allaient, allaient, martelées, haletantes. Des odeurs nouvelles, fortes, que le chat avait accueillies de son nez délicat comme s'il retrouvait un territoire familier, avaient envahi la chambre.

Cette mystérieuse paix avait duré jusqu'au matin. Jusqu'au moment où s'étaient agitées les servantes dans les communs : branle-bas habituel assourdi par les rafales qui secouaient les portes. La magie de la nuit s'enfuyait, la présence des choses sortait de l'ombre et parlait de réalité. Insensiblement Catinat sentait autour de lui se défaire l'enchantement. Il se dressa d'un bond. Torse nu, il jaillit du lit chaud où il avait dormi. Il était seul et le feu ronflait à flammes hautes dans l'âtre que veillait le chat, roulé en boule sur l'épais tapis. Des étincelles venaient fondre sur le pare-feu et le bois pétillait sans que l'animal interrompît son rêve.

L'habit était là, propre et sec sur le dos d'un fauteuil. Les bottes aussi devant la cheminée. Le cavalier sentait dans tout son corps une telle fatigue que, devant son regard brouillé, rien ne parvenait à l'étonner de ce qu'il découvrait, entendait vivre autour de lui. Tant de choses s'étaient passées, en esprit tant de batailles s'étaient enchevêtrées, qu'il ne savait s'il les avait gagnées.

Pendant qu'il achevait de s'habiller, on frappa à la porte. Catinat regarda le chat s'étirer paresseusement en bâillant. Était-ce là le nouveau seigneur du lieu, cet animal surprenant qui paraissait l'avoir apprivoisé, lui, le féroce loup ?

Mme de Calvière entra, accompagnée par Vigourette qui portait un plateau. La nourrice s'approchait à petits pas, les yeux baissés, pour une fois muette, tandis que le chat venait se frotter amoureusement aux jambes de sa maîtresse.

– Pose ce repas sur cette table, près du feu, et laisse-nous, s'il te plaît, Vigourette.

Sans piper mot, l'oreille basse, bouche serrée, Vigourette obéit.

– Vous devez avoir faim, Monsieur. Voici de quoi vous restaurer.

Il y avait là du poulet froid, un flacon de vin rouge et du raisin muscat dont les grains d'or luisaient dans une coupe. Toutes ces choses parlaient le langage du corps et les amants regardaient par la fenêtre surgir les premiers rayons du soleil et se balancer la cime des grands pins. Le rêve s'enfuyait, l'angoisse rôdait à nouveau sans que rien ni personne, hormis Dieu, vînt y porter secours.

– Ne comprenez-vous point, Madame, ce que vous faites en ce moment ? Vous donnez asile à un banni pourchassé par tout le Royaume, et qui plus est un meurtrier et celui de votre mari. Moi qui n'étais venu que pour vous demander pardon et m'enfuir ensuite à tout jamais !

Il paraissait avoir oublié son dilemme d'amour, redevenait le soldat du Seigneur, uniquement préoccupé des combats qu'il devrait mener. Il allait et venait à grands pas dans la chambre qu'il traversait en quatre enjambées. Était-il possible que la baronne qu'il voyait là, si proche, ait oublié ce qu'ils étaient tous deux ? Elle se plaça hardiment devant lui.

– Il n'est point ici question de pardon mais de vengeance, vous me l'avez bien fait comprendre. Notre Dieu veut du sang, il faut lui en donner et du meilleur.

Résolue, elle lui parlait rudement, comme un homme, allant tout droit abonder dans son sens, et il avait peine à reconnaître la femme soumise et tendre de la veille. À côté de lui elle se maintenait, au point qu'il en oubliait et son sexe et son rang, ne rêvant plus que de l'avoir pour compagnon, combattant avec lui comme les autres femmes qui suivaient la troupe en bataille. De son côté la Belle considérait le sauvage. Jamais on ne l'avait accoutumée à voir de près la vérité d'un homme de chair et de honte. Tel qu'il était, dans sa solitude et sa grandeur farouches. En lui elle découvrait le visage du peuple dont tout la séparait. Et lui savait que rien au monde ne pouvait se comparer à tant de fierté, de noblesse dans les attitudes. Aucune femme ne saurait désormais prendre sa place.

– Allons, Monsieur, croyez-m'en, restez encore un peu. Voyez dehors le temps qu'il fait. Je saurai vous cacher et les dragons ne vous trouveront pas. Vous devriez savoir qu'il faut plus de colère encore pour accomplir tous nos desseins.

– Puis-je compter sur vous, Madame, en tout lieu, en

tout temps, laissant de côté ce qui nous brûle pour mieux servir la Cause ?

La Belle, s'approchant de la cheminée, prit le chat dans ses bras, lequel daigna soulever les paupières pour jeter sur Abdias un regard qui le fit trembler.

– Celui-là sera mon témoin, dit-elle. Notre sauvegarde est en lui. Ne voyez-vous pas qu'il préserve déjà notre amour ?

Elle parlait d'une voix basse, sans faire un geste, les yeux vers la fenêtre où apparaissait un jour gris, plaintif de branches mortes. Dehors il y avait une autre vie pleine de dangers, de souffrances obscures, d'humilité et d'orgueil, menacée par la folie des hommes. Qu'Abdias fasse un pas au grand jour et c'en serait fait pour lui des peines qu'il avait supportées pour elle. Une infinie tristesse s'emparait de la Belle. Il eût fallu, pour être assurée de demeurer à son niveau, plus de simplicité, plus d'absolu renoncement.

Catinat tourna comme un lion en cage une longue journée qui lui sembla à la fois une éternité et un songe. Il n'avait plus de cœur pour reposer tant il pensait à ses cavaliers perdus dans les étangs : à David, qu'on appelait Turenne et qui possédait une âme vaillante. Il avait, lui aussi, participé au meurtre du baron. Échappé lui aussi. Qu'étaient-ils devenus, errants, sans leur chef qu'ils devaient croire mort ?

La nuit allait tomber quand il décida de partir. La Belle le devina avant même qu'il ouvrît la bouche. Heureux loin d'elle il ne serait jamais, mais auprès d'elle il ne pouvait. Quand l'obscurité fut tout à fait venue, elle sella elle-même un cheval qu'elle choisit parmi les plus rapides de son écurie et l'amena derrière le château, à l'endroit de leur rendez-vous de la Saint-Jean d'été.

Elle s'était enveloppée de sa mante de cadis dont le capuchon entourait son fin visage, la faisant ressembler à un ange bouffarel. Dieu ! Qu'il l'aima en cet instant où elle apparut tenant le cheval par la bride, sans apparat, là, sous les arbres où ils s'étaient promis de loin ! Le cheval était petit, longue queue, un vrai camargue qu'il saurait prendre en main et qui, jusqu'à sa mort s'il se pouvait, ne devrait le quitter.

Leurs adieux furent brefs, les yeux de la Belle brillaient trop quand elle lui tendit les rênes. Leurs mains se frôlèrent à peine. Catinat le guerrier regardait déjà par-dessus le grand cèdre se profiler d'autres images. Il souffrait, déchiré, plus qu'en aucun combat. Celui-ci serait-il le plus dur ? Il s'enleva d'un bond léger, inattendu, souleva son chapeau sans regarder sa bien-aimée puis, ses yeux perçants scrutant la nuit de la garrigue, disparut sans se retourner.

Vigourette n'était point de ceux qu'on abuse. Elle voyait, entendait à son aise, et rien ne lui échappait jamais de ce qui touchait de près à sa petite. Sa confiance en elle était totale. Femme de devoir et de rigueur mais pas si bête au point de se leurrer sur les faiblesses des humains, quand la nourrice sortit de la chambre, bouche cousue sur le secret d'amour qu'elle avait perçu dès le premier moment, elle n'était cependant pas inquiète. L'atmosphère étrange qui l'avait assaillie dès le seuil abordé, l'admiration qu'elle portait au défenseur de la vraie foi, la peur qu'elle avait de les trahir tous deux, leur attirant le pire, ne l'empêchèrent point, la nuit venue, d'aborder le sujet. Après qu'elle eut, ainsi que chaque soir, bassiné la couche de la Belle, juste au moment de la quitter, elle vira lentement sur ses jambes lourdes et, tandis que la baronne se mettait au lit, pressant le chat contre elle selon son habitude :

– Allons, fit-elle, la regardant droit dans les yeux. Ne me direz-vous point, ma jolie, ce que vous avez fait de ce brave ? Ah ! certes, je suis bien inquiète pour lui et pour ses compagnons. Nous aurions pu le garder au moins encore quelques jours. Il y a péril pour lui, bien plus encore que pour nous.

Ainsi, d'emblée, elle se plaçait de leur côté. Sans la moindre crainte elle s'était assurée devant le lit, une main lissant les courtines, prenant bien garde de ne pas effleurer le chat, aussi vaillante en son propos que s'il se fût agi de reconduire hardiment le meunier docile du château.

– Regarde-moi bien, Vigourette, répondit la Belle en s'enfonçant plus profond au creux du lit douillet. As-tu jamais connu en moi plus grand amour que celui que je porte à mon Dieu ?

La nourrice, de la place, contemplait le fin et pur visage, et dans les yeux qu'elle savait si bien ne détaillait que lumière sans tache. Nul mensonge ne venait en ternir la beauté.

– Tu vois, reprit la Belle tandis que le chat dardait sur la nourrice le feu de ses prunelles, quelle que soit l'action qui ait amené Catinat près de moi, l'amour que je lui voue se confondra jusqu'à ma mort avec celui que je porte au Seigneur.

C'était dit si sereinement, d'une manière inébranlable, que la brave femme se mit à pleurer doucement. Les larmes coulaient au long des rides de sa bouche qui tremblait de même que lorsqu'elle murmurait sa prière du soir. Elle s'approcha, toujours pleurant, se pencha sur la Belle et la tint un moment, épanouie comme une fleur, au creux de ses jupons.

2.

Un autre hiver de guerre sainte s'abattait sur toute la province. Des Cévennes au Bas-Languedoc les représailles allaient bon train. Des mois s'étaient écoulés sans que Mme de Calvière eût reçu des nouvelles de son père. Par Mme de La Cassagne, amie de Mme du Noyer enfuie à l'étranger, elle avait appris qu'il se trouvait à Genève avec sa suite, en bonne santé semblait-il. Chaque jour elle se disait : « Ce sera pour aujourd'hui qu'un messager viendra de lui. » Bref, au jour le jour chacun vivait, s'efforçant de jouir de l'abri des murs du château, fermant ses oreilles aux rumeurs qui bruissaient de tous les côtés.

La Belle s'était définitivement attaché le droulet qui ne la quittait plus et faisait toutes ses commissions, l'accompagnant parfois à cheval au cours de ses visites aux paysans et aux moulins. Un grand vide s'était fait après le départ de son amant. S'il l'eût demandé, l'aurait-elle suivi, abandonnant ceux-ci dans le château et à l'entour qui ne comptaient plus que sur elle pour les protéger des dragons ?

Elle n'avait consolation que dans le chat qui parcourait de haut en bas les salles du château, de plus en plus grand seigneur, de plus en plus mystérieux. Vigourette finissait par le supporter, ce qui était déjà l'annonce d'une paix qu'ils devraient, tôt ou tard, conclure.

Plus que jamais on avait pendu, roué, peuplé les galères du roi de scélérats, de gueux opiniâtres qui ne voulaient à aucun prix démordre de leur foi et qui couraient à la torture ou au bûcher en chantant des cantiques. Au feu, à sang, la petite Chanaan pleurait ses martyrs mais relevait la tête. Seuls hésitaient encore les bourgeois, tant il est vrai, comme dit l'Écriture, qu'il est plus difficile à un riche de gagner le royaume des cieux qu'à un chameau de passer par le chas d'une aiguille.

M. de Basville aurait-il échoué ? M. de Broglie s'acharne à frapper plus encore. Des Cévennes descendent des bandes fanatiques farouches. Tous des rusés qui tiennent en échec une armée de dragons sérieux, bien équipés, encadrés comme il faut mais cependant point prêts à savoir se défendre dans la petite guerre.

Par-delà les étangs, vers la mer et les dunes que le vent déplace à tout instant, irrégulier, puissant, obstiné pour un travail sans fin, deux cents cavaliers se sont regroupés. Trois mois déjà que le tourmenteur « repose » en l'église de Boissières, rendu sans doute à l'enfer qu'il destinait à d'autres. La justice de Dieu... Elle frappe mais plus elle frappe, à droite, à gauche, aveugle semble-t-il, plus se lèvent de nouveaux soldats pour se réclamer d'elle.

L'hiver est là et M. de Broglie compte sur lui pour réduire les obstinés. Un allié de poids quand la neige recouvre les pentes et que la glace fera sortir bêtes et gens de leurs cachettes. Vivent, le prédicant « qui cheminait toujours fusil au col », tué par Étienne Jourdan, sergent d'une milice voici juste dix ans, Catinat et Turenne en fuite, M. de Broglie se frotte les mains de contentement. Pas si vite, Monsieur le maréchal, pas si vite !

De Vauvert, du Cailar, de Lunel et d'ailleurs, sortent des révoltés prêts à tout. Par centaines, tous jeunes et gaillards, ils rejoignent un nouveau chef : Jean Cavalier, le blondinet qui a délaissé son four à pain d'Anduze pour se ranger derrière l'Éternel. Pas plus haut que trois pommes, fort comme un Turc et grosse tête enfoncée entre les épaules, à qui pense-t-il imposer le respect ? Regard bleu, caressant, c'est l'amour qu'il inspire quand il rejette en arrière ses longs cheveux blonds. Étrange petit mitron qui refuse d'aller à la messe et qui s'entend interpeller au plus fort de la nuit, comme Moïse ou Samuel : « Et toi, lui dit son Roi, n'irais-tu pas délivrer ton peuple ? »

Il est partout à la fois, bafouant consuls, soldats de bourgeoisie, et dépêchant dans l'autre monde prieurs, abbés et autres, trop zélés à son goût pour le service du roi de France. De tous côtés il n'est question que de ce nouveau ministre qui marche lui aussi par l'Esprit. Belle et douce Chanaan, grenier des malcontents qui ne possèdent rien en dehors de la chemise sale qui leur colle à l'échine, voleurs d'églises, pillards d'étain et de salpêtre, prêts à tout pour assurer la défense de la religion, pas un seul de ces croquants ne se vit refuser l'aumône d'un pain ou d'une paire de souliers. Les grottes d'Euzet sont pleines de provisions d'huile, de vin et de farine, d'armes et de munitions. Mais combien peu de gentilshommes pour les soutenir en vaillance ! Pour ainsi dire point. Le petit peuple se bat seul.

Novembre attend à la porte de l'hiver, brumeux et triste. Les vents tournoient, courent autour des remparts et des tours, volent sur les marais, retroussant les plumes des foulques et courbant les roseaux. La nuit serre les mas autour des clochers, les feux s'allument et la peur s'installe. Oasis au désert de la plaine, le château de Boissières accueille tous les assoiffés. Jamais la baronne ne ferma sa porte au vagabond colporteur de nouvelles, au berger sans brebis poursuivi par les loups. Elle a pris les rênes du pouvoir et dirige son domaine. Ferme, d'une inaltérable patience, elle visite chaque jour un foyer du village. On l'attend, car elle est sans peur, et son courage relève les plus défaillants.

Ce jour du 15 novembre s'est levé tiède et calme, du calme qui précède souvent quelque froidure, quelque bonne gelée précoce emprisonnant dans une gangue dure chaque motte serrée entre les ceps. La Belle a bien dormi. Le silence des arbres qui entouraient le château l'avait gênée au moment de dormir. Quelque chose manquait. Elle était restée longtemps à sa toilette, inquiète au moindre bruissement. Rien ne bougeait et le seigneur-chat avait suvi d'un œil tranquille chaque geste de sa maîtresse. Assis sur son derrière et d'une gravité sereine, de ses yeux de turquoise filtrait une grande sagesse, et sa queue fourrée avait battu le tapis, d'une cadence bien réglée. Intéressé au plus haut point.

Quand enfin elle s'était glissée dans son lit, il s'était coulé à son côté, et serrés l'un contre l'autre, ronronnant de plaisir, s'étaient endormis sans rêves. Ainsi donc, ce matin-là commença comme d'ordinaire, avec les habituels trafics qu'on finissait par ne plus entendre par la force des habitudes. Pourtant, sans qu'un seul mot eût été échangé, chacun savait. Vers Aigues-Vives, à travers vignes et roubines, marchaient depuis l'aube les osards.

Catinat semblait s'être fondu dans les brouillards de ses étangs. Disparu, volatilisé. Mme de Calvière n'avait plus entendu parler de lui comme si prononcer son nom devant elle devait écorcher la bouche du bavard. Midi allait sonner sur la place d'Aigues-Vives quand, tout à coup, escorté de soixante-dix camisards, Jean Cavalier déboucha hardiment. La troupe s'avança dans un piétinement joyeux puis s'immobilisa derrière le prédicant.

– Allons, mes frères, sortez tous de vos endroits. Soyez sans peur, approchez pour écouter la parole de notre Dieu.

Dressé sur ses étriers, Cavalier, tête levée, ses cheveux brillants sous le soleil, se tourna alors vers ses soldats.

– Allons-y, les enfants, pour la gloire de l'Éternel.

Non point à nous
Non point à nous Seigneur
Mais à ton nom donne gloire et honneur
Pour ta grâce et foi sûre
Pourquoi diraient les gens en se moquant
Où est ce Dieu qu'ils vont tant invoquant ?
Où est-il à cette heure ?

Ps. LXV

– Il est ici, et là, et là, crièrent d'un seul chœur autour de lui les cavaliers.

On vit à ce moment sortir de chaque ruelle, assurés et vaillants, les premiers fidèles.

– Mes frères, poursuivit le prédicant, l'Éternel se révèle à nous et nous dit : « Va, petit peuple, viens à moi et suis ma route. » Nous croyons puisque Jésus-Christ nous est donné pour seul Avocat, qu'il nous commande de prier en son nom vers son Père, même qu'il ne nous est licite de le prier qu'en suivant la forme que Dieu nous a dictée par sa Parole : que tout ce que les hommes ont imaginé de l'intercession des saints trépassés n'est qu'abus et fallace de Satan pour faire dévoyer les hommes. Finalement nous tenons le purgatoire pour une illusion procédant de cette même boutique de laquelle sont aussi procédés les vœux monastiques, pèlerinages, défenses du mariage et l'usure des viandes, l'observation cérémoniale des jours, la confession auriculaire, les indulgences et toutes autres choses par lesquelles on pense mériter grâce et salut*.

Ainsi parlait à claire et puissante voix le boulanger d'Anduze. Et tandis qu'il tenait sa harangue, se tournant de tous les côtés en faisant virer son cheval, la foule s'amassait autour de lui. Quelle assemblée ! Vas-y, petit prédicant, que le feu de Dieu enflamme tous ces gueux unis pour son service ! Il allait, il allait, les yeux remplis d'étoiles, une force extraordinaire émanait de toute sa personne, il grandissait en majesté et chacun retenait son souffle. L'Esprit planait sur les têtes inclinées. Ils étaient là deux mille qui oubliaient les chasses à l'homme, deux mille à prier en plein vent pour la gloire de leur Dieu, sans crainte des dragons, bravant le roi. Soixante-dix cavaliers, sabre au clair derrière leur ministre.

Aigues-Vives... Aigues-Vives... En ce novembre de l'an 1702, comme tu portas bien ton nom ! Jamais eaux plus limpides ne coulèrent aux ruisseaux de la ville. Un flot rapide emportait douleurs et haines dans son cours. Mais à quoi pensait donc le peuple pour défier ainsi le maréchal ? N'était-il donc point sufisant qu'ils fussent privés du nécessaire, allant pieds nus besogner les champs, courant au-devant des ministres, affamés surtout de la Parole ?

La cérémonie terminée, bien tranquilles ils étaient rentrés dans leurs maisons, riant entre eux d'avoir si bien « couillonné » les milices. C'était ne douter de rien et bien mal les connaître. Le surlendemain de la magnifique journée, M. de Broglie fit rassembler les habitants pour les sermonner dans l'église. Lui aussi prêchait bien mais pour une autre cause, et les manants, menu fretin de basse

* « Il avait, en ce temps-là, dit Mazel, des dons de Dieu très excellents, prêchait merveilleusement et avait aussi le don des révélations. »

condition pour la plupart, durent sortir au soir la corde au cou et droit sur les galères. Menu fretin mais point de Cavalier. Il courait déjà par les montagnes avec cent cinquante croquants armés de fusils, de bâtons et de fourches. Point de nouvelles des bouviers, encore moins de Catinat.

D'Aigues-Vives à Boissières les rumeurs allaient vite. On savait toujours tout presque sur l'heure. Au château, il n'était que de suivre le chat dans son comportement pour apprendre s'il y avait victoire ou bien défaite. Ce coup-ci, plus sibyllin encore que jamais, on ne pouvait déceler en lui que tranquille assurance. Pourtant, quand Mme de Calvière apprit le sort qu'une fois encore on avait réservé à son petit pays, elle s'enferma dans sa chambre, bien décidée à ne point en sortir de longtemps.

– Que personne ne me dérange, dit-elle à Vigourette, et si le curé vient aux nouvelles, dis-lui que c'est le baron que je pleure, il s'en réjouira.

En silence, vrai, elle pleura. Mais personne ne le soupçonna. Fenêtres closes, rideaux tirés, elle s'enveloppait de ses courtines et se laissait aller à son chagrin. Le chat se serrait contre elle, ne la quittait que lorsque Vigourette lui ouvrait la porte pour faire un tour par les terrasses. Il restait quelques instants dehors puis miaulait une longue plainte, le nez aplati contre la vitre jusqu'à ce qu'on lui ouvrît. La Belle sortait alors de sa tristesse au vu de ses prunelles qui faisaient dehors de la lumière.

Ce fut vers ce temps-là que la nourrice regarda le chat d'un air tout différent. Elle guettait, complice, le moment où il s'en allait prendre un peu l'air, suivait son train de loin, observant le pas majestueux de l'animal étrange, toute prête à considérer qu'il était devenu le gardien de lieux privilégiés. Elle mettait sous son nez quelque friandise qu'il daignait flairer en s'approchant, l'échine souple, à pattes de velours, sans la quitter des yeux.

– Viens, mon chat, disait-elle à voix basse, regardant autour d'elle si personne ne la voyait. Viens, mon beau sire. Dis-moi, quel est ton nom ?

Elle n'essayait pas de le toucher. Il émanait de sa personne un pouvoir absolu, presque de droit divin. En vérité elle craignait de lui déplaire, de la même façon que les petites gens continuaient à vénérer, au milieu des pires tortures, leur souverain Louis le Grand.

La pluie, le vent, les premières gelées, la chasse à travers la garrigue... Les fusils du baron reposaient en leur panoplie, c'était une consolation qui venait s'ajouter à celle de ne plus avoir à supporter la puanteur qu'il sécrétait à la fin de sa vie.

Enfin, un beau matin, le mistral se leva. C'était chaque fois le même renouveau, le réveil des arbres et des mornes pâtures. Vigourette, en portant son déjeuner à sa maîtresse, comprit que la « bouderie » prenait fin. Elle poussa la porte du pied, franchit le seuil la tête haute et dit :

– Allons, ma Belle, voyez donc quelle journée nous prépare le ciel. Pas un nuage en l'air. Du moulin on pourrait voir la mer.

Ah ! la maligne femme. Comme elle savait ce qu'il suffisait de dire ! Le chocolat fumait dans le pot d'argent et répandait un parfum qui vint au nez de la baronne avec celui des fougassettes aux grotillons. Salé-sucré, quel délice ! Qui pourrait résister ?

– L'espoir est là, Madame. À votre âge surtout. C'est ce qu'assurent nos ministres. Il faut les croire.

D'un bond la Belle avait mis pied à terre.

– Vigourette, fais préparer la jument et porte-moi mon justaucorps, le bleu foncé, avec mes bottes.

– Tout de suite, ma Brazuquette, tout de suite. Ah ! que vous me faites plaisir.

Les grands pins gémissaient, des portes battaient, et on entendait au loin une meute de chiens forcer quelque bête sauvage. La vie... la vie... la vie. L'avenir appartenait à Dieu.

Si ferme et résolue que se montrât la Belle, elle redevenait enfant quand personne ne la voyait. Fidèle, exigeante davantage pour elle-même que pour ceux qu'elle protégeait, elle fondait son espoir en Dieu, soumise à sa volonté mais sans résignation. Bien décidée à la bataille. Son amour pour Abdias la consumait, un supplice délicieux qu'elle savait ne pouvoir échanger pour aucune caresse. Fortifiée par son renoncement, sa foi inébranlable venait en aide aux apeurés qu'elle réconfortait d'un seul de ses sourires.

Chaque matin elle galopait jusqu'au moulin de Calvisson et, de la fière colline, arrêtait son attachement au-delà des remparts d'Aigues-Mortes. Le ciel, parfois, avait des caprices qui découpaient au-dessus de la mer des mirages de cavaliers. Elle restait tout imprégnée de ses visions, et le vent qui fouettait l'herbe rase soulevait son manteau et rabattait son capuchon. Elle se décidait alors à rentrer au château où l'attendait le chat devant la cour d'entrée. L'après-midi, elle descendait à pied par un sentier et, sans en avertir, se présentait sur le portail de Despenjo-Figuo, le maréchal-ferrant. La devinant derrière lui, il continuait de taper avec entrain sur son enclume. Elle s'asseyait dans un coin de la forge et restait à le regarder, les yeux perdus sur la magie des étincelles qui jaillissaient sous son marteau.

Comment ces travailleurs, la sachant si près d'eux, auraient-ils pu lui donner son titre de baronne ? « Madame la baronne », cela n'arrivait pas à sortir de la bouche de ces hommes libres. Pour chacun d'eux elle restait la Belle, la Belle Huguenote.

À la tombée du jour arrivaient les bouviers, leurs chapeaux rabattus sur les yeux. Un cheval boiteux, un fer à remplacer, ils avaient toujours une excuse pour s'attrouper devant l'atelier. Dans l'ombre Mme de Calvière ne bougeait pas plus que statue et ils faisaient semblant de l'ignorer. En tacite reconnaissance, chacun venait aux nouvelles. En secret, dans une langue qu'elle comprenait à merveille, ils osaient parler de leurs exploits. Ça sentait la corne brûlée, le crottin, la sueur et le cuir des harnais. L'atmosphère trouble de vengeance et de sang, dans laquelle ils baignaient à l'aise, ensorcelait la Belle, l'entretenait d'une imagerie populaire, fruit défendu d'une éducation qu'elle avait toujours détestée. Chacun son rang, même huguenot, mais où était le sien ?

Parfois le village entier se donnait rendez-vous dans la forge de Despenjo-Figuo, plus maigre que jamais. Quelle carcasse ! De fer et d'os, une machine qu'on aurait pu croire rouillée mais qui se déplaçait sans grincer, chaque geste venant prendre la place où il devait, au bon moment. La Belle ne le quittait pas des yeux, fascinée. C'était un homme qui ne parlait guère, uniquement dans la langue de ses pères, sauf, comme tout un chacun, quand il s'adressait au Seigneur.

– *Disou qué Cavalier s'es barrat amoundaou. Ou crésé bé ! Es qu'aucun aquéou Bloundinet !* (On dit que Cavalier s'est sauvé par là-haut. Pour sûr ! C'est quelqu'un, ce blondinet !)

Pas une fois les vachers ne prononcèrent le nom de Catinat. La Belle avait beau s'aiguiser les oreilles pour essayer de capter le plus léger murmure, le nom chéri paraissait à jamais englouti avec celui qui le portait. Despenjo-Figuo, sans s'arrêter de travailler malgré les bavardages, allait de la forge à l'enclume, soufflait, tapait, tout allait de bon train pour qu'au-dehors on sache bien que l'ouvrage continuait. Ainsi, par le petit peuple reconnaissant, la Belle était au courant des nouvelles. Elle n'avait point envie de voyager au loin. S'il est vrai qu'elle avait aimé les foires de Beaucaire, seules ses collines la retenaient désormais.

À la nuit il fallait se quitter. Un à un les bouviers franchissaient le portail, soulevant d'un pouce leurs chapeaux, par respect pour la Belle Huguenote tapie dans la pénombre. Ils sortaient sans la regarder. À son tour elle s'en allait, lentement, à regret. L'hiver l'accueillait le seuil du forgeron passé, après qu'il l'eut saluée, la considérant sans faiblir malgré ses yeux brûlés de fatigue et de braise.

– Adissias, Madame, que l'Éternel vous garde.

C'était là son salut, pour elle il n'en savait point d'autre.

Noël approche à grands pas. Un autre Noël sous la croix, bien différent pourtant des précédents. La victoire accompagne partout les hérétiques. Ils font trembler la terre sous leurs pas, téméraires, ne craignant plus ces diables de curés prêts à s'enfuir de tous côtés.

« Vous pourriez mettre des corps de garde et des sentinelles pendant les offices ; il faut se confier en Dieu et ne pas craindre avec excès », prône Mgr Fléchier.

Ah ouat ! Messieurs les catholiques ! Ils n'osent plus sortir, se barricadent derrière de lourdes barres de fer. L'un d'eux a même inventé une bien étonnante machine : par l'aide d'un seul homme « elle fait mouvoir quatre pertuisanes ou vieilles hallebardes qui, allant et venant sans arrêt, défendent l'entrée de la porte ».

Tout cela n'est-il pas merveilleux ? Pauvres « messieurs de courte vie* » ! La roue tourne. Qu'ont-ils encore à perdre, ceux que vous avez tant tourmentés et qui ne possèdent plus que leur carcasse ?

Au château de Boissières, le grand Robin houspille la valetaille. Raide, compassé, peu à peu il a pris de l'importance, toujours soucieux de plaire à la baronne qui pense sans cesse à son amant. Le laquais ne redoute qu'un être au monde : le chat qui, lui, n'a peur de rien. Toujours sur son chemin, lui barrant le passage, toujours grondant, feulant, poil hérissé et moustache en bataille. Ils se détestent.

Sans même en avoir l'air, Vigourette surveille le valet. Sous prétexte d'avoir à faire, il descend parfois au village et s'arrête chez le curé Daignac où ils s'entretiennent en de pesants conciliabules, épiés par les uns et les autres derrière les volets. Quand il rentre de sa virée, c'est toujours la même sérénade : il se rencogne au fond de la cuisine pour échapper à la prière que l'on fait debout, comme il se doit avant chaque repas, sous la garde de la nourrice. Chacun croise les mains pieusement, baisse la tête avec humilité pour attirer du Ciel Sa bénédiction sur la nourriture des serviteurs.

Lui, le rouquin, ne croise pas les mains, ne baisse pas la tête, en cela on doit reconnaître qu'il ne fait point l'hypocrite. Son attitude a beaucoup changé après la mort du baron qu'il avait suivi pas à pas. Il n'aime guère entendre parler de supplices, détourne chaque fois la conversation dès qu'elle porte sur les gens de la religion. Il se montre gêné, ne parle guère, se contentant de lever des yeux d'adoration sur la Belle quand, par hasard, elle lui donne un ordre.

* Les ecclésiastiques.

– En vérité, ma Belle, je crois que ce grand sauvage vous aime. Avez-vous vu comme il vous considère en amenant votre cheval ?

Comment ce coquin, ce lourdaud de si bas étage, osait-il porter les yeux sur sa petite ? Vigourette ne lui pardonnait point. Le chat non plus. Pas une fois, depuis la mort du seigneur de Boissières, son épouse ne l'a visité en son tombeau, et ce, malgré les exhortations du curé. Quel est donc ce mystère qui protège la forteresse que devient le château sans armes ? La haine vient y briser sa houle. Ceux qui s'y réfugient s'y sentent à l'abri. Rien de mal ne peut les y atteindre. Un gueux arrive à la nuit, repart vers le matin, un autre aussitôt le remplace. Et le chat parcourt, tranquille, son domaine. Hume par-ci, chasse par-là, uniquement par fantaisie.

« Si encore il attrapait les rats ! » ronchonne le laquais, esquivant par le côté, d'une parole qu'il voudrait digne, son ennemi juré.

Plus que jamais on frotte, on astique, on cuisine. Vigourette tient bien son monde en main. Seul lui échappe ce grand diable de valet gonflé de vanité.

– Comme je voudrais, ma Belle, vous voir sortir de votre isolement ! N'y a-t-il donc point aux environs quelque dame de votre condition ? Nîmes n'est guère loin et vous avez bel attelage !

Ce n'est pas d'aujourd'hui que la fable sort de sa bouche. Depuis longtemps la baronne a pris l'habitude de ne point faire de visites. La honte qu'elle a de son mari, la tristesse qu'elle éprouve de son comportement, le dégoût des mondanités hypocrites qu'elle voit chez la plupart des nobles de son entourage la confortent dans son désir de rechercher d'autres valeurs plus sûres. Imiter les dames de la cour en allant papoter chez le seigneur de Calvisson où, certes, elle trouverait bien belle compagnie n'a jamais convenu à son caractère indépendant. Ridicules sont ces provinciales qui veulent copier, en beau parler français, les précieuses qui tiennent salon dans Paris. Le bruit en court jusqu'en Bas-Languedoc où, depuis bien des lustres, on ne parle que langue d'oc, les gentilshommes, jusqu'ici, ne faisant pas semblant de ne point la comprendre.

– Tu vois, ma bonne Vigourette, je préfère ta société, celle de mes chevaux dont j'entends toujours le langage. Cela suffit pour l'heure à mon contentement.

La baronne en souriant regarde au ciel passer quelque nuage. La nourrice voit bien qu'elle vit dans l'attente de la venue de son guerrier, s'il plaît à Dieu qu'il soit encore vivant. Et de soupirer, serrant un châle sur ses épaules pour traverser les lieux. La Belle continue à rêver, des heures entières entre chien et loup, devant la cheminée de sa chambre où flambent des troncs de chêne vert. Les pieds sur un tabouret, la tête appuyée fièrement au dossier d'un fauteuil, elle écoute s'avancer le temps en caressant le chat. Lui, il sait tout, il devine. Pour l'heure confiant et repu de délices.

La garrigue était calme tantôt. D'un air sec, à mi-chemin entre le gel et la froidure, juste ce qui convenait pour un temps de galop avant de rentrer par le village où les bouviers, serrés sur le portail du maréchal-ferrant, l'avaient saluée de loin.

La baronne a dans la tête un air de vieux Noël qu'elle a parfois envie de fredonner, mais la musique s'arrête à son cœur. Une musique qu'elle ne sait plus. La nuit tombe vite. Les jours les plus courts ! Il faut allumer tôt les chandelles. Les servantes s'affairent et leurs ombres vont et viennent, agrandies, d'une fenêtre à l'autre quand elles tirent les rideaux. Dirait-on, dans ce havre de paix, que les humains s'entre-déchirent à l'entour ?

Est-il visage plus riant que celui de la pauvre innocente qui s'est amenée la veille, un enfantou de quelques mois pendu à son tétin et caché dans un vieux manteau ? D'où venait-elle, personne n'aurait su le dire. Elle n'ouvrait la bouche que pour rire sans bruit, poussant de petits grognements de plaisir après qu'elle eut mangé sa soupe.

– Eh bien, avait dit la baronne quand elle s'était présentée à la porte des offices, nous voici tout à fait à la mode du jour. Un enfant nous descend du ciel, quel cadeau du Seigneur !

On l'avait roulé dans une peau d'agneau et la Belle le réchauffait sur ses genoux, se réjouissant de sa bouche mignonne où perlait une goutte de lait. Le chat était jaloux mais sage. Ce nouvel animal que lui présentait sa maîtresse était le bienvenu puisqu'il la mettait dans la joie. Elle le pressait contre elle, doux et tendre et de joues bien rosées. Aucun besoin de maternité véritable ne lui venait. Si elle avait eu des enfants du seigneur de Saint-Cosme, elle ne les eût point aimés davantage. Jamais elle n'avait souffert de leur absence. Là, dans ce don du ciel, elle voyait un signe qui la confirmait dans sa foi.

Comme l'année d'avant, elle avait réuni son monde le jour de la Noël. Ensemble ils avaient chanté, prié. Tous, sauf le Robin qui avait l'air de ne rien connaître de leurs psaumes. Ce qui fit dire à Vigourette :

– Je vous dis que celui-là est resté catholique. Un mauvais en tout cas. *Pas res dé bon ! Ni per bouli, ni per rousti !* (Rien de bon ! Ni pour bouilli, ni pour rôti !)

En effet, il semblait aller à la messe de meilleur cœur que les servantes qui faisaient semblant de réciter l'Ave Maria et qui, en réalité, murmuraient le Notre Père en tutoyant Dieu. Quand le vicaire les appelait par leur nom, elles répondaient d'un air bougon depuis leur banc du fond, juste pour faire acte de présence, puis s'en revenaient contrites d'avoir marché contre leur gré et se dépêchant d'oublier ce qu'on leur avait appris. Voilà qu'à présent le rouquin s'attachait à la mère nouvelle venue, la déchargeant de tous travaux un peu pénibles, prenant soin de son boire et de son manger, sans toutefois monter dedans sa couche. L'innocente s'en serait-elle défendue ? Vigourette en doutait.

La baronne ayant donné des ordres concernant la générosité, depuis la mort du baron les culs-terreux y trouvaient leur compte. La nourrice bougonnait sans arrêt en voyant diminuer ses provisions avec, de surcroît, deux bouches de plus à nourrir. Sans oublier les colporteurs de bonnes ou mauvaises nouvelles.

– Pour la Noël, dans son pays de Vézénobres, ceux d'« amoudaou » ont pris le blondinet pour chef véritable. De vrais partisans ont choisi pour ses lieutenants le Ravanel et Catinat, le Camarguais qu'on croyait disparu.

Le colporteur avait baissé la voix sur les derniers mots en regardant, l'air apeuré, autour de lui.

– Vous, buvez votre vin et tenez-vous tranquille. Ici, on ne parle jamais de ces choses.

La nourrice, pour mieux assurer son propos, donna un grand coup sur la table du plat de sa large main. Elle était encore capable, Dieu merci, de se faire entendre en son domaine. Mais les murs, même bien épais, avaient des oreilles. Le bruit de ces événements courut jusqu'au salon où la Belle travaillait à son éternelle tapisserie, devant un clair feu de bois sec. De petit point en point l'ouvrage n'avançait guère. Cela allait tout doucement, tandis que les souvenirs revenaient et qu'on les berçait à son gré.

Ainsi Ravanel, le « saigneur » si laid, si velu, si brutal et si rude qu'on eût pu croire, le rencontrant au coin d'un bois, voir débouler quelque noir sanglier, faisait aujourd'hui partie, et même conduisait, les séditieux rangés derrière Cavalier. Et Catinat, le sabreur magnifique, le cavalier sans peur, non sans reproche, quelles natures que ces gens-là pour tenir tête aux dragons du roi ! Ils savaient tout des vallées et des serres, connaissaient le bon endroit pour s'embusquer, faire retraite pour surgir ailleurs, déjouant toutes ruses.

À ces bonnes nouvelles, il fallait faire fête. Chaque pauvre maison reprenait courage et accueillit la nouvelle année l'espoir au cœur. Vaille que vaille, on fit pâtisserie, même de seigle, et le curé, du seuil du presbytère, reniflait les odeurs qu'il n'approchait plus que de loin, mortifié par la prétention des canailles acharnées à tenir front au maréchal, au roi et à la France entière. Chaque fois qu'un insolent vacher passait sans entrer dans l'église, à pas lents, nez au vent pour laisser durer le plaisir de se moquer de lui, le souvenir de Catinat l'emplissait de terreur. Ne disait-on pas qu'il serait bientôt de retour en Camargue ?

« C'est bien possible, à voir l'air que prennent ces croquants qui relèvent la tête. »

En effet, malgré l'hiver, on eût dit que chacun retrouvait la santé. Ils avaient beau vivre de peu, ils florissaient d'un air content.

« La poule est plumée et troussée ; vous pouvez passer la prendre. »

Ainsi commençait la lettre que reçurent le maréchal de Broglie et ses amis, concernant la mort de Poul, le capitaine aux longues moustaches, terreur des malcontents. Pour une fois Despenjo-Figuo délia sa langue :

– Avec son grand sabre, Catinat lui a coupé la tête* !

* En réalité, ce fut Ravanel qui s'en chargea.

Réunis dans la forge illuminée d'un feu d'enfer, les bouviers savaient déjà l'affaire. Quelques-uns avaient participé à la bataille, fiers du sang répandu.

À sac, à sac qu'elle soit embrasée
Et jusqu'aux pieds des fondements rasée...

Gorge renversée, bras levés, ils riaient et se saoulaient de leur victoire. Diables de gueux, forts de leur foi, sans loi autre que celle de la vengeance ! Ils avaient oublié la colombe de M. Brousson. La plaine flambait de haine et répondait à la montagne.

On avait appelé la fillette venue pour la Noël « Aurore », tant elle était poulidette, rose et blanche comme une fleur d'amandier. Elle passait de bras en bras, riait à tous et paraissait avoir une prédilection pour les genoux du grand rouquin. À la veillée, du temps que filaient les rouets des servantes, il lui chantait, raidissant sa haute taille contre le dossier de sa chaise pour la mener sauter :

A la cadieretta	Sur la petite chaise
Y'o un effon qué této	Un enfant tète
Sé vou pas téta	S'il ne veut pas téter
L'anen escampa	Nous allons le jeter.

Et zou ! Il faisait mine de la jeter par la fenêtre. Dehors pétaient les branches mortes, le feu ronflait aux cheminées bien que la baronne eût donné l'ordre d'épargner le bois. L'enfant avait besoin de chaud et faisait la joie du château. Sa mère riait toujours, les yeux voilés d'une brume perpétuelle. Elle n'était pas laide, jeune mais déjà flétrie par on ne savait quel tourment. Parfois, elle s'agenouillait brusquement et désignait le ciel d'une main tremblante. Rien ne l'effrayait tant que le pas des soldats de milice qui faisaient parfois des rondes tard le soir. Comme le Robin l'avait prise sous sa protection, cela lui valut une trêve de la part du chat qui affecta dès lors à son égard une totale indifférence.

Cet hiver-là fut, dès l'orée, plus froid que ceux d'antan. Là-haut les cimes se couvrirent de neige et M. de Basville fit accorder au maréchal de Broglie l'aide de Julien l'apostat. Vit-on jamais un officier, petit-fils de pasteur de surcroît, se conduire avec pareille fourberie ! Seul M. de Saint-Cosme aurait pu tenir avec lui la partie. Ce « cœur de tigre » s'était installé à Alais et traquait, escarmouchait et bousculait jusqu'aux confins du Vivarais. À toi, brave Cavalier, de défendre les tiens. Avec quatre de ses compagnons cachés au creux des fourrés, enfonçant dans la neige, il marchait... Traqué plus que solitaire, aux abois, affamé, fourbu, se blottissant la nuit sous un rocher, il allait.

Autour de lui la tempête faisait rage. Il fallait à tout prix regagner la caverne d'Euzet, refuge des vaincus. À quoi leur avait-il servi de se battre comme des lions, hurlant avant que de mourir : « Tue ! Tue ! Enfants de Dieu, voici les coquins du roi ! » Les coquins du roi suivaient Julien*. De la plaine vers la montagne et de la montagne à la plaine s'élevaient des gémissements. M. de Broglie s'en allait, abandonné des siens, quand le maréchal de Montrevel arriva en force, bien nourri, couvert d'honneurs et riche de gaillardise, glorieux de ses huit compagnies de dragons et de ses Irlandais.

* Julien : « Je pris la peine de leur faire casser la tête à mesure qu'on me les conduisait. »

– Où sont nos gentilshommes huguenots, ricanait M. de Montrevel. Où sont-ils, que font-ils ?

De gentilshommes il y avait belle lurette qu'il ne s'en voyait plus. Les jeunes s'étaient envolés pour l'étranger d'où ils alimentaient l'espoir des révoltés, les vieux se tenaient cois, assurant sournoisement leurs biens, cependant résolus, au fond de leur cœur, à aider les osards. Le roi, là-haut dans son Versailles, entouré de sa cour, toujours aussi féroce dans ses résolutions, n'était pas content de sa noblesse de province. Il la méprisait et pour punir ces mauvais serviteurs venait même d'instituer une taxe sur les armoiries. Chacun « casquait » de sa façon.

Mme de Calvière faisait comme sa confrérie, elle payait. Pour ceci, pour cela, pour les uns, pour les autres. En farine dont elle abandonnait une part au meunier, en vin aux vignerons, en huile vierge à ses moulins d'olives. Et tout cela pour que les séditieux amassent en leurs greniers comme diligentes fourmis. Il fallut serrer la bourse, et pourtant chacun fut reçu grassement au château. On épargnait pour servir Dieu et ceux qui défendaient la liberté. De l'argent il leur fallait pour de la poudre et des souliers ; voilà surtout ce qu'ils mendiaient aux portes des riches marchands. Secrètement, la nuit venue, par les portes dérobées qui donnaient sur les ruelles de Nîmes et de Montpellier, sortaient des sacs remplis de vivres. À la ceinture une bourse pleine d'écus : « À vous revoir, Messieurs. Défendez-nous mais ne soyez point trop frénétiques. Souvenez-vous du doux M. Brousson. »

Ah ! les beaux sermonneurs ! La Belle Huguenote n'était point de l'avis de ces hypocrites. En son cœur frémissait la Parole : « Soyez froids ou bouillants ou je vous vomirai de ma bouche. » Ainsi disait l'Éternel, et la baronne n'avait peur de rien malgré la menace perpétuelle du privilège accordé aux grands de ce monde : la décapitation. « Ce serait grand dommage qu'une aussi belle figure que celle de notre châtelaine tombe sous la hache », se disaient entre eux les hérétiques. Et ils tissaient autour d'elle, invisibles et prudents, un réseau protecteur qui s'étendait jusqu'en Cévennes et la protégeait de Versailles.

Catinat défiait le maréchal de Montrevel. Avec ses deux cents cavaliers il parcourait la garrigue. Sabre battant ses cuisses, couché sur son cheval qu'il tenait serré, il filait, se faufilait, harcelait et tuait : prieurs, bourgeois, curés, qui n'étaient pas du côté des « gentilshommes-laboureurs ». Au plus fort de l'hiver, il rôdait chaque nuit aux entours de Boissières, seul, vigilant. De loin la baronne devinait sa présence. Le chat aussi.

Depuis l'arrivée de l'innocente, il se passait d'étranges choses. On eût dit que les objets changeaient de place à tout instant, se situant d'eux-mêmes, cherchant un lieu qui leur convînt, jusqu'au moment où ils n'en bougeaient plus. Des bruits furtifs de meubles déplacés se faisaient entendre la nuit, et chaque matin Vigourette prenait sa colère qu'elle passait immanquablement sur le Robin. L'espace frémissait dans les cuisines aux premières heures de l'aube.

« Qui a encore changé ce toupin de place ? J'avais mis du lait dans ce pot, quelqu'un d'autre que le chat l'a bu. » Ou bien : « Mon remède s'est évaporé, mes herbes ont disparu et les braises sont dispersées. » Et patati et patata... Personne n'osait répliquer et les servantes disaient entre elles que les malheurs commençaient à lui faire perdre l'esprit.

Pourtant, sans rien avouer, la Belle faisait aussi à part de surprenantes découvertes. Elle n'aimait guère tirer l'aiguille en sa tapisserie commencée depuis si longtemps que cela devait remonter bien avant la mort du baron. Elle travaillait sans entrain au siège d'un fauteuil, sur un dessin tracé de nouvelle manière et qui représentait une fable d'animaux parlants. On y voyait un renard glissant un regard futé, un bout de son museau pointu et un brin de sa queue fourrée. Jamais elle n'en sortirait malgré l'envie qu'elle conservait de connaître la fin de l'histoire. Chaque soir elle se promettait de l'avancer le lendemain, mais dès les serviteurs couchés, prenant le chat entre ses bras, elle se retirait dans son domaine et restait sans rien faire, attendant le bonsoir de sa nourrice.

Le métier à tapisserie se tenait près de la fenêtre de la salle de justice, devant la cheminée du Décalogue où elle réunissait parfois son monde afin d'épargner la lumière. Ce soir-là, la Belle se coucha comme à son ordinaire après une journée où le vent avait soufflé si fort la froidure qu'elle avait les membres gelés en se coulant entre les draps. La nuit fut longue, pleine de gémissements et d'appels qu'on eût dit sortis des galères balancées sur la mer par la chiourme. La Belle s'était endormie tard, n'arrivant pas à trouver le calme de l'esprit.

C'était toujours l'innocente qui se levait la première et s'en venait faire son tour par la demeure, berçant la fillette entre ses bras avant que de lui donner sa farine.

– Seigneur-Dieu, fit ce jour-là Vigourette, la gourmandant pour la première fois. Que fais-tu donc là dans ce salon, ma belle ? Toutes deux, vous allez prendre froid. Il fait un temps à ne pas mettre un chat dehors.

La pauvrette ne pouvait répondre, pressait l'enfant contre son sein et désignait d'un doigt tremblant le canevas. Là, bien installé sur son chevalet comme la veille, semblait rire à gueule que veux-tu messire le renard, museau, queue, et regard en dessous, tout cela bien achevé, bien vivant : un vrai tableau de maître. L'innocente poussait de petits cris de ravissement, l'enfant pleurait et Vigourette en oubliait d'ajuster son bonnet dont les brides faisaient balin-balan de chaque côté de ses joues.

– Brazuquette, ma Belle, venez voir ce miracle. Ce n'est pas Dieu possible ! Votre fauteuil est terminé. Il ne reste qu'un brin à votre laine. Ah ! je le disais bien qu'il se passait ici de la sorcellerie.

Elle agitait ses bras, secouait ses jupons et, prenant Aurore dans ses bras, courait derechef l'apporter à sa maîtresse, dérangeant le sommeil paisible du chat. La fillette s'était calmée soudain et la baronne, la couchant à sa place, se leva pour voir de près le phénomène. Seul le chat ne bougeait de sa place chaude, seule sa moustache frémissait par moments quand la fillette le caressait. Tout le monde enfin réveillé défila devant la tapisserie dont les bruns et les roux s'animaient aux pâles rayons de l'aube.

En vérité devait commencer dès ce jour toute une série d'événements mystérieux que seul le chat semblait trouver allant d'eux-mêmes. S'il avait pu parler, il n'aurait pas été davantage expressif. Toujours sur le qui-vive, dressant l'oreille à des échos qu'il était seul à percevoir, on s'attendait à tout.

Un matin, Abdias se risqua jusqu'au grand cèdre, presque à portée de vue. Le jour allait poindre et tout dormait encore. Il faisait froid et sec, et l'horizon allait bientôt se découvrir jusqu'à la mer, derrière son repaire. Il retenait sa respiration pour mieux retrouver l'odeur subtile des souvenirs. Ses longs cheveux encadraient son farouche visage, tendu, glacé. Les yeux plissés, la mâchoire raidie sur ses dents de loup, tel un fauve à l'affût il guettait son festin d'amour. Savait-elle seulement comme il l'aimait ? De loin, toujours, d'une passion qui ne s'assouvissait que dans le sang versé « pour le libre exercice de la vraie religion ».

Un long moment il écouta, le cœur battant. Le château, dans ses pierres dorées, était calme, entouré de silence. Abdias aurait voulu s'éterniser et devenir statue pour ne plus avoir à se battre. Las et sombre, aux premiers feux du soleil, à pas feutrés, il s'était éloigné comme une ombre sous les pins qui éveillaient leurs branches hautes. Un dernier regard en arrière et il disparaissait comme il était venu, aussi féroce et dur, et pourtant au-dedans tendre plus que le pain du jour.

L'hiver passa sans qu'il se montrât en personne devant celle qu'il adorait. Peu à peu se défirent le froid, les brouillards et les pluies. Un jour d'avril, le premier de ce mois, jour des Rameaux bénits, éclata le printemps dans toute sa splendeur, croulant sous les fleurs d'amandier volées aux quatre points cardinaux de la ville romaine. Partout s'éveillaient des échos qu'on croyait à jamais endormis derrière les crêtes où se dérobaient les brigands.

À Boissières, le petit peuple était à l'écoute de la ville. C'était un jour entre tous triomphant. Il fallait aller, se mettre en marche, se mêler aux gens de la Cause qui n'avaient guère perdu la mémoire. Valets, servantes s'étaient bien apprêtés. Seule Vigourette resterait au château pour garder sa maîtresse qui n'avait qu'une idée dans la tête : galoper jusqu'à perdre haleine au doux vent fleuri des garrigues.

La petite Aurore commençait à marcher, trébuchante, touche-à-tout, portée de bras en bras par les cuisines, s'initiant à une vie que chacun lui voulait plus belle. Ce matin des Rameaux on lui a mis une robe plissée de dentelle rose qui avait appartenu à la Belle du temps où on baptisait les réformés au temple : seigneurs un peu moins que manants. Un petit bonnet enserrait ses longs cheveux blonds que l'on voyait dépasser pour venir s'étaler sur un col brodé. Un angeounet, une étoile tombée.

C'était bien rarement que les domestiques prenaient la carriole pour s'en aller à quelque fête. Mais celle-ci comptait pour chacun d'eux autant que la Noël, peut-être plus. Avant qu'être fouetté comme leurs frères et torturé, le

Seigneur était entré victorieux dans la cité sainte. C'était jour neuf et jour de liberté.

Ils étaient donc à patienter dedans la cour d'entrée : les trois servantes anciennes : Julie la boiteuse, la jeune Marie entrée du temps du baron et que François Droulet n'avait cesse de taquiner. Plus celle qu'on aurait dit « gège » et qui tenait par la main la fillette en rose. Un peu plus tard le droulet partirait à cheval et suivrait.

Il faisait un temps d'adoration. Une légère brise bougeait dans la crinière du camargue qui se laissait atteler par le rouquin et, patient, soufflait des naseaux en tapant la calade d'un sabot lustré. La charrette disparaissait sous les lauriers verts dont on avait orné ses montants, et des rameaux luisants s'enroulaient aux brancards.

Les cloches de l'église carillonnaient matines quand le char s'ébranla dans la paix d'une aube dorée, pépiante de nouvelles couvées. Les poules étaient dans leur plus forte ponte, et dans les paniers à double couvercle, bien roulés dans un torchon de lin, se gardaient au frais les « pans-bagnats » et les omelettes aux asperges.

Vigourette se tenait sur le seuil. Quand tout le monde fut monté, la carriole ployait sous la fournée que supportait si vaillamment le petit cheval blanc. La mère d'Aurore, sur le siège à côté du Robin qui conduisait, serrait la fillette à moitié endormie sur ses genoux. Le fouet claqua, on traversa la cour dans le bruit de tonnerre des roues sur la calade. Un dernier adieu ensoleillé et la nourrice rentra dans les offices. Elle ne savait quoi la prenait au cœur depuis la veille. Une chose malséante, qu'il convenait d'éloigner de son esprit, la tourmentait. Le vague pressentiment, angoissant, que ces réjouissances n'étaient pas pour elle de saison.

La Belle sortit de sa chambre en s'étirant, le chat sur ses talons faisant de même. Tous deux, ensommeillés, vinrent déjeuner à la cuisine, à même la table où Vigourette buvait son lait, puisant son pain trempé avec sa cuillère de buis.

– Tu as l'air bien pensive, ma bonne Vigourette, dit enfin la baronne après la première bouchée de fougassette.

– Ah ! je suis bien tracassée. Sans que je vous le dise, cette innocente me donne du souci. Je crois qu'elle a dans l'idée des choses que nous sommes trop méchants pour deviner. Elle, elle voit dans le ciel. Comme elle était drôle aujourd'hui ! Comme si on la conduisait au sacrifice.

– Mais qu'est-ce que tu racontes ! Ils sont tous trop avisés pour se montrer au jour. Partout ne sont que dragons et milices. Ils iront au pré déjeuner et feront un tour par la ville. Juste de quoi s'aérer un peu l'entendement.

– Vous dites cela, ma maîtresse, mais au fond de vous-même vous savez bien que c'est jour de liesse pour d'autres que pour nous. La joie ne nous est pas permise.

La Belle caressait le chat sur ses genoux d'une main douce qui se figea soudain derrière ses oreilles tandis qu'il écarquillait les prunelles. Le silence devint profond céans. Le château, privé de ses bruits ordinaires, gardait comme une attente, une paix d'avant la tempête. Superbe s'annonçait la journée, pure d'odeurs, fraîche de goût d'amandes vertes et de branches nouvelles, ensoleillée de neuf et de sang vif qui courait au cœur de la Belle. Une montée de sève lui venait et tout en elle reconnaissait la joie des matins de printemps, quand le renouveau frappe à la porte des saisons.

La vieille Jeanne était de Nîmes. Toute sa parenté y logeait : un quartier huguenot plein d'opiniâtres qui se réunissaient parfois entre eux, en secret, tantôt chez l'un, tantôt chez l'autre. Oncles, tantes, neveux, tous frénétiques et de père en fils.

– Vous verrez, répétait Jeanne, en ce beau jour d'avril, M. de Montrevel sera plein de bonté tant la gloire des vicaires est grande.

Pauvre femme ! Elle les aurait tous requinqués si de besoin était, malgré ses yeux opaques qui voyaient, par le dedans, de la lumière. Toujours d'égale humeur, elle était de celles dont on ne parle jamais tant elle était discrète : une petite souris des champs trottinant menu par le château, faisant l'ouvrage dont personne ne se souciait. La baronne l'avait gardée malgré les avis du baron qui eût préféré, sans nul doute, s'entourer d'une jouvencelle.

Tout ce monde-là arriva aux portes de Nîmes vers midi. La chaleur nouvelle soulevait des odeurs de roubines qui montaient depuis l'eau verdâtre de la fontaine amenée par le canal de l'Agau. Depuis tôt le matin, les ponts-levis avaient été baissés et la foule des environs pénétrait, joyeuse, endimanchée, par les portes étroites de la ville afin d'aller ouïr en la cathédrale l'homélie de Mgr Fléchier.

La carriole franchit allègrement la porte de France et se faufila tout droit vers la Grand-Rue pour remiser dans une cour où s'ouvraient les fenêtres des cousins et cousines, tous au balcon pour considérer l'attelage. Après force embrassades, l'oncle Babéou dit à l'oreille de Jeanne :

– Il y aura culte au moulin du ruisseau des Saules. Cela promet belle assemblée. Je crois que nous aurons du monde, le secret a été bien gardé.

Pendant qu'il parlait, il regardait, prudent, à son entour. Les fenêtres s'étaient refermées et il y avait à présent, réunis dans la cour, une bonne quinzaine de gens bien résolus, couples ou non, tous en noir selon leur habitude.

L'oncle Babéou était le plus brave homme qui se puisse

être au monde. Bourrelier de son état mais bourrelier de harnachement, et ce, de père en fils. Artisan d'art, il se croyait artiste et en réalité il l'était. Quand une selle sortait d'entre ses mains, vrai, vous pouviez l'admirer sous tous ses rapports. De cuir bien souple, travaillée finement tant pour son harnais d'avant que pour celui d'arrière-main, il fallait être connaisseur pour se fournir chez lui. Abdias Maurel ne s'en privait point et le bonhomme reconnaissait le pas du cavalier dès que celui-ci poussait sa porte. Dieu garde qu'il n'eût pour clientèle que la confrérie des « gardians » de Camargue ! Il jouissait, malgré son hérésie, d'une telle réputation que maint gentilhomme bien catholique de la ville appréciait son talent. Mme de Calvière aussi, quand il s'agissait de faire seller ses écuries.

Ainsi donc, Babéou et sa nièce étaient en bonne compagnie avec tout le quartier.

– Babéou, tu dois pas connaître la nouvelle venue. Regarde un peu cette poulidette qu'elle nous a menée pour la Noël.

Babéou se pencha pour admirer la robe et les joues roses, prit la fillette dans ses bras, et le petit troupeau, à pied, sous le beau soleil de midi, partit sans se hâter vers le moulin des Saules, comme si de rien n'était.

La messe, à laquelle venait d'assister le maréchal de Montrevel, s'achevait, après la procession fleurie où les fidèles, agitant leurs rameaux bénits, avaient célébré l'entrée du Christ à Jérusalem de leur façon. Assuré par Maître Croquart, fabricant de bas, espion des deux partis qu'il trompait tour à tour, que le calme régnait en la bonne Genève française, le maréchal venait de regagner son hôtel près de la porte des Carmes.

À l'extrémité de la rue, le canal de l'Agau, se fourvoyant par la campagne, allait unir ses eaux à celles du Vistre pour se perdre ensemble dans les palus de la vieille

Aigues-Mortes. Un bon moulin tournait par là et son tic-tac monotone berçait, les jours ordinaires, le rythme des heures nîmoises.

Il fallait bien, Monsieur le gouverneur, célébrer les Rameaux, par un repas digne de vous et de votre hôte, M. de Sandricourt. À table donc. Levons nos verres à la santé de nos dragons et de nos braves miquelets. Les victuailles sur la table de fête avaient bonne façon. Bons vins aussi. Dieu sait qu'on savait se tenir à table chez les grands. Premier service, deuxième service, etc.

– Quelle belle journée, Monsieur le consul ! fit le maréchal devant de telles réjouissances.

Il était de belle humeur et en fort appétit, « gros mangeur comme le roi son maître », teint fleuri, majestueuse allure. Les temps n'étaient point si mauvais et il voyait bientôt la religion des gueux achevée à Versailles et célébrée en un superbe ſeu d'artifice.

Soudain, juste au moment où il s'apprêtait à déguster un coq au vin dont les effluves savoureux arrivaient des cuisines, Maître Croquart s'annonça. Qui osait donc déranger M. de Montrevel en un pareil moment ? La mine hypocrite, s'avança le fieffé scélérat.

– Je viens vite prévenir Monseigneur que sur l'heure se tient une assemblée au moulin de l'Agau.

– Quoi ? Presque sous mes yeux une telle assemblée ? Un tel jour ! Qui la préside ? Il est de votre fait de me l'apprendre.

– Le ministre Castos, Monseigneur. L'assassin même du pauvre prieur de Ners.

Pâle de rage, Montrevel s'était dressé de son fauteuil, roulant des yeux furieux sous sa perruque, la poitrine soulevée d'une si violente indignation que Maître Croquart ne douta pas sur l'heure du sort qu'on lui réservait. L'aide de camp du maréchal, superbe capitaine en uniforme couvert de broderies, appelé sur-le-champ, vint se figer au garde-à-vous, attendant le bon vouloir des ordres.

– Faites conduire en prison ce brigand qui m'avertit si tard. Et partez demander à Laplanque une centaine de dragons. Qu'on ferme les portes de la ville promptement. Qu'on brûle tous ces attroupés, je veux tout voir flamber, qu'il n'en reste pas un.

Un dernier carillon bourdonna un moment sur la ville. De leurs jardins, les bourgeois contemplaient les vertes frondaisons des saules au long du canal de l'Agau. Mais le Maréchal n'avait plus le cœur d'admirer, de sa place, le joli printemps du moulin.

Le culte avait commencé. L'assistance ne tenant pas entière à l'intérieur des murs, nombre des fidèles s'étaient dispersés au-dehors, écoutant le ministre dans un respectueux silence*. Le moulin avait arrêté sa chanson pour permettre à l'assemblée de célébrer solennellement les prières. Aux premiers rangs se tenaient sagement Babéou avec sa suite, tous recueillis, visages empreints de paix et de joie intérieure. Aurore, juchée sur les épaules du rouquin qui virait des yeux pour mieux voir de tous côtés sans même bouger la tête, se retenait à sa tignasse. Elle était sur le point de s'endormir, bercée par le ronron de la voix du ministre exhortant l'assemblée.

Soudain, sa mère se détacha du groupe, ses cheveux blonds défaits sur ses épaules, pâle et les yeux brillants de larmes contenues. Regard en haut, elle avançait, se frayant un passage au sein des hérétiques qui s'écartaient à sa

---

* Fléchier fit le jour même un beau sermon contre les frénétiques « qui osèrent, les misérables, le dimanche des Rameaux tenir une assemblée sans aucune précaution, à la porte de la ville, et, dans le temps que nous chantions vêpres, chanter leurs psaumes et faire leur prêche ».

venue. Comme une louve se plaignant, col levé vers le ciel, elle se mit à hurler, parcourue de tremblements violents.

« C'est une prophétesse, voyez sa bouche. Elle va parler. Tous à genoux, mes frères. Le Seigneur est avec nous. »

Mais la prophétesse avait oublié tout langage et ne savait plus que se plaindre à sa façon. Et son gémissement déchirait l'air d'avril, montait et descendait, terrifiant, plein de la douleur des opprimés. Alors, et pour la soutenir, l'assistance tout entière entonna :

Seigneur, que de gens
À nuire diligens
Qui me troublent et grèvent
Mon Dieu que d'ennemis
Qui aux champs se sont mis
Et contre moi s'élèvent...
Ps. III

Le chant allait fermement, la prophétesse continuait ses lamentations, la supplication de son peuple montait vers Dieu quand, tout à coup, un frère placé dehors en sentinelle se précipita en criant :

– Fuyez... Fuyez ! Voici les dragons du roi !

Hélas ! Il n'était plus temps. Double haie de soldats, dragons et fusiliers cernaient déjà le moulin et le parc, gardant toutes les issues. Bientôt, l'endroit fut pris d'assaut par la milice s'empressant de tous les côtés en promenant des torches enflammées. Le ciel s'embrasa d'un trait et c'était chose effrayante de respirer, au lieu du joli temps, des nuages de fumée âcre.

Ah ! Pauvres de nous ! Comment conter pareil massacre dont tout le Languedoc frémit encore ? Quelle pitié ! Femmes, enfants hurlaient en chœur et se sauvaient à travers les rues, bousculant la foule catholique qui se préparait déjà à chanter vêpres, nez au vent, endimanchée, pleine de l'heureuse disposition que donne un bon repas de fête.

Tandis qu'un féroce dragon embrochait Marie la jeunette, la vieille Jeanne, qui ne pouvait se guider seule, parvenait à sortir du moulin pour s'en venir mourir presque à son bord. Le brave bourrelier, tirant à hue, à dia, la prophétesse qui continuait à gémir, les yeux au ciel, et le Robin qui couvrait l'enfant de sa chemise pour la protéger des flammes s'enfuirent à perdre haleine par les rues. Les bons chrétiens, affolés, soucieux de sauver leur vie encore et plus peut-être que leur âme, se réfugièrent chez les dames de la Miséricorde qui avaient, pour les accueillir, ouvert toutes grandes les portes.

Longtemps, de toutes parts, chacun put suivre l'incendie. On savait brûler en ce temps-là et on y prenait goût, qu'on soit de l'un ou l'autre bord. Des poutres calcinées, des pans de mur s'écroulaient dans le ronflement des flammes et la fumée épaisse qui obscurcissait l'espace jusqu'à la pointe de la cathédrale.

Il fallut voir le retour à Boissières des miraculés du moulin. Blottie contre le grand rouquin, qui n'avait plus que sa poitrine au poil brûlé pour l'abriter, Aurore s'était endormie. La nuit était venue quand Vigourette, qui guettait avec la baronne de la terrasse du devant, entendit au loin sonner le pas du cheval blanc, avec un bruit de roues par les cailloux.

– Dieu du Ciel ! fit la nourrice en découvrant l'équipage que la lune éclairait de front.

Sans un mot, le valet lui tendit la petite, qu'elle reçut dans son tablier. Mme de Calvière serait-elle étonnée jamais et quoi pouvait encore la peiner davantage ? Le cœur serré, réfugiée dans sa détresse, elle pressait le chat contre elle et tous deux levaient des yeux brillants sur le laquais. La simplette descendit à son tour. On eût dit qu'elle n'avait plus d'âge, cheveux et cils grillés, déchaussée, ses jambes la soutenant à peine.

– Pauvre... Pauvre pays ! Pauvre chez nous ! murmura la Belle en lui prenant la main. Que deviennent ici, Seigneur, tous tes enfants ? Ah ! mon amant, où étiez-vous donc en ce jour pour nous abandonner ainsi ?

La mère d'Aurore se laissait conduire, docile et muette à jamais semblait-il, sans même le petit grognement dont chacun avait pris l'habitude. La baronne guidait son monde, bien réduit depuis le matin. Vigourette devant, ils suivirent les galeries, l'enfant pleurant dans le cou du rouquin. On ferma les portes sur la nuit printanière et sur les senteurs qui montaient de la terre. La lune était levée, éclaboussant les pierres qui se mirent à vivre d'ombres balancées à la brise. Indifférent, le ciel superbe s'étoilait au plus vif. On n'était pas encore au pire.

Tant bien que mal, la vie reprenait au château après la tuerie des Rameaux. Chacun se serrait autour de la baronne : étant plus éclaircis, on ne s'en aimait que davantage. Cela avait été un coup très dur pour Vigourette qui bénissait le Seigneur à tout instant de lui avoir donné l'idée d'expédier le droulet en visite chez ses parents.

François Droulet ! On continuait à l'appeler ainsi. On peut dire qu'il avait grandi dans le giron de Vigourette. Une mère... Elle était devenue sa vraie mère de cœur, il l'aimait comme un fils. D'ailleurs, n'était-il pas le fils de la maison ? C'était à présent un superbe garçon, au plus fort de sa stature et de sa foi vivante. Une frimousse restée rieuse, cheveux en boucles et frisures, un grand corps maigre et dégingandé, souple comme un acrobate de foire.

Son désespoir, de retour de ses vieux qui se tenaient au coin du feu tant ils souffraient par tous les pores, n'avait pas de mesure. Le malheur du château, celui de la baronne et de ses gens le frappaient au point qu'il en perdait le boire et le manger. Il erra comme une âme en peine durant trois jours sans pouvoir trouver le repos.

La Belle n'avait point commencé d'autre tapisserie. À l'entour on disait que le château était hanté. Cette rumeur devint bientôt si persistante qu'on vit des miracles partout. Un nuage fondait-il sur l'horizon, se découpant en forme fantastique, on y lisait un présage. La sécheresse ou la pluie changeait-elle un peu le cours capricieux de leur saison, c'était le fantôme du baron qui s'en mêlait. S'ils avaient été catholiques, ils auraient eu, sans cesse, à faire le signe de croix. Le vicaire ne se risquait même plus au pied de la colline d'où serpentaient les sentiers qui menaient au château.

Ce fut vers ce temps-là que la Belle reçut des nouvelles de son père. Par une douce après-midi d'automne elle sortait des écuries, tenant sa jument par la bride, quand un galop lui parvint de très loin tant le temps était calme. Aussitôt son cœur se mit à battre car ce pas-là était celui du cheval de Catinat, son oreille ne pouvait s'y tromper. Elle s'immobilisa, et le chat, qui dormait sur la pierre tiède, se dressa brusquement, le dos rond, frémissant. Bientôt le cavalier fut en vue au bout de la grande allée, et Abdias Maurel sauta à terre.

Il n'avait pas changé. Ainsi c'était donc là le géant qu'elle aimait, grand par le cœur autant que par la taille. Il était haletant, couvert de poussière, regard ardent sous son grand chapeau, sans se soucier de plaire par quelque détail de toilette. Ils ne pouvaient se quitter des yeux et la Belle sentait en son corps monter la soif qu'elle ne cessait d'avoir de lui. Quand il parla, de sa voix sourde et basse, elle sut qu'il ne l'aborderait pas autrement qu'il l'avait dit : la barrière était toujours là, infranchissable, plus jamais ils ne se toucheraient.

– Je vous porte une lettre de votre père, Madame. Je retourne de Suisse où j'ai pu le rencontrer dans la société des gens du refuge. Je lui ai donné de vos nouvelles et je ne saurais dire combien il était soulagé de vous savoir encore préservée.

La Belle fut si émue, dans l'instant qu'il lui tendit la lettre cachetée aux armes de sa maison, qu'elle ne sut que lui répondre. Il eût fallu inviter le messager à entrer se rafraîchir un peu ou, du moins, le remercier avec chaleur. Elle était devant son amant, si fragile soudain, si vulnérable, qu'ils restaient là, tous deux, n'ayant cesse de se contempler, pensant en même temps combien l'occasion était rare.

– Allez-vous bien, Monsieur, pour votre part ? Depuis votre départ bien des peines se sont accumulées sur notre terre.

– Je le sais, Madame, fit-il en se tournant vers le levant. Voyez-vous, par-delà ces étangs, c'est là-bas qu'il faudrait désormais me chercher si de besoin était, afin que je vous vienne en aide. Croyez-m'en, je m'en vais donner à l'intendant beaucoup de travail pour me saisir.

Il éclata d'un rire si puissant que le chat qui s'approchait de lui à pattes de velours s'immobilisa, interdit. Son rire montait si haut, si fort, si assuré de son contentement de vivre à gueule que veux-tu, que la Belle, qui n'était point de même humeur, sentit son cœur se serrer d'angoisse jalousie. En vérité était-il si inconscient du danger, si peu fier de sa propre vie ? Dieu ! Comme son devenir lui était cher soudain !

– Il me faut vous quitter, ma Belle ! Vous êtes toujours ma Belle inaccessible. Aussi nécessaire à ma vie que l'air que je respire.

Il était déjà en selle qu'elle ne pouvait lui répondre, serrant entre ses mains le pli qui lui parlait enfin du père qu'elle chérissait.

– Quand nous reverrons-nous, mon cher seigneur ?

– Lorsque Dieu nous le permettra, Madame. Allons, courage. Restons fermes dans notre foi. Il nous viendra en aide.

Un instant il se pencha vers elle qui pleurait sans le savoir, et son visage se ferma. Puis, aiguillonnant son cheval, en un clin d'œil il disparut, la laissant à sa peine de le voir s'en aller et à sa joie de l'avoir revu.

« Ma bien chère fille, écrivait M. d'André, j'ai enfin l'occasion de vous entretenir de ce qu'il advint de nous en Montpellier, au retour de M. de Noailles. J'ai su que vous aviez été épargnée par Mme du Noyer qui fit un court séjour parmi nous. Je n'ai ici nulle envie d'évoquer la mort sanglante de votre époux. Paix à son âme et que Dieu lui pardonne. Ma fille bien-aimée, tenez-vous sur vos gardes. Je connais votre caractère et combien vous êtes impulsive, prompte à la colère comme aux abandons du cœur.

« Vous dire qu'ici nous sommes heureux serait mentir. Certains s'en contentent mais, pour ma part, je les devine si éloignés des préoccupations qui devraient être celles de tous. Nous n'avons point de privations. Tout est en abondance et nos cultes se font librement, avec des ministres bien compétents qui ne comprennent rien à nos opiniâtres. Mieux, ils les croient coupables et ne ménagent pas leurs critiques à l'égard des pauvres prédicants.

« Mais je reviens à notre départ de Montpellier. Pressé par les dragons et sur le point d'être arrêté, j'ai pu, grâce à des complicités que je ne peux donner ici, m'enfuir avec notre cocher : celui qui avait remplacé notre brave Gédéon bon à tout faire. Nous passâmes par Orange et arrivâmes à Genève où nous fûmes reçus à bras ouverts par toute une société mêlée de "gens de toutes tribus et de toutes langues". Je n'avais eu guère le cœur de contempler les curiosités d'Orange : le cirque, la tour de l'Arc qui est un arc de triomphe érigé en l'honneur de Caius Marius, après qu'il eut défait les Cimbres dans les plaines de Provence*. Et bien d'autres choses qui me parurent singulières.

« Je ne cesse de penser à votre honneur, à la peine que vous en prenez, et je me sens coupable d'aller si souvent "en gaste**", obligé, entraîné par nos coreligionnaires. Notre cher pays me manque. Le climat n'est plus le même et je donnerais volontiers tous les biens qui me restent pour vous serrer entre mes bras.

« Ma Belle, saluez autour de vous votre Maison et surtout votre chère nourrice. À tout instant je prie pour notre cher pays et pour que nos tribulations prennent fin. Que l'Éternel vienne à notre secours.

Votre père affectionné.

« Je confie ce message à qui vous savez. Vous pouvez vous fier totalement à cet homme inspiré. »

Mme de Calvière lut et relut la lettre de son père, s'attachant davantage encore aux lignes ajoutées vers la fin. Il ne pouvait en dire plus, cela se devinait et l'on sentait un homme demeuré sur ses gardes. Ainsi Catinat rentrait de Suisse. Pourquoi fallait-il que leurs rencontres soient toujours aussi brèves, partant, du prix le plus rare ?

---

* Mémoires de Mme du Noyer.

** « Aller en gaste » : se réunir et prendre le café selon la coutume des réfugiés.

Durant plusieurs jours, le message de son père ne la quitta une seconde. Elle aimait à respirer l'odeur du papier et de l'encre, odeurs nouvelles où elle se perdait et où elle cherchait vainement une souvenance. Tout changeait. L'importance des choses se déplaçait ici et là. Le souvenir de Catinat l'obsédait nuit et jour. Elle désirait si fort sa présence que ses nuits étaient troubles, pleines de délices qu'elle partageait avec lui dans ses rêves. Quand le jour paraissait, dès qu'elle ouvrait les yeux, elle surprenait le regard bleu du chat posé sur elle avec une expression, à la fois sévère et amoureuse, qui l'emplissait de confusion.

En ces jours où chacun doutait en secret, Vigourette, seule, menait le combat. Quel caractère !

– Allons, allons, disait-elle dès le matin, au travail ! Pensez un peu à nos soldats qui défendent notre entendement. Que celles qui feignantent ici les suivent. Ils ont besoin de femmes fortes, y compris pour ce que vous savez...

Elle claquait les portes, donnait du courant d'air, bousculait la pauvre innocente qui n'allait jamais à son gré. La baronne ne reconnaissait plus sa nourrice. Fallait-il comprendre qu'elle humanisait son austère rigueur en ce qui touchait aux mœurs et aux amours ? Elle ne poursuivait plus le Robin quand il flattait Aurore pour se tenir près de sa mère. Mieux, elle semblait trouver naturel qu'ils eussent envie d'être seuls pour se donner un peu de tendresse une fois le travail terminé. Bref, elle allait au rebours et la Belle commençait à comprendre qu'en réalité cette attitude était dans son vrai caractère. Désormais maîtresse en son royaume, sans la contrainte d'un maître qu'elle avait exécré mais respecté apparemment jusqu'à sa fin, privée des soins qu'elle avait donnés sans compter à son époux bien-aimé, elle reportait sur Catinat une somme d'amour inemployé, retrouvant là un homme à sa mesure.

Comme elle venu du peuple, comme elle allant droit au but.

Un autre été passa, brûlant de terreurs, de passion, chacun réagissant à sa manière devant une guerre qui prenait son temps, s'éternisait sans apporter l'appui promis de l'étranger. On espérait, on attendait toujours.

« Fin du clergé, vive notre bon roi ! » avaient d'abord, à tous les vents, crié les insolents hérétiques. À présent les seigneurs avaient changé de camp. D'autres chefs se croyaient devenus les maîtres. Les « huganaou » faisaient la loi dans la province ou du moins essayaient à leur tour d'y régner. « À peine de vie », le blondinet interdisait de semer la terre aux paysans qui allaient aux offices. Adieu, foires de Beaucaire et de Pézenas ! Qui donc oserait encore s'y réjouir à soigner ses affaires ? Voici venir le temps de la Saint-Barthélemy* des maisons. M. l'intendant, lui, aurait voulu se contenter de brûler les toits et les planchers. On déportera cependant les malcontents par milliers dans quelques bons hôpitaux, casernes ou manufactures. Les filles au couvent. Le tout approuvé par le bon roi de France, à Versailles, en un beau jour d'automne.

Dans les marais, derrière les étangs, se réfugiaient les cavaliers de Catinat. Prêts à tout comme à l'ordinaire. Dangereux, ces mécréants dévastaient la plaine, faisaient le désespoir de la cour, des évêques et de l'intendant. Quel été c'était là ! Voici que l'automne qui venait promettait une bonne suite.

* Michelet.

3.

La mer et le ciel paressent et se confondent dans un même horizon. De village en village se colportent toutes les nouvelles, vraies ou fausses. « Allez savoir ! » murmure le grand laquais roux du château qui est à présent un héros. Héros ou non, il a acquis chèrement l'estime de chacun, même celle du prince-chat. La Belle n'a plus envie de commander en sa maison et reste à la fin du jour étendue sur la pierre tiède des terrasses, face à la plaine où descend le crépuscule.

Il faudrait vendanger, l'heure en est déjà sonnée par ce beau temps sec et chaud. Les grappes sont lourdes, les grains serrés, veloutés au toucher, la récolte serait digne des plus belles années. Avant, après, demain, cela ne veut plus rien dire. Seulement aujourd'hui, heure après heure, attendre la délivrance. Toute la côte est prête au débarquement des scélérats de l'étranger.

Les partisans, descendus des montagnes, ont eu le droit, par Cavalier, d'achever la moisson. Chose curieuse, durant ce laps de temps, le village a retrouvé ses habitudes d'avant le blondinet. Qui s'en plaindrait ? Son armée a besoin de grain, de vin, de bonnes provisions que la terre seule peut donner.

Autour du château on a battu le blé, et c'était chose rassurante de voir tourner les chevaux piétinant les gerbes à foulées régulières, tournant, tournant encore, avec un bruit d'averse, sur l'aire de pierre noble. Prenant Aurore par la main, enlevant la fillette comme une plume, le Robin l'avait quillée sur une meule où elle enfonçait mollement. La ronde des chevaux, la chaleur et le battement monotone des fléaux tapant le coup de quatre l'avaient endormie. On l'eût presque oubliée tant ses cheveux se confondaient avec les chaumes blonds. Ils ne se quittaient plus ; le grand valet ne riait que pour elle devenue le rayon de ses yeux. On ne parlait jamais du massacre du moulin de l'Agau. Trop de crimes effaçaient d'autres crimes.

Villages papistes ou rendus aux hérétiques, il fallait tenir tête au mouvement des saisons et assurer le travail de la terre. Voilà le raisin prêt et, malgré tout, peu de monde pour le vendanger.

Le maréchal de Montrevel vient de jeter en prison les père et mère de Jean Cavalier. Tous les gueux sont derrière leur chef, bien décidés à les venger.

« Jamais je ne mettrai les armes bas que le roi ne nous ait accordé la liberté de conscience. Je brûlerai Alais et bien d'autres autour. »

À ce jour le blondinet n'est plus qu'un instrument aux mains du Dieu des armées. Sans pitié, la rage au cœur, il descend dans la plaine, traverse le Virdoule. Ce pourrait être un jour de paix profonde au cœur des vignes pleines, mais la paix semble pour jamais écartée.

Ce 20 septembre, le soleil se leva derrière Boissières à l'aube d'une journée superbe : peu de vent, un ciel doux. Au château, sire le chat, tiré le premier du sommeil, fit le tour de son territoire à pattes de velours, humant l'air tiède, toujours aussi royal, détaché, eût-on dit, des vanités humaines. Il parcourut les terrasses, s'assit un moment sur le mur en ramassant sa queue sous son derrière, dressa une oreille à la brise qui venait de la mer. Il n'y avait que lui, bête de prophétie, pour entendre à des lieues battre tambour. Cela venait de l'est. Il sauta de son mur et vint frotter son dos aux pierres du donjon puis s'immobilisa. Le battement s'amplifiait, devenait roulement, audible seulement pour une personnalité possédant une fine ouïe. Comme lui.

On entendit l'enfant pleurer de son lit et la nourrice apprêter ses pots en bougonnant. Le chat ne bougeait pas. Le temps passait. Dans l'air c'était à présent la vibration tardive des cigales. La matinée s'avançait, mélancolique et triste depuis belle lurette, quand une odeur de feu en même temps que de fumée arriva par bouffées, vira de-ci, de-là, immatérielle mais précise.

– Ça brûle quelque part, dit le rouquin qui balayait le seuil des offices. Sentez-vous l'incendie ?

La baronne déjeunait dans sa chambre, fenêtres ouvertes sur des flocons de ciel tamisé entre les arbres. En un clin d'œil toute la livrée fut dehors : la nourrice, le Robin et les deux palefreniers qui s'apprêtaient à panser les chevaux. L'horizon, derrière les collines, devenait gris de minute en minute. Soudain, on entendit des cris sortir des quatre coins de la garrigue. Des fuyards couraient par les vignes comme des lièvres poursuivis. Le grand valet posa à terre la fillette qu'il consolait et partit chercher son fusil.

– Tirer sur qui ? demanda la baronne. Ne voyez-vous pas qu'ils sont sans armes ? Ce sont gens comme vous et moi. Allons, rentrez-moi votre mousquetaille.

À ce moment monta par une allée le galop d'un cheval. La Belle, encore en déshabillé, ne pouvait s'y tromper : ce piétinement régulier, fort d'approche, l'avait souvent accompagnée. Aucun cheval au monde ne pouvait prétendre à tant de sûreté. Que faire quand le cœur bat à se rompre à la minute où l'âme chavire ? Catinat, d'une étreinte, coucha son cheval devant la Belle, blanche comme il l'avait vue pour la première fois. La voix rauque, au timbre chaud et dur, l'attaqua de plein fouet :

– Il faut vous cacher, Madame. Tout va flamber dans l'heure. Nous sommes décidés à tuer et à brûler, sans distinction, ceux de Saturargues et autour. Nos soldats sont devenus furieux sous les ordres de Cavalier. Les papistes doivent tous périr.

Droit sur sa selle, fort et puissant toujours. La Belle ne l'entendait qu'à peine, tout occupée à le regarder, si proche. Elle eût voulu tendre les bras, qu'il l'emportât, la mort lui eût été douce.

– Entendez-vous, tous ici que vous êtes ? Il faut vous cacher, je ne peux répondre de rien. En ce jour il n'y a de maître que notre Dieu et sa fureur. Prévenez vos frères qui sont aux champs. Il n'est que temps. Voyez.

Le ciel, du côté de l'est, était devenu d'orage, d'épais nuages de fumée entouraient les collines.

– Adieu, Madame. Enfermez-vous au profond des caves du château, et n'en bougez plus, je vous prie. Je vous sauverai, croyez-m'en.

Il dit d'une voix sourde, se penchant vers celle qu'il aimait plus que tout en ce monde. Elle regardait sa bouche ferme et rouge qui savait prononcer des mots maladroits avec tant de douceur. Elle murmura pour lui seul :

– Je vous entends, mon bien-aimé. Je ferai ce que vous commandez.

Il inclina la tête et disparut derrière un vol de poussière. Personne ne bougea durant un bon moment. On les eût dits figés sur place, statues de sel devant Gomorrhe.

– Allons, Vigourette, passe devant nos gens. Il faut donner l'exemple. Rassemble quelques provisions et courons à l'abri.

Cachés dans les souterrains du château, on attendit jusqu'à la nuit noire. En hennissant les chevaux avaient quitté leurs écuries. Réfugiés avec la maisonnée, pour eux cela ne changeait guère. Pourvus de bon fourrage, ils dressaient parfois les oreilles au bruit de la mousquetade qui claquait autour du château. Le chat s'était pelotonné dans le fruitier, sur son coussin, la Belle le veillant, dans une senteur de coings mûrs et de raisins muscats. Au-dehors la bataille faisait rage. On tuait, on brûlait, sans égard pour la faiblesse d'âge ou le sexe. « Voici le temps de la justice », proclamaient les gueux hérétiques. Cela durait, durait...

Vint enfin s'étendre la nuit sur le carnage. La douce nuit, sereine, sur un paysage de hameaux en flammes et de ruines. La petite avait dormi tout près du chat mais sans le caresser jamais. On pensa que tout était fini autour et la prophétesse remonta la première, guidant Vigourette de ses yeux qui voyaient mieux qu'elle. La baronne n'avait pas bougé de son endroit où elle avait attendu sans mot dire, tout à son idée absorbée. « *Crésé bé qu'aro tout es acaba* », avait murmuré le rouquin dont la barbe piquante avait poussé depuis la veille. Il avait pris Aurore entre ses bras. Il ne s'adressait à la baronne qu'en baissant les yeux avec un reste d'humilité et de tristesse.

– Madame, il vous faudrait peut-être regagner en haut avec nous. Il n'y a plus danger à présent, écoutez-les chanter.

Dominant le bruit des bottes et des armes passait le psaume au-dessus du champ de bataille. Toute une armée en appelait à Dieu. Couverts de sang, ils se réclamaient de Lui, fiers d'avoir saccagé et mis à sac au nom de l'Éternel.

On a beau sa maison bâtir
Si le Seigneur n'y met la main
Cela n'est que bâtir en vain
Quand on veut villes garantir
On a beau veiller et guetter
Sans Dieu rien ne peut profiter.
Ps. CXXVII

Puissamment, ils osaient chanter par la plaine, défiant le diable et les dragons vaincus. Cela arrivait par vagues proches avant de s'éloigner, de revenir, de s'estomper, mêlé au crépitement des sabots des chevaux sur la terre brûlée.

– Laissez-moi tous encore un peu ici. Je veux demeurer seule. Faites sans moi votre devoir comme vous m'avez aidée jusqu'ici.

La Belle s'était enveloppée d'une écharpe de laine fine, à demi allongée sur des coussins qu'on lui avait portés pour plus de commodité. La porte du fruitier, entrouverte sur l'issue de la galerie, laissait filtrer le jour des chandelles qui allaient et venaient comme à l'accoutumée. Ainsi la vie reprenait toujours le dessus des pires douleurs. Ne point encore bouger de son endroit, attendre infiniment une chose qui ne viendra jamais probablement, espérer. L'espoir... La baronne n'avait nulle envie de regagner sa chambre. Il avait dit : « Je vous sauverai. » Allait-il l'abandonner cette fois-ci, sans même qu'elle obtînt de sa vue qu'il était sain et sauf ?

Le chat sauta soudain de son coussin et s'approcha, le nez au vent, humant l'espace. Sans attendre qu'on l'y invitât, il vint se placer en ronronnant sur les seins de la Belle, levant vers son visage un regard plein d'amour. Puis ses oreilles se dressèrent et il ne bougea plus. Les guerriers semblaient s'être éloignés. Avec la nuit, le calme revenait.

Seuls pétillaient encore au loin les derniers incendies. La lune se leva et son rayonnement s'étendit sur la plaine.

Prêtant l'oreille, la Belle entendit dehors un pas prudent fouler la terre, se rapprocher enfin. Bien installé sur le cœur de sa douce maîtresse, immobile et les yeux mi-clos, le chat guettait. Au bout de la galerie la porte s'entrouvrit enfin et l'immense silhouette de Catinat se profila dans l'embrasure.

– Êtes-vous encore là, Madame ? chuchota-t-il au bout d'un long silence.

– Je suis là, mon seigneur, vous attendant ainsi que vous l'aviez promis.

– Je suis couvert de sang, de boue, je sens la poudre mais je vis et je vous aime.

Il n'avançait pas et la Belle entendait sa respiration haletante.

Elle eût voulu courir à lui, qu'il la prenne enfin entre ses bras pour qu'ils soient l'un à l'autre, mais le chat, d'une pression irrésistible, enfonçait peu à peu ses pattes, s'incrustait, prêt à sortir ses griffes. Catinat fit un pas vers elle, sans peur. Elle comprit que le combat qu'il venait de conduire vaillamment le rachetait à ses propres yeux et que sa vraie nature allait enfin combler leurs désirs. Mais plus il approchait, plus le chat se faisait pesant. Ses yeux luisaient dans la pénombre. Tout son poil se hérissait, sans nul doute un pas de plus et il allait bondir et sauter sur l'intrus.

Une peur atroce paralysait la Belle. Son cœur battait sous les griffes du chat, prêtes à lacérer la tendre chair.

À deux pas d'elle Abdias s'arrêta enfin et se figea devant l'ensorcelant spectacle qu'il découvrait à la lueur tremblante des chandelles.

– Ne faites plus un signe, mon amant. Voyez comme je suis en peine.

Elle entendait la respiration du soldat. Il eut un gémissement.

– Ainsi donc il est vrai que Dieu ne le veut pas, fit-il sans colère aucune. Je n'ai pour le moment présent qu'amour pour vous et pour celui qui vous préserve.

À ces mots, imperceptiblement, l'étreinte du chat se desserra. La Belle eut l'impression qu'une grande bouffée d'air pur entrait en elle avec la joie puissante de se sentir aimée ainsi.

– Je vais m'en aller, Madame. Ne craignez rien pour moi. Personne ne nous séparera un jour, pas même notre mort.

Il se retourna et il allait sortir par le souterrain quand le chat se coula au long des jambes de la Belle, la libérant sans qu'elle fît un geste pour le retenir. Puis, toujours majestueux et souple, il marcha derrière Catinat, l'accompagnant jusque sur le seuil. La porte se rouvrit sur la nuit. La Belle entendit une nouvelle fois s'éloigner son bien-aimé. Assis sur la pierre d'entrée, le chat attendit longtemps. Le poil lissé, heureux, il humait l'air de la nuit d'été qui venait fraîchissant, apaisant toutes les passions.

Ah ! comme ils étaient redoutés à présent, ces canailles qui osaient rendre tuerie, pillement pour pillement, brûlement pour rasement. Il n'était plus une plage de sable fin, une seule dune mouvante qui ne fût suspectée d'espérer quelque débarquement des frégates anglaises. Et c'est vrai qu'ils espéraient toujours, les scélérats ! Allons, dragons de Firmaçon, ajustez vos bons yeux pour mieux surveiller la mer ! Tandis que la vigne s'empourpre et que la chaleur s'apaise, il serait bienséant de s'accorder chacun la trêve.

Mais non ! Point de repos pour les héros. Chacun de son côté veut gagner et la guerre fait rage.

L'une après l'autre se fracassent les pauvres cabanes des pêcheurs. Fragiles de bois, de montures, il est facile de les démolir et l'on voit flotter sur la vague tranquille de misérables toitures toutes de jonc et de roseau. Messieurs les dragons, cette nuit sera belle et douce. Si vous pouviez seulement la savourer en laissant de côté vos mousquets, pour mieux vous allonger à l'aise sur le sable irisé par le clair de lune ! Tout est calme. Seuls étoilent la nuit les feux des phares qui se font signe du Grau-du-Roi à l'Espiguette.

Les cavaliers de Catinat, groupés au cœur de la sansouïre, cachés dans les marais, abrités derrière les tamaris et les roseaux, attendent les ordres du grand chef : Cavalier. Ce 2 octobre, toute la plaine a peur. À Boissières, retranché derrière les murs du château, s'est groupé un peuple de petites gens affolés. François Droulet a fait venir les siens qui, montés du village, traînent derrière eux une carriole munie des biens les plus urgents.

– On vous nourrira pour quelques jours, a promis Vigourette. En épargnant sur nos propres réserves. Il faut prier afin que Dieu nous envoie des renforts.

– Prier, toujours prier, bougonne le mécréant valet.

Lui, le héros du moulin, le vaillant, ne croit pas en la bonté d'un Dieu qui pourrait, d'un trait s'il le voulait, ôter le malheur qui s'abat sur ses créatures. Suspecté toujours mécréant par chacun, sans foi autre que son obéissance aveugle pour la baronne, il est prêt, lui aussi, à la défendre jusqu'à la mort.

Pauvre Belle Huguenote ! Elle n'a plus envie de courir la garrigue tant le danger presse de tous côtés. Pourtant, jamais automne ne fut plus doux de temps, léger, fruité, éclaté de grenades et de figues sucrées tombées sous les arbres à foison. Elles se fendillaient de miel et leurs graines craquaient sous la dent avec la saveur fugace des cadeaux du soleil.

Vigourette apprenait à Aurore bien des choses : de celles, simples, si connues qu'on ne s'aperçoit pas qu'elles vivent en vous, léguées par le vent, la garrigue, les pierres qui parlent entre elles des vieux qui savaient tout, comme de casser les amandes sur une pierre plate et d'écorcer la grenade avant d'en croquer les rubis.

Ce soir, la Belle se promène sur les terrasses du château, dolente et pensive, le seigneur-chat la suivant pas à pas, feutré, silencieux « esprit des lieux ».

– Occupez-vous, céans ! crie le valet en chef. Il y a de l'ouvrage pour tous ici.

Et chacun de courir çà et là, qui au bûcher et d'autres aux écuries, bons à ne savoir panser ou brider que chevaux de labour. Ils font tout leur possible tandis que vers Sommières se déploient sur le tard plus de huit cents rebelles.

Dix heures sonnaient à l'horloge de la grand-porte de la ville quand le blondinet attaqua en chantant :

Miséricorde au povre vicieux
Dieu Tout-Puissant selon ta grand-clémence
Use à ce coup de ta bonté immense
Pour effacer mon fait pernicieux.

Ps. LI

Réveillez-vous, bourgeois, ursulines, gouverneur, voyez flamber le Cheval blanc, le Grand Louis, et l'Aigle d'or ! Dans la nuit le quartier du pont est éclairé comme en plein jour.

– Sus aux idolâtres ! Qu'on les pourchasse sur les toits s'il le faut ! hurla le blondinet.

Les assiégés couraient par les rues en chemise, bonnet perdu, pieds nus, et cherchaient un asile, ils avaient donc perdu l'esprit, au château gorgé d'hérétiques, gens de « méchante secte » qui y pourrissaient pour le bien de tous.

– Brûlez tout. Dieu nous envoie et nous sommes vainqueurs !

On entendait pétiller l'incendie* tandis que le gouverneur de la ville faisait tirer le canon pour réveiller les garnisons jusqu'aux abords de Montpellier. Dans l'eau trouble du Vidourle se reflétaient les flammes hautes plus que maisons. Sommières brûlait et l'assaillant triomphait. Jean Cavalier sur son cheval hardi, tout glorieux, allait repasser le pont avec son armée. La nuit n'était pas finie, il fallait poursuivre. Aux portes même de Nîmes, suivi de ses cavaliers, il allait porter le feu. De mas en mas on alluma la fête. La Camargue qui portait crucifix vit ses mas s'embraser les uns après les autres, ses troupeaux affolés courir vers le moindre ruisseau.

– N'épargnez rien, mes frères, sinon ils vous tueront tous. De notre peuple il ne restera rien pour garder la Parole.

Du château, les réfugiés de Boissières virent flamber les églises d'Uchaud, de Bernis. Comme un chapelet lentement égrené, le feu s'étendait. La baronne et ses gens, saouls de malheur et de crainte, ne trouvaient plus les mots qu'il aurait fallu dire pour contenir pareil tourment. Du donjon la Belle suivait la bataille. « Assurément ce sont

---

* « L'émotion fut grande quand on vit, du haut des maisons, les métairies en feu et les incendiaires allant de l'une à l'autre, impunément, le flambeau à la main et menaçant jusqu'à nos faubourgs. » (Mgr Fléchier.)

les nôtres qui gagnent la partie ! » criait-elle pour les rassurer. Le ciel s'obscurcissait jusque par-delà les étangs.

Le jour allait poindre quand enfin elle descendit se coucher, abandonnant son guet.

Dès lors, l'angoisse ne la quitta plus. Nuit et jour elle vivait avec une charge pénible sur le cœur. Jusqu'ici vaillante, elle avait toujours espéré. Se battre ne lui faisait point peur. La mort prenait ici visage ouvert, elle la côtoyait à chaque instant, la regardait en face, consciente de l'aveugle foi de tant de pauvres paysans mettant en elle leurs espoirs.

Quand les collines à l'entour ne dressèrent plus que noirs moignons, quand les bartas eurent flambé leur soûl, que la garrigue embroussaillée ne fut plus que cendres fumantes, un ciel bleu s'étendit, serein, et le soleil d'automne rendit à la Belle courage.

Sous le château, par les sentiers où nul oiseau ne chantait plus, les *sopo-sen-lun** regagnèrent leurs toits. Dieu merci, les maisons étaient de bonne pierre, seules les toitures avaient souffert mais, à la seule pensée de la victoire des Enfants de Dieu, la fierté revenait aux cœurs et le courage dans les bras. On entendait clouer, scier, cogner, du petit jour à la tombée du soir. La Belle écoutait s'éveiller le hameau qui se remit à vivre.

– Est-il possible, dit-elle un matin au Robin qui traversait la cour pour se rendre aux communs, est-il possible qu'ils aient tout oublié ?

C'était la première fois qu'elle s'adressait à lui, tout de go, sans réfléchir, de la manière directe et simple qu'elle adoptait toujours avec ceux qu'elle aimait. Le valet posa les seaux qu'il tenait à bout de bras, redressa sa carcasse

* Voir p. 83.

et la regarda bien en face, d'un air si respectueux et plein de dévouement que la Belle comprit sur l'instant l'injustice dont à l'entour chacun avait frappé cet homme.

– On vous appelle toujours le Robin ou rouquin, fit-elle en s'approchant de lui. Cela ne cadre plus désormais avec votre personne. Me direz-vous quel est votre vrai nom ?

– Votre mari le savait, lui, Madame. Dieu m'est témoin que je ne suis point né de votre religion. Mais jamais je ne vous ai trahie et ne le ferai point.

Pour une fois il osait regarder la baronne en face. Il avait rejeté en arrière ses cheveux et la Belle découvrait sous le front bas des yeux petits et noirs mais au regard honnête et franc. Était-il possible qu'elle eût à ce point méconnu un homme prêt à la servir avec autant de zèle ?

– Dites-moi, reprit-elle, n'est-ce point le curé Daignac qui vous fit entrer au service du baron ?

L'homme cette fois baissa les yeux.

– Si fait, Madame, avec pour mission de répéter fidèlement ce qui se passait en votre maison. Depuis j'ai vu trop de sang, trop de guerres. Et puis Aurore et sa mère sont venues.

Il parut hésiter, puis, d'un trait :

– Je voudrais la prendre pour femme, si vous le permettez, Madame, afin de mieux les protéger.

La baronne regardait au loin vers les vignes dénudées le triste paysage à leur entour.

– Vous savez bien qu'on ne peut envisager de mariage en notre religion en ce moment. Nul n'est permis et votre union ne serait point valable.

– Devant Dieu elle le serait puisque vous seriez notre témoin.

– Savez-vous bien ce que vous risquez là, rouquin ? fit la Belle, continuant de l'appeler ainsi.

Pourtant le ton avait changé. « Que va-t-il arriver

demain, sommes-nous maîtres de faire encore quelque projet ? »

Elle n'avait cependant pas dit non, tout étonnée de découvrir encore tant de courage, de franchise et d'humilité au cœur de si petites gens. D'amour aussi.

Le grand valet reprit son fardeau, fit un salut plein de respect à la baronne et continua son chemin.

Les femmes avaient rouvert les portes des maisons, la vie revenait peu à peu quand arrivèrent les miquelets de M. de Palmerolles. Plaisants mignons en vérité, vêtus de rouge et chaussés d'espadrilles. Ils venaient chaparder ce qui restait encore aux poulaillers, escarmouchant à la petite chance, tirant de-ci de-là, par les chemins, sur tout ce qui les gênait un peu. Bien armés, coiffés d'un tromblon ridicule, ils ne savaient guère que piller et violer. Gare aux fillettes quand elles s'écartaient un peu de leur entourage ! M. de Montrevel comptait sur eux pour redonner un peu de lustre à sa gloire ternie. On les voyait circuler partout. Ils tournaient autour du château, plus importuns que les caraques de toute espèce, assurés qu'ils étaient de leur impunité.

– Dieu ! Comme le temps fuit, ma pauvre Vigourette.

La nourrice ne répondait pas, occupée toujours à quelque travail absorbant qui venait la distraire de l'idée qu'elle se faisait de la douleur de sa petite, séparée de l'homme qu'elle aimait. Pour la première fois ni l'une ni l'autre ne souhaitait de confidence. Sans doute parce qu'il n'était point besoin de paroles pour exprimer semblable peine, pour dominer pareil tourment.

Novembre était revenu et avec lui le temps des morts dont la Belle se souvenait sans les évoquer à voix haute. Déjà une année plus trois mois que le baron « reposait » en l'église de Boissières. Personne ne prononçait jamais son nom. Tout ce qui pouvait rappeler sa mémoire : habits, dorures et rubans, avait été enlevé, distribué, brûlé par vent d'est derrière les fossés.

Chaque nuit, la Belle écoutait le vent de novembre bousculer les grands pins, comme telle autre nuit qu'elle avait passée avec Catinat le farouche. Comme ils paraissaient proches alors ! L'impossible rêve qu'elle poursuivait, éveillée, depuis des mois, était toujours aussi vif à son cœur. Plût au Ciel qu'il demeurât ainsi : un diamant de la plus belle eau qui soit au monde, sans une tache, pur et rayonnant d'une lumière sans pareille.

– Est-il possible que le temps passe ainsi, sans rien faire qui puisse servir les nôtres ? demandait chaque jour la Belle au chat qui la suivait de ses prunelles opalines.

Il ronronnait sur son coussin, toujours sur le qui-vive, surveillant sa maîtresse, plus jaloux que jamais.

Un jour, pourtant, n'y tenant plus et voyant sa petite s'étioler comme une fleur sans eau, la nourrice lui fit ce discours :

– Dieu sait pourtant combien je souhaite servir le Seigneur en toute honnêteté. Mais je vous vois dépérissant au gré des jours. Vous avez cependant de temps en temps des nouvelles de la santé de votre père ? Est-ce donc si grand amour que celui que vous portez au vaillant Catinat ? Dites-moi donc pourquoi vous vous laissez aller ainsi, sans plus jamais vous révolter, attendant que les cailles vous tombent rôties dans le bec !

Elle avait, pour tenir si beau raisonnement longuement préparé, mis son devantier du dimanche et son cotillon de taffetas bruissant, avec sans doute l'arrière-pensée que pour oser aborder tel sujet mieux valait le faire munie d'armes soignées.

C'est vrai que le temps était triste. Le printemps était loin, l'été aussi, et il pleuvait, pleuvait, au point qu'à Sommières le Vidourle allait de vidourlade en vidourlade. Tout le quartier du quai était submergé par les eaux. On eût dit que tout allait pourrir sur place.

La Belle était devant son feu, le chat sur son coussin tout comme à l'ordinaire, rêvant et rêvant... « À quoi peut-il rêver ? » pensait souvent Vigourette, pensive devant si surprenante bête.

– Allons, ma Belle, réagissez céans. Reprenez le gouvernement des uns et des autres. Personne ne vous reconnaît plus. Tenez, j'aimerais mieux vous savoir comme Marie la prophétesse dont on assure qu'elle est la maîtresse de Catinat.

C'était dit. Aussitôt dit, aussitôt regretté. Trop tard. La Belle était devenue plus blanche que sa robe. On eût dit que la mort entrée en elle allait l'emporter sur-le-champ. Mais la nourrice savait bien qu'en lui disant la vérité sa Brazuquette allait se rebiffer. Elle courut la prendre dans ses bras et, lui soutenant la tête, se mit à la bercer contre elle en chantonnant :

– Là... là..., ma Brazuquette. Il n'est amour qui ne se quitte. Il n'est amour qui ne recommence ailleurs. Là... là...

Enfin, la sentant toujours aussi abandonnée au désespoir :

– Voyons, ma Belle, tout vaudrait mieux pour moi que de vous voir ainsi. J'aimerais mieux, tenez, Dieu me pardonne, vous voir heureuse entre les bras de ce soldat que dépérissant pour ne point lui appartenir.

La Belle s'était écartée d'un trait de l'abri maternel et le chat se dressa d'un bond.

– Est-il possible, Vigourette, que tu sois si stupide ! Jamais, non, jamais je n'aurais cru que tu sois aussi sotte ! Non, Catinat ne sera jamais mon amant, fût-il celui de mille diablesses à sa poursuite. Comment ne comprends-tu pas ce qui se passe en lui après ce qu'il a fait du baron ? Demande plutôt à cet animal ce qu'il en pense. Il te répondra mieux que moi.

Pauvre Belle ! Toute confiance dispersée à tous vents, elle se trouvait si démunie qu'elle en appelait aux sortilèges tant sa peine était grande. Sans plus rien ajouter, elle s'était levée du coin du feu et courait droit à sa chambre dont elle ferma la porte à clé. La nourrice n'avait pas eu le temps de dire ouf, interloquée, que le chat s'était jeté sur elle, déchirant, lacérant de ses griffes jusqu'en haut de son cotillon. Affolée, elle criait, essayant de se protéger : « Arrête, maudit animal ! ou je te fais pendre vif comme on aurait dû pendre ici le baron de Saint-Cosme. »

Aussitôt arrêté, on vit sire le chat se détendre soudain, considérant la nourrice figée de peur derrière un lourd bahut.

– Dirait-on pas qu'il rit ! Mais tu ris, sire-chat ! Allons, viens, viens, mon joli, fit-elle pour l'amadouer. Tu vois bien que nous sommes du même bord.

Elle sortit enfin de sa cachette, prudemment, se rajustant sans le quitter des yeux. L'autre, majestueux, superbe, voulut bien apaiser son courroux. Ses yeux calmèrent leur fureur. Il rentra ses griffes et son poil reprit son velouté. Les adversaires faisaient la paix. Et quelle paix ! Lequel allait dominer l'autre désormais ? La nourrice, soudain, eut honte de ses propos, tenus devant une personnalité si fidèle, au-dessus d'elle qui s'était montrée, en ce jour, préférant un pauvre amour humain à celui d'un Dieu puissant et jaloux, qui voulait être aimé sans partage.

4.

Mme de Calvière va bientôt sur ses trente-cinq ans et conserve la taille et l'esprit bien faits : ceux d'une jeune fille. Quand elle passe au long des galeries, dans un froufrou de taffetas, aucune dame de la cour ne montre aussi joli maintien. Son âme fière paraît dans toute son allure. Il n'est point d'homme, eût-il un cœur d'airain, qui ne se sentirait troublé la découvrant si belle. Elle a perdu l'emballement des sens qui la poussaient devant les aventures. Pourtant, on attend d'elle toujours quelque imprévu. On guette, on voudrait surprendre, mais un seul nom pourrait encore l'émouvoir : celui d'Abdias Maurel. Elle donne, elle rêve, elle écoute et caresse le prince-chat. Elle ne sait plus pleurer depuis longtemps et cache son vivant secret sous les plis ordonnés de sa robe de soie.

Despenjo-Figuo a clos sa forge. Les bouviers en armes suivent leurs chefs jusqu'aux montagnes inhabitées. Là-haut, plus de toits aux maisons. Un peu de paille pour coucher, quelque mauvais toupin à suspendre pour y bouillir encore les châtaignes. Ils doivent transporter leur biasse s'ils veulent joindre la jeunesse. Village après village les dragons brûlent et rasent. Après eux, ils ne laissent que poutres calcinées, murs en ruine, granges et bergeries vides. On entend crépiter les chaumes depuis la plaine et c'est pitié de voir jour après jour le brûlement. Les paysans ont tous gagné les bois, les rochers, les cavernes, rejoignant le « comte » Rolland. Et il pleut, il pleut, on dirait que ce diabolique pays, dépourvu de toute ressource, n'a été créé et ne subsiste que pour un peuple de hors-la-loi ; « canailles de bandits éparpillés par petits pelotons sur tous les chemins où personne ne peut presque passer sans leur permission* ».

Rolland dans la montagne, Cavalier dans la plaine, voilà de bons chefs courageux pour tenir tête à la cruauté de M. l'intendant. Mais rien ne va plus avec le maréchal de Montrevel qui fait sa cour à Alais à une jouve de vingt et un printemps. À cinquante-sept ans, cachant ses cheveux blancs sous une perruque ondulée, resplendissant de broderies, le voilà discourant en maximes fleuries, davantage préoccupé d'avancer ses affaires galantes que de montrer à ses officiers les lieux dont il confond, à tout instant, la place.

Quand, par hasard, on demande à ses lieutenants : « Que faites-vous donc, Messieurs, dans les Cévennes ? » ces derniers répondent, riant à pleine gorge : « Ne voyez-vous pas que nous servons de maquereaux au maréchal ? » Voilà donc une partie de chasse point si terrible pour tout le monde. Le maréchal a d'ailleurs plus d'un tour dans son sac. N'a-t-il pas eu l'idée de se faire aider dans sa tâche par un sourcier qu'il promène muni d'un bâton de Jacob, pour découvrir les assassins ? Tout un détachement le suit par monts et vaux, se moquant et glosant. Le bruit en vient jusqu'à Versailles où le roi, furieux d'être dérangé constamment par cette interminable affaire, décide d'ap-

* Julien, dit l'Apostat (Ducasse, *La Guerre des camisards*).

puyer le projet de M. de Basville : « l'épluchage des paroisses ».

Quand ces foutues pluies furent passées aux barres des Cévennes, et plus bas, les cadets de la Croix, soutenus par Mgr Fléchier, vinrent se charger de la besogne. L'Ermite* commandait en « robe raccourcie », bien muni contre sa perdition par l'indulgence pontificale et celle de la province. Ah ! les fripons. Ils levaient sur les nouveaux convertis contributions, pillaient les huguenots, allant au massacre comme vers une fête, et tuaient, contraignant, avant ce faire, les suspects à leur réciter en latin l'oraison dominicale et la salutation évangélique.

– Ah ! mes gaillards, vous êtes hérétiques, vous n'entendez point le latin il me semble. Alors, allons-y, messieurs les cadets, passons-les tous au fil de l'épée.

Et on détruisait et on saccageait maisons, fours et moulins. Plus de bétail. Par petites bandes, à l'ombre de la croix, pullulaient les profiteurs : officiers de justice, propriétaires et bons bourgeois ne pensant plus qu'à rapines, sans souci de se voler entre eux. Quel joli monde « plein de petits commandants » pour qui la guerre était tout profit !

Jamais Jean Cavalier n'avait été si riche en ses greniers.

« Monseigneur, écrivait-il au gouverneur, j'écris à Votre Grandeur pour vous dire que, si l'Ermite ne cesse de tuer nos frères, j'userai des armes de l'Éternel pour exterminer les catholiques et j'irai brûler vos moulins. Je suis votre affectionné serviteur. »

Puisque l'autre poursuivait, il tuait, incendiait, comblait des puits, brûlait des granges et pillait des fermes. Il par-

* Capitaine La Fayolle, frère Gabriel en religion.

courait la Vaunage comme un feu follet, tantôt ici et tantôt là, portant sa foi comme un flambeau, diable de Dieu, toujours esquivant et toujours poursuivi. Apparaissant, disparaissant, habile cavalier, frère des bouviers de Camargue prêts à mourir pour la même cause. Quel chef de guerre ! Rusé, habité d'une foi si vivante qu'elle paraissait dans toute sa personne entourée de lumière. Catinat le suivait comme une ombre. Deux cents cavaliers, filant sur leurs petits chevaux comme le grand vent qui descend la vallée du Rhône, l'accompagnaient dans tous ses desseins, aveuglément.

La nourrice n'avait point menti. La grande Marie ne se séparait jamais de Catinat. Au plus fort des dangers, sans autre beauté que celle que lui donnait l'inspiration quand elle la secourait, elle savait assouvir le besoin qu'il avait toujours eu des femmes. En lui nul remords, nulle comparaison ne lui venait dans l'instant où il possédait sa compagne, vite et bien comme dans tout bon soldat. Elle suivait, fidèle aux ordres du Seigneur qui a dit une fois : « Il n'est pas bon que l'homme soit seul. » D'autres avec elle accompagnaient la troupe, obéissantes, consolant et soignant, tuant aussi, massacrant de leurs mains pieuses.

Le 14 mars au matin, cinq cents soldats du roi et une centaine de dragons, commandés par le marquis de La Jonquière*, mirent à feu et à sang la campagne autour de Boucoiran. Trois « prophétesses » qui lavaient leurs haillons dans le courant d'un ruisselet se trouvèrent proprement embrochées avant même de lever leur battoir.

– Allez-y hardiment ! Débarrassez le roi de ces illuminées qui croient entendre la voix de Dieu dans le bruit d'un torrent !

* Vaillant marin qui mourut à Québec.

Ah ! la gaillarde troupe ! Jamais aussi vaillante et joyeuse qu'en ce jour, ayant à sa tête M. de La Jonquière paradant sur un cheval superbe. Debout en selle, il haranguait son armée : « Courage, mes enfants ! Voici les malheureux que nous avons tant cherchés. Marchons à l'ennemi ! »

Les « malheureux », peu nombreux, ne comptaient que des vaillants, des forts, des durs à cuire. Leur chef avait le sens de la stratégie, connaissait tout du désert broussailleux qui s'étendait à l'est du Gardon. Disposée à son gré, sa cavalerie s'embusqua derrière un bouquet d'arbustes. Ses meilleurs mousquets de flanc, épars dans les genêts en fleur, il fit défense de tirer avant la première décharge de l'ennemi. Dans le ciel rôdaient des nuages printaniers, le beau temps restait à l'orée et les oiseaux des haies, surpris par le soudain silence, recommencèrent à pépier.

Les dragons en dorures, messieurs pour la plupart, troupe d'élite mais peu savante en la petite guerre, oubliant qu'il leur fallait trois minutes pour recharger leurs armes, firent feu tous à la fois, au petit bonheur à travers les fourrés. La Jonquière se crut déjà vainqueur. Toujours fier et de belle prestance, jamais encore on ne l'avait rencontré en de si belles conditions. Soudain, d'un seul élan, les camisards se dressèrent derrière leurs broussailles. Catinat, bras levé, se rua dans la mêlée avec ses cavaliers et fonça sur les soldats surpris, en entonnant le psaume des batailles. Chaque fois c'était la même déroute. Aux premières notes du chant, la terreur se répandait dans les rangs des ennemis. Un merle, à qui les opiniâtres avaient appris à siffler les premières mesures, se mit aussi de la partie, les précédant, les suivant, tantôt là, insaisissable.

Dans un ruisseau, gonflé des dernières pluies du printemps, se mêlait l'eau de l'écluse d'un moulin où tous vinrent rouler, se piétinant au plus fort de la boue. « Allons, messieurs, jetez donc vos fusils trop lourds pour vous défendre à mains nues ! » Tout était rouge à l'entour et Abdias vit tomber près de lui trois de ses plus fidèles compagnons, pourtant bien résolus. En ce lieu, loin de la mer amie qui purifie, l'eau du moulin de Portal se changea en sang.

Aux cris de la Vivaraise* : « Tue... Tue. Vive l'Épée de l'Éternel ! » accouraient paysans, manants de toutes bornes. Faux sur l'épaule, fourche en main, ils se ruaient pour achever la fête. Forte de sa rude jeunesse, la Bombette sabrait et tranchait dans le vif, de ses mains achevant les blessés. Au milieu du carnage son cri dominait l'épouvante. M. de La Jonquière, blessé, dépouillé de son bel uniforme et, pis encore, privé de son cheval, fuyait à toutes jambes vers Boucoiran. Trois cents soldats de la Marine gisaient épars dans la garrigue, vingt officiers royaux exposaient leurs corps aux rapaces, dans un désert de cailloux et de brousses. Jamais, de mémoire de soldat du roi, on ne vit pareille victoire des séditieux sur une troupe si vaillante.

Ah ! Monsieur de Montrevel, au lieu de faire l'amour, vous eussiez mieux fait de bien faire la guerre. Au lieu d'être si prompt au point de crier partout : « Si j'en croyais tous ces honnêtes gens, j'en engraisserais tous les poiriers de ce pays », vous eussiez mieux fait, tenez ! d'aller jouer au lansquenet.

* Lucrèce Guignon, dix-huit ans, dite aussi la Bombette.

Catinat, suivi de ses fidèles compagnons, s'engageait sur le chemin des terres, laissant derrière lui Martignargues. L'uniforme dont il avait dépouillé un officier de dragons lui allait bien et semblait fait à sa haute stature. Jolies bottes aussi, un peu souillées, mais le justaucorps couvert de broderies remplaçait avantageusement la chemise roide de sang qu'il avait jetée dans un ruisseau. Il n'avait jamais été homme de langage et de discours. Il laissait cela aux ministres, aux théologiens bien instruits qui, de loin, les exhortaient toujours. Lui ne savait que prier, humblement, malgré son sabre et sa fureur. Rassemblant ensemble fatigues et triomphe, les cavaliers rentraient chez eux.

La nuit printanière s'étalait en grappes tièdes. Un petit vent frisquet frémissait dans les chênes verts.

En arrivant dans Boissières, Catinat fit signe à sa troupe de le laisser aller. Les cavaliers s'éloignèrent à travers les buissons tandis que de mas en ferme résonnait le bruit de leur victoire. Demeuré seul, les yeux tournés vers le château, Abdias prit un sentier bordé de haies vives et coupa à travers la colline.

Quand il fut au cœur de la grande allée du château, il écouta. On n'entendait que le doux roucoulement d'un ramier. Des cuisines filtrait la lueur d'une chandelle et venait par échos le parler d'un enfantou auquel répondait une voix, comme en chanson de vieille femme sourde. Le murmure accompagnait le *rrou... rrou... rrou...* d'une tourterelle. Catinat approcha au pas lent de sa monture. La nuit tombait et derrière les hautes fenêtres se mouvaient des ombres rassurantes. Le cavalier ne faisait pas un geste. Son cheval au repos laissait battre ses flancs au rythme qu'il lui imposait. Une douceur étrange prenait sur l'heure le guerrier tandis que la chanson reprenait comme en jeu de réponse :

Fineta... Fineta...	Finette... Finette...
Per aquela maneta	Sur cette petite main
Passet uno lebreto	Est passé un petit lapin
Aquel la veguet	Celui-ci le vit
Aquel la correguet	Celui-ci lui courut après
Aquel l'attrapet	Celui-ci l'attrapa
Aquel la manjet	Celui-ci le mangea
Aquel diguet :	Celui-ci dit :
Piou... Piou... Piou	Piou... Piou... Piou
Ia pas res per iou !	Y a plus rien pour moi !

La comptine arrivait par bribes détachées au soldat qui devinait dans l'ombre la mamé Vigourette, avec l'enfant sur ses genoux qui refusait de s'endormir. Une fois encore il retournait vers son enfance. C'était sa menotte à lui que tenait sa grand-mère en caressant la paume, comptant l'un après l'autre les cinq doigts, du pouce à l'auriculaire. Elle revenait sur le tendre creux qu'elle chatouillait délicieusement à la fin, sur le *piou... piou... piou* qu'elle chantait en remontant la gamme d'une voix suraiguë tandis qu'il éclatait de rire en bégayant de volupté : Encaro mamé... Encaro !

La chansonnette familière trouvait en son tréfonds le lieu caché de la tendresse et des regrets. Comme c'était loin ! Il aurait dû mieux les aimer, ses vieux, disparus comme bien d'autres en laissant derrière eux leur pauvre treille abandonnée. Était-il possible que la vie ait passé sur eux, si mal, si vite, et qu'il soit devenu guerrier avant d'avoir terminé la chanson ? La fillette devait s'être endormie. On n'entendait plus à présent que le langage des arbres et de la nuit claire.

L'amour qu'il portait en lui débordait du fier Catinat. Amour pour son Dieu, confondu chaque jour davantage avec celui qu'il vouait à celle dont la pensée l'accompagnait partout. En lui, fruste serviteur de l'Éternel, se découvraient des trésors de délicatesse, dans une adoration constante. Chaque fois qu'il sortait victorieux d'un combat, c'était à la Belle en même temps qu'à son Seigneur qu'il offrait son courage. Inaccessible comme Lui, elle régnait en son cœur dans l'humilité et le service. Il se disait qu'à force de foi et de sang répandu Dieu lui donnerait enfin dans l'autre monde le droit de s'unir à sa Belle.

Les yeux fixés sur les fenêtres du château, Abdias laissa un long moment couler en son désir une paix non pareille. Quand une à une s'éteignirent les chandelles, alors la nuit se mit à vivre. Le premier rossignol, au bord du ruisselet, s'égosilla soudain, éperdument. Surpris, Catinat avait oublié le printemps et qu'il avait un corps puissant, une chair exigeante, qu'un souvenir de femme brûlait en lui, le torturant comme un fer dans une plaie ouverte. L'oiseau gonflait sa gorge et les trilles roulaient par-dessus les buissons. Abdias laissait venir à lui le parfum sucré des courts genêts enchevêtrés. Il n'était plus maître de sa passion, bouleversé de délices d'amour que son cheval partageait, sensible au renouveau. C'était à la fois fort et doux. La tentation lui était présentée comme elle l'avait été pour son Seigneur. Il avait oublié le mystère du lieu, le personnage étrange qui en gardait les portes. Passion et liberté lui étaient offertes : ce fut la liberté qui l'emporta.

Il était aisé de comprendre que ce printemps-là ne serait pas comme les autres. La Vaunage était en ébullition depuis la dernière victoire de Cavalier au moulin de Portal. À Versailles, le roi ne décolérait pas contre M. de Montrevel dont on lui rebattait les oreilles. Enfermé dans sa splendeur, cerné de toutes parts de courtisans, pressé par l'intendant de Basville, Julien, Planque et les évêques, de poursuivre avec acharnement une politique de répression, le grand monarque détestait à la fois le changement et la réflexion.

Cependant, il avait sous ses ordres un remplaçant tout désigné : le glorieux maréchal de Villars qui, sans nul doute, aurait vu son temps mieux employé ailleurs. Mais patience ! le vaincu du moulin, avant de partir pour la Guyenne, tenait à montrer à son maître qu'il n'avait point mérité de disgrâce.

L'armée de Cavalier, bien au repos, savourait ardemment son triomphe. La plaine s'était refermée sur elle et la protégeait. Les chevaux se faisaient belle panse, les cavaliers aussi, riches, comblés. Ils tenaient assemblées, louant Dieu en beaux sermons, belles prières et psaumes rendant grâces.

La mer elle-même avait traversé l'équinoxe du printemps et se calmait pour attendre la prochaine saison. Les vents avaient passé sur les saladelles, les couvrant et les découvrant tour à tour. Le cri des oiseaux de mer se faisait perçant. Ils tournoyaient, affolés, avant de s'abattre dans les enganes où nichaient leurs petits. Les troupeaux de bœufs se gardaient seuls malgré la chaleur qui montait aux taurillons. Les bouviers, ailleurs occupés, devenaient les soldats d'une vaillante armée.

Jean Cavalier s'était mis en tête de faire prisonnier le galant maréchal qui attendait à Sommières le moment de son départ pour la Guyenne. À Montpezat, Dieu merci, les ouailles avaient un curé digne de son sacerdoce : le curé Terrien. D'apparence débonnaire, toujours disposé à écouter les hérétiques d'une oreille bienveillante, qui se méfierait d'un prêtre qui faisait montre envers ses ennemis d'une si grande charité ? N'avait-il pas la bonté de hocher la tête en mesure quand ils entonnaient à l'unisson les psaumes interdits ?

Cavalier et les siens avaient toute confiance en lui et ce fut autour d'un feu de camp que l'on découvrit le projet, lui racontant même la chose, dévoilant ainsi le complot. On campait au moulin de Langlade. La troupe était au complet. Rien ne manquait : bonnes armes, bonnes munitions. On faisait manœuvre au son des fifres, des cornets et tambours battants. Une vraie fête déployait là ses étendards, forte de l'appui de l'Éternel et confiante en sa destinée.

Jean Cavalier, ne te laisse pas endormir sur tes lauriers ! En ce 17 d'avril ne vois-tu pas de tous côtés converger l'ennemi ? Par milliers ils sortent de Lunel, de Nîmes, de Sommières ! Près de trois mille à venir te surprendre en ta petite Chanaan. Pendant que tu rêves de gloire, les régiments les plus fameux t'enveloppent, te pressent : Charolais, Firmaçon, Soissonnais, Irlandais, Hainaut, marchent sur toi et surgissent à ton entour.

– Enfants de Dieu, nous sommes pris et roués vifs si nous manquons de cœur. Il faut passer sur le ventre de ces gens-là. Serrez-vous tous et suivez-moi.

Caracolant sur son cheval à la tête des siens, vit-on jamais plus ardent partisan ? Il attaqua, hardiment. Entre Nages et Bizac s'engagea alors combat sanglant. « À la charge ! À la charge ! » hurlaient les redoutables Irlandais. Les hérétiques, encerclés de toutes parts, fonçaient à travers la bataille. Catinat faisait feu de tous côtés. Les cavaliers de la bouvine n'étaient point soldats de retraite. Ils se ruèrent vers le pont du Rhony, qu'ils franchirent d'un seul élan. Debout sur ses étriers, le blondinet avait beau exhorter son monde : « Rechargez vos fusils ! Tirez, mais tirez donc ! » il était trop tard quand il fallut se dégager, sortir de ce trou à rats.

La nuit allait tomber. Ils étaient près de Clarensac. Leur garrigue était là, à deux pas, prête à les engloutir, protectrice. Dispersés, égarés, chassant et se pourchassant à la petite chance, blottis dans les roubines, mourant de soif et crevant de chaleur, pêle-mêle soldats du roi et soldats pour la religion achevaient de mourir. De petits groupes isolés tiraient encore ici et là, cherchant un abri parmi les buissons, saignant par les cailloux ; Catinat et ses compagnons, abandonnant le champ de bataille, se dirigèrent vers le refuge où ils attendraient Cavalier.

Dieu merci, les grottes d'Euzet* étaient pourvues ! Denrées de toutes sortes s'entassaient là, sans compter les médecines promptes à soigner les blessures. Bon vin, farine et huile à discrétion, jambons et autres viandes de cochon propres à soutenir un siège. Là ils pourraient se refaire à l'aise, à l'abri de cachettes sûres. « Opiniâtres, farouches, si cette bataille était perdue, il en restait d'autres pour vaincre. »

Comme après chaque bataille, et malgré la défaite, Abdias était serein. Plus le sang coulait chez son ennemi abhorré, plus il se sentait proche de Dieu. Forcené plus que quiconque au sein de son armée, totalement embrasé d'une certitude si puissante qu'elle ne contenait jamais la moindre hésitation, il se laissait porter au rythme de son cheval. Rompu, brisé, couvert de boue, la tête bourdonnante de la rumeur des armes, il conduisait sa troupe. Quand connaîtrait-il enfin le repos ? La question ne se posait pas. Point de trêve qu'il n'eût exterminé les envoyés

* Hélas, le refuge d'Euzet devait être découvert peu après, le lieu étant dénoncé par une vieille paysanne menacée par les dragons.

du roi qui appelaient les prêtres à la rescousse, afin de mieux asservir les combattants de Dieu.

Cette fois, il n'avait nulle envie de se montrer devant sa Belle. Plus il sacrifiait son amour à l'Éternel, plus la paix de son corps s'affermissait, l'emplissait de visions où il n'était plus question que d'immortalité.

Comme d'ordinaire, lorsqu'ils se trouvaient en perdition, les villageois venaient chercher secours près de leur châtelaine. Ils fermaient leur maison au mieux et la nourrice leur ouvrait les portes, les maniant de sa façon.

– Ayez donc un peu de courage vous aussi ! criait-elle aux réfugiés de Boissières, leur distribuant la becquée : une tourte mêlée de seigle, une tranche de lard et une écuelle de soupe. Perdez-vous donc l'esprit en ce moment où il nous faut prier pour demander la délivrance ?

Une tape par-ci, une bonne bourrade par-là, un balai qu'elle leur mettait en main et voilà tout ce monde prêt à chanter gloire et louange.

– Heureusement que vous m'avez pour calmer un peu vos esprits ! se rengorgeait la nourrice, ajustant son devancier brodé pour bien définir la hiérarchie.

Le seigneur-chat ne se montrait guère en ces occasions-là. Majestueusement assis en rond sur son coussin, il toisait les étrangers à son domaine d'un air bénin auquel personne ne se fiait. Au reste, à qui se fier dès lors que tout se désagrégeait aux alentours. Ah ! que ce printemps-là se poursuivait mal en dépit de l'enchantement des nuits claires, parfumées des lilas croulant sur les clos des jardins. La baronne, jusque-là, n'était guère allée plus loin, à cheval, que le roc de Gachon, d'où l'on voit, par mistral, se déployer la Méditerranée. Les foires de Beaucaire, qu'elle aimait fréquenter jadis, étaient à présent souvenirs bien lointains d'une joie disparue. Après la fête venait le regret que le plaisir passât si vite. Mais elle avait alors devant elle d'autres promesses. Ses rêveries, son imagination délivraient chaque jour l'illusion d'une aventure qui restait toujours à venir. Aujourd'hui, elle était parvenue à une plénitude de pensée, de liberté, qui lui permettait l'infini. Au bout de son angoisse, à l'achèvement de son raisonnement, il n'y aurait plus que Dieu et son pardon.

Assurée d'un amour qu'elle portait en elle, puissant, l'invisible ne lui faisait plus peur, la mort n'avait plus de sens. Catinat le magnifique ne la quitterait plus, une fois de l'autre côté où ils se rejoindraient enfin. Qu'importaient donc tourments, absence, et que signifiaient les mots de défaite ou victoire ? Comme un vol de mouette au-dessus de la mer, son âme voyageait, entraînant son corps immatériel, toujours plus haut, vers le ciel où se perdent les mondes infinis. Rien, là, n'était plus défendu, la chair n'était qu'un instrument créé par Dieu et pour sa gloire. Son amour pour Catinat était sans limites et dépassait la Loi. Plus de commandements, les Tables trônaient toujours, majestueuses, écrasantes, à la place qui avait toujours été la leur, mais la Belle avait cessé de les considérer. « Ce sont des mots, gravés par des hommes de pauvre tenue comme moi, et transcrits par eux. Chaque jour, pourtant, depuis la création du monde, ils les transgressent. L'amour est plus fort que l'Écriture et devient Esprit en s'arrêtant à Dieu. »

On avait enseveli les morts de la bataille de Nages au cimetière de Langlade, trop petit pour les contenir tous. C'était chaque jour au château la tristesse qui menait le train. Pas un rire, en dehors de celui de l'enfant innocente, pas un chant et plus de berceries. Même le droulet se tenait coi, ayant pour l'heure perdu l'envie de courir après les jupons. Le pain réduit, l'huile et le lard aussi. On avait tant donné aux cavaliers, pour amasser dans les grottes d'Euzet et pour servir la guerre sainte, que la baronne avait tout juste en ses réserves de quoi nourrir ses serviteurs.

– Il faut compter tes vivres, Vigourette, et ne rien gaspiller aux bêtes.

– Ah ! maîtresse, ne me parlez pas comme ça. Je me suis levé le pain de la bouche pour nos frères, ce n'est pas d'aujourd'hui que j'épargne en votre maison.

C'était la première fois que, gouvernante en ses cuisines, la nourrice en colère tenait tête à la baronne, un œil rancunier et tout plissé de déplaisir braqué sur le chat qu'on ne privait point de gâteau.

– Quand je pense à ces magasins qu'ils avaient remplis avec notre secours. Il y avait tout ce qui nous manque à présent et qui nous ferait bien plaisir au lieu d'en goinfrer ces maudits dragons.

Bonnet serré sous le menton, d'où fondait à vue d'œil le gras de bonne santé, la brave femme n'arrêtait pas de bougonner. De temps en temps elle levait au ciel des yeux lavés de pluie, s'essuyait les mains à son tablier et marmonnait une prière mi-langue d'oc et mi-français. Aurore, qui la suivait partout, la tirait par un bout de sa jupe, l'embarrassant plutôt. Elle courait se cacher, effarée, sous son ample cotillon où elle disparaissait à la moindre gronderie. Tristes veillées aussi pour le Robin et la simplette dont la langue se déliait parfois. Elle retrouvait ses esprits quand le valet la prenait par la main, protecteur. Elle se laissait mener et s'adressait à lui pour les choses les plus ordinaires. Peu à peu, on apprit qu'elle s'était sauvée d'un couvent, aidée par la Vivaraise. Le grand laquais n'aimait pas que l'on raconte les hauts faits des frénétiques et cela le gênait de rester sans rien dire de ce qu'il avait sur le cœur.

– Vous auriez mieux fait de rester dans votre couvent que de fréquenter cette folle qui tue de ses propres mains et se couvre de sang. C'est elle qui vous entraînait à ne point vous conduire en fille sage. Savez-vous seulement qui est le père de votre enfant ?

Il en avait trop dit, poussé par une sorte de fièvre qui lui montait aux joues tandis qu'ils écossaient des pois cueillis frais du matin. Des paniers et des paniers de pois. Tous, autour de la table, s'y étaient mis, jusqu'à la fillette qui courait partout dès qu'une cosse en laissait échapper. La simplette avait ses mains croisées et, derechef, avait cessé son égrenage. Ils la regardaient tous fixement. Vigourette l'aimait, cette droulette, et ne pouvait laisser passer la méchante remarque. François Droulet non plus, qui jetait des regards furibonds sur le Robin, les poings serrés, un mauvais air sur sa jolie figure.

– Vous, taisez-vous ! cria la nourrice au rouquin en se levant d'un bond, ce qui eut pour effet de renverser par terre les cosses enfermées dans son tablier. Je me demande d'où vous sortez. Aco's vraï, on ne vous entend jamais chanter un psaume avec nous tous. Jamais une bible en main. Je m'étonnerais guère que vous ne sachiez pas la lire !

Le laquais se le tint pour dit et ne pipa plus mot. On sentait se défaire peu à peu l'air d'amitié qui avait toujours eu ses droits par-dessus les soucis. La résignation s'emparait tristement des lieux, à petit bruit, furtive, sournoise. L'horizon se fermait. Les murs du château, autrefois si dorés de soleil, de gaieté, prenaient visage morne et s'éteignaient doucement, malgré la lumière si belle des couchants. On eût dit que la Belle s'apprêtait à partir en voyage, elle se détachait.

Le printemps s'achevait et l'été s'annonçait. Un jour chaud, parfumé de la sève des pins mais envahi par le chèvrefeuille qu'aucune bête ne venait plus brouter, sans oiseaux qui avaient déserté pour ailleurs les cheminées, succédait à un autre jour tout pareil, et cela recommencerait, on eût dit, indéfiniment. Où que le regard se fixât, sous les terrasses jusque vers l'horizon, n'étaient que désert et silence. Le chiendent courait les vignes où personne ne venait plus arracher à la maigre terre les poireaux, fins de goût, ni cueillir l'ensaladette. Plus de soc pour tracer quelque sillon aux champs abandonnés, les sarments rampaient, emprisonnant les ceps d'un filet de rameaux inutiles. Plus de hennissements de chevaux de labour, plus de bruits d'enclume, de marteau ou de scie, plus de fumées matinales pour annoncer le jour des travailleurs. La plaine était vide. On eût dit que la vie s'était figée sur un espace défini et réglé une fois pour toutes.

Le chat miaulait devant la terrasse, nez au sol, humant quelque trace invisible. Lui seul savait pourquoi il se plaignait, prophète en son territoire interdit au commun.

Mme de Calvière s'était endormie sur le matin, bercée par la fièvre qui la tenait depuis plusieurs jours. Une fièvre qu'aucune médecine au monde n'aurait su apaiser et qui la consumait sans douleur. Vigourette, la pauvre, avait tout essayé à son endroit : tisane des champs, peau de serpent dans une tasse de bouillon, ou sirop d'escargots, tous remèdes qu'elle employait savamment et dont elle avait toujours usé. Elle entrouvrit la porte de la chambre du roi et le chat, sur ses talons, s'engouffra. La Belle avait les yeux grands ouverts sur la fenêtre où les rideaux laissaient filtrer la jolie matinée.

– Entre, Vigourette.

– Allons, ma Brazuquette, voyez comme le soleil sera beau. Il fera chaud dehors. De quoi auriez-vous envie aujourd'hui pour le dîner ? Buvez donc votre chocolat et goûtez ces quelques tranches dorées.

Elle avait posé le plateau d'argent sur une table, dans la ruelle.

– Que vous me semblez pâle ! Votre cheval se languit de vous. L'entendez-vous qui vous appelle depuis son écurie ?

C'était vrai. Par la porte restée ouverte arrivait le hennissement de la jument grise. On entendait pépier Aurore sur les traces du grand laquais. La Belle écouta. Ce qui arrivait à ses oreilles ne parvenait pas jusqu'à son cœur. Elle demeurait dans un autre pays qui n'appartenait qu'à elle. Elle se dressa sur son oreiller, sortit une jambe, l'autre après, sans ennui, lentement, l'air étonné de se mouvoir en ce lieu, étrangère. Ses longs cheveux couvrirent ses épaules, en désordre. Elle ne les avait point brossés la veille et ils étaient emmêlés.

– Ma pitchounette, laissez-moi ranger un peu votre coiffure. Cela vous donnera plus de commodité. Ils vous mangent les yeux.

La nourrice avait pris sur la toilette la brosse d'argent ciselé et faisait asseoir la Belle dans un fauteuil. La baronne se laissait mener, les yeux baissés. Son regard ne se levait pas sur son visage devenu transparent comme une coquille de nacre et que lui renvoyait le miroir de Venise. Cette image n'était plus la sienne ; elle s'était envolée comme les passereaux qui regagnent d'autres asiles. Vigourette, déchirée de douleur, voyait tout cela de son amour fidèle. Elle brossa et lustra patiemment, d'un geste ample et doux, faisant passer dans sa main flétrie la peine qui lui venait.

– Allez, vous voilà toute fraîche à présent. Vous allez déjeuner et pendant que je tire les rideaux sur le soleil, plus matinal que vous, vous mettrez la jolie robe blanche que vous portiez à la foire dernière où vous montriez si belle mine. Notre-Seigneur n'aime point qu'on le délaisse. Voici plus de huit jours que vous n'entamez de prière devant notre petit monde. C'est mauvais exemple pour la fillette qui nous fut envoyée pour la Noël.

Elle allait et venait, secouait les tapis, tapait les coussins, tirait les courtines de soie, rangeait par là, voûtée mais toujours vaillante dans sa foi vivante. La Belle avait entendu le beau discours. Docile, elle avait passé sur son corps alangui la robe blanche des temps heureux. Toujours aussi adorable malgré ses formes amaigries, son air n'était plus de ce monde de chair. Une douce lumière l'auréolait de jeunesse nouvelle.

– Tu vois, ma bonne Vigourette, je vais suivre tes conseils. Rassemble nos amis et dis-leur que nous allons bien commencer la journée. Puis tu feras seller ma jument, que j'aille un peu sentir le goût de l'air.

Sans se le faire répéter deux fois, la nourrice était déjà hors la chambre. Frappant dans ses mains, elle traversa le salon, la salle de justice, tandis que la Belle, du regard, faisait le tour de la chambre tiède qui avait abrité une nuit son amant. Où était-il donc à l'heure où elle allait s'abandonnant ? Le service de Dieu le retenait ? C'était bien ainsi et il fallait l'y laisser.

Elle était prête à sortir, humilité cachée sous la dignité de son rang. Quand elle arriva dans la vaste cuisine, le feu flambait gaiement dans l'âtre et l'air sentait bon le pain chaud. Vigourette avait conservé un peu de farine de froment et la simplette pétrissait, les bras poudrés jusques aux coudes. Aurore, assise sur sa chaise haute, tenue par une courroie, battit des mains en voyant la Belle se placer devant ses gens en tout honneur et simplicité. Le Rouquin baissa la tête, Vigourette plongea la sienne sur son col, et l'innocente leva les yeux vers le soleil qui rayonnait par le haut des fenêtres. Les palefreniers entrèrent à leur tour, l'un derrière l'autre, leur chapeau à la main, et se tinrent, respectueusement, de chaque côté de la cheminée.

François Droulet, comme à son ordinaire, vint se poster derrière la baronne, vif et plein d'une gaieté qu'aucun tourment au monde ne parvenait à assombrir, tant il prenait l'habitude du sang et des larmes quotidiennement répandus. Depuis quelque temps il lorgnait la simplette, gaillard, entreprenant, houspillé sans arrêt par le Robin jaloux qui se croyait des droits sur elle depuis qu'il l'avait tirée de la mort.

La Belle ne voyait rien de ce qui se passait autour d'elle. Rien en dehors de l'horizon des marais que son regard cherchait à tout moment. Elle prit sa respiration, croisa ses mains et, les yeux clos, commença :

– Mes frères bien aimés, que chacun de nous se prosterne bien humblement devant la haute et souveraine majesté de notre bon Dieu et Père, nous reconnaissant tels que nous sommes, à savoir pauvres pécheurs et misérables, disant de tout notre cœur comme il s'ensuit en notre psaume :

Seigneur en qui je me fie
Restaure-moi et vivifie
Pour ton Nom craint et redouté
Retire de langueur ma vie
Pour montrer ta juste bonté.
Ps. XXLIII

Ici, chacun leva la tête fièrement et le réconfort descendit dans les âmes qu'on voyait s'épanouir sur les visages, comme les fleurs sous la pluie d'été. Mains croisées devant eux, ils prièrent, et leur bouche murmurait en même temps que la baronne :

« Fais-nous ouïr dès le matin ta miséricorde, Seigneur, car nous avons espéré en toi. Fais-nous connaître la voie en laquelle nous devons cheminer puisque nous avons élevé notre cœur à toi. Enseigne-nous à faire ta volonté car tu es notre Dieu : ton Esprit nous conduise au droit chemin. »

Chaque parole était dite d'une voix qui s'affermissait, allait croissant de ton. Le petit troupeau, maigre et perdu, retrouvait vigueur dans sa foi et santé dans la prière. La Belle dit « Amen », baissant le front, et pendant un moment ineffable, durant que passait la minute dans le tic-tac de la pendule, que la flamme dorait les flancs du toupinet de lait posé entre les cendres, durant qu'on entendit le doux ronronnement du chat devant le feu, l'indicible paix d'autrefois s'étendit comme en rêve. La baronne sourit à chacun, tendrement, et cela serrait le cœur de découvrir en sa personne une vulnérable douceur qui n'entrait point d'ordinaire dans son caractère.

– Votre cheval est dans la cour, Madame. Prêt à votre service.

– Merci, Robin. Je m'en vais faire un long tour aujourd'hui. Ne vous mettez pas en peine pour moi. Que chacun continue selon ses habitudes.

Vigourette ne la quittait pas du regard. Le chat délaissa sa retraite, arrondissant le dos, ses prunelles bleues fixant la Belle, pleines d'un intense mystère. Elle le prit dans ses bras, embrassa sa nourrice, l'animal serré entre elles et demeurant soumis. Trop perspicace pour ne point s'apercevoir des changements survenus en si peu de temps chez sa petite, la bravounette la suivit jusque sur le seuil de la cuisine.

– Promettez-moi de ne point aller à l'aventure selon votre ordinaire. Vous demeurez encore trop faible, vous n'êtes point remise.

Elle parlait, parlait, mais sa Brazuquette ne l'entendait pas. Redressant la taille, d'un pas assuré elle sortit dans la cour. Le soleil frappait déjà les pierres. La Belle plissa les paupières sous la lumière. Une tiède vapeur montait des lavandes courtes et des herbes des champs. À l'entour du château, les bois, les sentiers, battus tant de fois par la jument, s'éveillaient, alanguis. L'oreille ne percevait plus le crissement familier des insectes ni la trille joyeuse de l'oiseau du matin. Mme de Calvière posa délicatement le chat à l'ombre d'un térébinthe dont la forte senteur, un moment, manqua la chavirer. D'un bond léger elle monta en selle et, là, se sentit bien.

Depuis plusieurs jours elle délaissait sa monture et celle-ci retrouvait enfin la main ferme qu'elle aimait. Tapant d'un sabot impatient la calade, elle lança un piaffement sonore qui résonna dans le silence. Un petit saut sur le côté, la croupe frémissante, prête à voler par les collines, la bête se cabra et traversa d'un trait la cour d'entrée. Au petit trot la Belle parcourut l'allée qui descendait vers le village. À pas lents elle passa par les ruelles, et c'était chose étrange d'entendre sonner l'âme des maisons vides tandis qu'elle avançait, solitaire, indiscrète peut-être, suivie par des yeux de pierre.

Au fur et à mesure les souvenirs se levaient sous ses pas et, malgré elle, serrant les guides, elle retenait l'animal. Ici et là, et puis encore ici, devant la forge de Despenjo-Figuo : un cercle rouillé contre le mur, l'enseigne immobile qui ne frémissait plus du fracas de l'enclume... Des clous jonchaient le sol devant le portail. Aucun bruit. Même la brise du matin tardait à se lever. Partout l'abandon et le renoncement. Le petit peuple qu'elle avait tant aimé n'avait plus ici droit de cité. Que restait-il du Baroulaïre, pauvre Broussetou qui avait honte de ses pieds nus, planté là devant elle sur les tapis de haute lisse ? De tous les autres qu'allait-il advenir, et surtout du François Droulet, si vif et si joyeux qu'à son entrée toutes choses semblaient nouvelles. Les idées venaient à son esprit sans qu'elle pût s'y arrêter, tant le vague de son âme l'emplissait de mélancolie.

Elle sortit du village. La jument prit le trot, se dirigeant vers les palus. De longtemps la Belle ne s'était sentie si légère, fluide, bienheureuse. Évitant les villages d'où ne venait aucun murmure, elle s'enrichissait à chaque instant de sensations nouvelles. Son esprit se déliait, elle se mouvait au sein d'un élément vivant dans lequel elle s'intégrait pleinement. Quand elle prit le galop, le vent courut derrière elle, la prenant de vitesse. Tantôt le sable était humide et sûr, tantôt il se dérobait, fuyait, et le cheval revenait sur ses pas, trouvait sa route et filait, col dressé, naseaux palpitants de plaisir. Le soleil devint chaud et toute la sansouïre parut se dilater dans une vapeur rose et grise. Le temps ne comptait plus. Le nom d'Abdias était musique et battait au cœur de la Belle, et chantait, caresse et psaume se mêlant. Des effluves sortaient des salicornes et rasaient la terre salée.

Enfin, elle pénétrait en pays défendu. C'était ce qu'elle avait si ardemment imaginé, nuit et jour éveillée de tourment, heure après heure, dans l'espoir d'un miracle. Soudain, pleinement, de droit et de justice, le ciel s'ouvrait, elle y entrait. Son bien-aimé l'y attendait. La jument contourna une dune, en monta une autre et s'arrêta net. Là, droit devant : la mer. La Belle ferma les yeux. Comme dans son souvenir d'enfant murmurait le ressac. C'était le même mouvement, lent et calme des vagues, qu'elle reconnaissait. La grève à perte de vue... Et le bruit, doux ronron, et l'éblouissement blond et bleu, bleu et doré, infiniment recommencé. Quand elle ouvrait et refermait les paupières, le rythme de la mer l'emplissait d'une joie battante.

Jamais encore elle n'était en pensée revenue en arrière. Était-il possible qu'elle ait pour jamais oublié tous les souvenirs d'autrefois ? L'amour l'avait une nouvelle fois enfantée. Avant Abdias, il n'y avait rien eu. Il l'avait inventée. Elle avait laissé peu à peu sa mémoire effacer le passé. Voilà que, tout à coup, c'était son père qui se tenait à ses côtés. Lui qui lui avait appris comment se garder à cheval, sans crainte et hardiment. Lui, le seigneur huguenot qui chantait si haut et si fort en sa demeure de Montpellier qu'on eût dit, quand il faisait le culte à ses gens, que les murs allaient s'écrouler tant il avait la voix puissante. Redouté des siens et des autres.

Quant à sa mère, elle était si humble et si petite que chacun de ses gestes relevait de l'affront, comme si elle eût toujours tremblé d'avancer le plus menu propos sans l'assentiment préalable de son terrible époux.

« Françoise, lui avait-elle dit sur son lit avant de trépasser, mon enfant, vous souviendrez-vous seulement de moi lorsque je ne serai plus ? »

La Belle n'avait su que répondre, tout occupée à suivre par les vitraux de la fenêtre le ballet des hirondelles qui bâtissaient leur nid sous les tourelles. Sa mère avait lâché sa main en soupirant avant de lui rendre sa liberté. Vrai, elle ne parvenait pas à retrouver le visage de sa mère. Celui de son père à peine, avec ses yeux noirs et sévères ombragés de sourcils toujours embroussaillés. Était-il possible qu'elle ait à ce point oublié que c'était lui qui lui avait appris comment on écoute les vagues ? Et la couleur des mirages sur les plages de la Camargue ? Sa dernière lettre avait été lue et relue tant de fois qu'elle la savait par cœur. La Suisse, les Provinces-Unies, la religion, en vérité que restait-il de tout cela ?

Longtemps immobile sur sa selle, la Belle abandonna son corps à la brise qui venait de la mer. Son cheval avait levé le col, lui aussi partageait la paix profonde qui sourdait de l'air et des vagues. Le ressac battait lentement, régulier, endormi, sans passion. Le soleil dérivait sur l'horizon. Tout était rouge autour. Un immense rideau cramoisi se déployait à l'infini. La Belle étendit les bras et l'odeur des étangs salés entra en elle tandis qu'elle respirait, se délivrant, bouleversée de calme bonheur. En cet instant toute passion l'avait abandonnée. Son seul désir était de s'avancer, de marcher vers le bleu, tout le bleu qui l'attirait à lui, l'invitait irrésistiblement à l'aboutissement d'une rencontre qu'elle cherchait depuis toujours.

Elle sauta sur le sable et l'on eût dit qu'une blanche mouette venait de se poser, les pattes fines, les ailes étendues. Elle fit un pas, puis un autre, sans même enlever ses bottes. Elle écrivait sur le sable mouillé une autre vie, en route enfin vers sa Terre promise. La première vague qui la frôla apporta dans sa frange d'écume un friselis de coquillages roses, qu'une autre vague, plus profonde, recouvrit aussitôt. La mer venait, venait, et la Belle, avec délices, la fleurait, fraîche et pure. Elle avançait, plongeait en elle, le regard fixé sur le ciel qui s'élargissait. Quand l'eau atteignit ses épaules en caresse mouvante, elle avançait toujours, ne sentant plus le poids de son corps devenu soudain si léger. Son blanc visage émergea un moment puis disparut, et bientôt, sur la vague qui se ferma sur elle, ne flotta plus que le ruban qui nouait ses cheveux.

Le même jour, ce 21 avril de l'an 1704, M. le maréchal de Villars faisait son entrée dans Beaucaire.

5.

La nuit venait et la Belle n'était toujours pas de retour. Sans rien avouer de son tourment, la nourrice parcourait le château, les communs, s'attendant à tout moment à voir surgir au bout de l'allée la jument grise de la baronne. Le Robin et François Droulet avaient fait plusieurs fois le tour du parc, visité aux entours et couru les sentiers. Pas le moindre battement de sabots sur la terre. Le vent avait tourné et ne portait plus vers Boissières.

Les fenêtres s'allumèrent les unes après les autres. On vit des ombres se mouvoir derrière les rideaux. Des flambeaux traversaient les chambres, mais personne n'osait se dire inquiet, essayant de se persuader du contraire. La nuit s'annonçait belle, chargée de senteurs printanières, si douce qu'elle suffisait à excuser une promenade attardée.

Cela dura jusqu'à ce que la lune éclairât la plaine, à la verticale du château découpé sur sa colline et brillant de mille chandelles, tel un phare multiplié. Alors seulement Vigourette donna ses ordres, et sa voix s'affolait, tandis qu'elle suivait sur les visages le bouleversement qu'elle avait, jusqu'ici, contenu. Elle revoyait soudain la robe blanche, accoutrement qu'avait conservé sa Belle pour monter à cheval, en lieu et place de son justaucorps.

– Il faut partir à la recherche de votre maîtresse. Mon Dieu ! Peut-être aurions-nous dû le faire depuis longtemps déjà.

– Son cheval est sans doute blessé, fit le Robin. Elle l'accompagnera et rentrera à pied en le ramenant.

Il était loin d'être content de son idée, se souvenant brusquement de l'air qu'avait eu la baronne en les quittant, après le culte du matin. Un air lointain, comme égaré, c'était là peut-être un adieu. On écouta un long moment, silencieux, le chuchotement des pins, le hululement incertain du grand duc revenu habiter le donjon. Ce fut la simplette qui s'agita la première, faisant signe de prêter l'oreille. De très loin arrivait un galop régulier, martelé, sur la route sèche. Le cœur battant, Vigourette, clouée sur place, attendait, sa mauvaise oreille ne lui prêtant guère secours. La simplette faisait des signes, le col tourné vers le sentier, mais son visage restait triste, sans le rire muet qu'elle faisait paraître d'ordinaire pour montrer son contentement.

Le clic-clac des sabots se rapprochait et, d'un coup, au tournant de l'allée, parut la jument emportée, tête dressée et naseaux écumants. La selle avait tourné durant sa course, les étriers vidés dansaient sur ses flancs. Elle se calma net en arrivant devant son écurie, s'ébroua, hennit deux ou trois fois puis baissa la tête, vaincue dans on ne savait quel combat.

Subitement, le cœur chaviré d'émoi, Vigourette s'aperçut de la disparition du chat. Lui, qui d'ordinaire devinait depuis des lieues le retour de la Belle, ne se montrait en nul endroit. Alors, soudain, ce fut pire que tout. La certitude était là, il fallait se rendre à l'évidence : la Belle ne reviendrait plus. En son cœur la nourrice sentait se déchirer sa vie. Comment n'avait-elle rien deviné, rien pressenti ? Son Dieu l'abandonnait-il donc toujours dans les épreuves les plus dures ? Elle se rebiffa :

– Allons, vous tous, au lieu de rester là, plantés bouche bée à regarder et attendre mes ordres, remuez-vous un peu, que diable ! Pansez et soignez cette bête et courez de tous les côtés. Je veux vous savoir partout, à tout endroit, et jusqu'au point du jour s'il le faut.

Pauvre Vigourette ! Elle portait les mains à son bonnet, secouait ses jupons, s'affairait, tourmentée, révoltée, toute pleurante et furieuse de le laisser voir.

Aussitôt, comme une volée de moineaux, la maisonnée se dispersa. Le rouquin et François Droulet, tirant chacun leur cheval des écuries, furent bientôt en selle. Le Robin commandait. En vérité, seul à garder encore un peu d'esprit.

– Il faut prendre chacun par les sentiers que notre maîtresse empruntait pour ses tournées. Toi, droulet, file sur le roc de Gachon. Moi je verrai par les marais, mais je m'étonnerais qu'elle se soit rendue si loin. La nuit est claire et chacun a une bonne vue. Prenons garde toutefois de ne point trop nous éloigner les uns des autres. Il y a mieux à faire.

Une fois encore ce diable d'homme faisait face. On eût dit, à cette heure où l'espoir se perdait, qu'il se chamaillait avec un ennemi invisible. Il distribua à chacun son travail, traça un itinéraire précis. La nourrice avait cessé ses lamentations, mais c'est le cœur navré qu'elle vit partir du château les domestiques. Seules restaient la simplette et la petite Aurore, qui dormait déjà à poings fermés, ayant commencé sa nuit de bonne heure.

Un long moment Vigourette resta sur la terrasse, scrutant les vignes et la garrigue éclairées de la lune bleutée. Le paysage, qu'elle connaissait pourtant si bien, lui demeurait ce coup-ci étranger. Tant de désespoir était en elle qu'elle en voulait à tout : à elle-même d'abord mais surtout à son Dieu. Elle marmonnait dans sa langue natale, incapable de rester en place, pauvrette toute désemparée.

Tout était calme autour, aucun bruit. L'impression d'abandon, qui avait accueilli la Belle le matin à son départ, envahit soudain la nourrice. Elle porta les mains en avant comme pour refuser l'idée qui lui venait, puis, tournant les talons, rentra à grands pas au logis. Assise sur une chaise basse, devant le feu qui se mourait, elle croisa les mains et se mit à prier.

Le jour se levait lorsque le Robin et François Droulet franchirent la cour d'entrée. Au seul entendement du pas des chevaux, Vigourette comprit qu'il lui faudrait encore pleurer. En vérité, que lui restait-il désormais en dehors de ses larmes ? En elle s'éteignait la flamme qui l'avait réchauffée au plus fort des pires malheurs. Elle ne quitta point sa chaise en entendant s'ouvrir la porte et ne leva point son regard sur le Robin et le droulet, fourbus qu'ils étaient tous deux après leur nuit de vaines recherches. Ils entrèrent à pas lents, tête nue, si fatigués que le droulet ne tenait plus debout que par miracle. Le grand valet le poussa en avant, disant :

– Va te coucher, pauvre droulet. Je t'appellerai s'il le faut.

Il s'approcha du vaisselier, prit une carafe de vin et s'en versa une pleine chopine qu'il but à la renverse, d'un trait, si goulûment qu'on eût dit que toute la poussière des chemins s'en allait sous le jet. Sans un mot, il arriva jusqu'à la chaise où la nourrice était tassée, devenue soudain si petite, une chose sans importance. Il la prit par le bras, elle ne réagissait pas. Il la fit lever, la soutenant, puis, moitié la portant et moitié la tirant, la mena vers son lit où il dut l'allonger. Elle se laissait faire, les yeux ouverts, comme si elle avait perdu l'esprit. Alors le Robin monta la courtepointe jusqu'au cou de la vieille nourrice qui s'était mise à grelotter, prise de tremblements qui la tenaient dans un désordre qu'elle ne parvenait plus à maîtriser. Il tira les rideaux et ferma la fenêtre. Le jour allait poindre.

Quand on eut battu la campagne, quêté par les vignes et les sentiers en fleurs, monté et descendu mainte colline, surveillé chaque buisson d'arbousier, quand on se fut piqué aux épines des argelas, égratigné aux ronces, il fallut bien souffler. Même le curé Daignac, si mal disposé cependant à l'égard de la pauvre baronne, avait rassemblé ce qui restait de ses ouailles afin de participer aux recherches. Il n'était pas jusqu'aux soldats de bourgeoise milice qui ne se fussent montrés empressés à découvrir un tel mystère. Les jours succédaient aux nuits, aux nuits trop longues qui voyaient Vigourette passer des salons aux chambres qu'elle visitait, revisitait, inlassablement, en appelant le chat d'une voix douce que personne ne lui connaissait.

Le printemps éclatait, superbe, mais un étrange silence entourait la belle demeure, naguère si brillante. Les cavaliers de la bouvine, restés derrière leurs étangs, cherchaient eux aussi, au bruit du vent dans les roseaux, les échos d'une voix de femme. Et c'étaient des gémissements qu'ils entendaient à force de tendre l'oreille. N'y avait-il donc d'autre ressource que de penser qu'elle s'était noyée en mer ?

Jamais Catinat le sauvage n'avait été aussi désespéré. C'était comme si le sang de sa vie éternelle s'en était allé avec la Belle. Dieu l'avait abandonné. C'était une vraie défaite, pire que celle de Nages où tant de vaillants soldats du Seigneur avaient péri. La bataille de Nages avait fait trop de morts. Fallait-il qu'elle se soit sentie démunie, sa bien-aimée, pour se laisser aller au fil de l'eau comme il le supposait, laissant derrière elle ce qu'elle avait si ardemment soutenu ! Il ne comprenait pas. Et il cherchait. Rien ne demeurait d'elle, pas même le seigneur-chat qui restait invisible.

Pendant des jours, des nuits qui lui semblaient trop courtes, trop brillantes d'étoiles, tant il était sûr de ne bien voir qu'avec les yeux du cœur, Abdias erra à l'aventure, vagabond des étangs et des dunes, plus dépouillé devant le vide de ce printemps atroce et merveilleux qu'opiniâtre affamé poursuivi par les dragons rouges. Où se cachait donc ce Dieu qui n'avait aucune pitié de ses créatures, les laissant en si grand péril ? Sa foi le quittait.

Il n'était pas un bosquet de tamaris, pas une roubine dissimulée par roseaux en plumets, pas une touffe de salicorne qu'il n'eût visité. Il voyait sa Belle partout : mirage d'un coin de ciel bleu, voile blanc posé sur une flaque d'eau salée, nuage reflété par le sable mouillé et lisse. Ses compagnons respectaient sa douleur. Ils suivaient de loin en loin sa silhouette, tantôt courbée sur le rivage, tantôt galopant à perdre souffle derrière les dunes, attendant le retour de la vague qui n'apportait jamais que doux ressac, indifférence, éternité.

« Belle, ma Belle, où êtes-vous partie ? Pourquoi m'avoir laissé ainsi au tourment de ma vie qui vous appartenait ? »

Révolté contre Dieu, contre les hommes, tous les hommes, même les siens qui assistaient, au désespoir, à la torture sans nom de leur chef respecté.

« Je vous chercherai jusqu'à ma fin que je voudrais prochaine. Et même après. Partout où vous aurez été, je hanterai. Partout et toujours, inlassablement et jusque dans l'éternité. Je vous en fais serment. »

Cette nuit-là fut la dernière qu'il passa, debout sur sa selle, face à l'immensité mouvante qu'il venait de prendre à témoin. La nuit était brasillante d'étoiles, si vaste que sa paix s'étendait jusqu'à l'infini des sables, jusqu'à l'horizon où se perdait la mer. Une douce brise caressa son front. Un chant lointain l'enveloppait, répondait à sa peine dans la voix du vent tiède. Après tant et tant d'heures, où il avait vainement cherché à reconnaître la voix de son Dieu dans les lieux familiers qu'il avait perdus de cœur, voilà que venait la réponse. Sa bien-aimée était partout. Il la sentait vivre autour de lui en esprit, dans chaque bruit de l'air, chaque roseau froissé, chaque appel des mouettes planant au-dessus des vagues. Il lui suffirait, désormais, de sentir et de regarder son pays s'accorder avec les saisons. Tout passerait. Où qu'elle soit, il la retrouverait. Un jour, ils seraient réunis.

Il ne savait pas qu'il priait. Tout naturellement il parlait à son Dieu, mais sans lui demander de comptes. Il avait enlevé son chapeau et, les yeux baissés, son regard apaisé découvrait la frange d'écume de la courte marée nocturne. Il était passé tant de fois à cet endroit, sans rien voir, aveugle qu'il était, paralysé par sa douleur. Il sauta de cheval, se mit à marcher sur la grève, sans peur de mouiller ses bottes. Là, sur le sable humide, brillait un bijou d'or fin qu'il reconnut sur-le-champ. Le médaillon que la Belle portait au cou. Rien ne l'étonnait plus. Il se baissa, gardant au creux de sa paume la fine chaîne d'or. Puis il en entoura son cou et elle devint chaude à sa peau.

En cette nuit de mai, Abdias apprit enfin comme il fallait aimer. Comme il fallait comprendre. Jusqu'au bout il devait se laisser conduire. Sa foi renaissait, emporté qu'il était par la beauté sans faille, l'harmonie de l'eau et du ciel ensemble confondus.

Seigneur entends ma requête
Rien n'empêche ni n'arrête
Mon cœur d'aller jusqu'à toi
Ne te cache point de moi :
En ma douleur non pareille
Tourne vers moi ton oreille
Et pour m'ouïr quand je crie
Avance-toi je te prie.
Ps. CII

Et le Seigneur, cette nuit-là, vint au secours de son fier serviteur qui sentait craquer de toutes parts le terrible carcan qui l'écrasait de peine. À grandes goulées, la splendeur emplit sa poitrine. Miraculeusement tout lui était rendu ; et sa rage de vaincre, son ardeur au combat, soutenu qu'il redevenait par son amour hors de limites.

La nuit allait s'achever quand ses cavaliers entendirent à travers la sansouïre le galop d'un cheval. Le crépitement arrivait régulier, velouté, sur les landes de sable. Au seul entendement de la course leur vaillance reflua, entière. Catinat, bras levé, apparaissait, droit sur ses étriers. Il retournait vers eux. Il avait retrouvé son Seigneur.

6.

La Belle s'en était allée à l'heure où, peut-être, liberté allait être donnée au peuple de célébrer et louer Dieu ainsi qu'il l'entendait. Ce qui avait principalement ajouté à la douleur d'Abdias Maurel, c'était l'idée que sa bien-aimée avait partagé sa peine sans profiter de son honneur. Honneur il y avait car il fut le premier à pénétrer dans Calvisson en digne lieutenant de Jean Cavalier, accueilli dès le seuil par le capitaine de bourgeoisie. Il avait pour mission de préparer la venue de son chef que M. de Villars traitait en égal pour faciliter les négociations de paix avec le roi de France. En attendant la réponse de la cour au traité, rédigé par Cavalier et approuvé par le maréchal, on voulait bien autoriser les camisards à faire liesse en Vaunage.

Fallait-il douter de la parole du glorieux maréchal ? Personne ne s'en fut avisé et les gueux opiniâtres, vaincus d'hier, se virent pardonnés, mieux encore, on souscrivait enfin à leur liberté.

Jamais printemps ne fut plus doux de temps, plus éclatant de roses pourpres ouvertes aux jardins. Ce 19 mai de 1704, même les pierres chantaient en la garrigue lorsque les séditieux, derrière Cavalier, entrèrent dans le bourg, entonnant à pleine voix leurs psaumes. Devant l'église,

Catinat et ses compagnons faisaient la haie. Dans un pourpoint couleur café, Cavalier, portant hardiment chapeau à grande plume et suivi de cinq cents camisards, se découvrit pour la prière devant le peuple accouru. Était-ce donc là l'hérétique, le gueux, le « petit marmot », qui avait soulevé tout un pays derrière lui ! Voilà le « joli visage » de celui qui tient tête, pour l'heure, aux puissances et au maréchal. Il faut vous y résoudre, dragons, couventines, clergé !

En cette journée, que l'histoire retiendrait, et que chacun commenterait à sa façon, les opiniâtres se prirent pour des rois. Allaient-ils enfin sortir de Babylone, récompensés dans leur vaillante épreuve, une fois rétabli en bon ordre l'Édit qui leur accordait liberté ? Tous, cavaliers, petit peuple, manants, se saoulaient de cantiques et de prières. Une fête qui semblait ne devoir plus finir.

Abdias prenait chaque soir le chemin du château. Durant ces jours inoubliables, sa démarche paraissait naturelle. Un vent de liberté emportait toutes les manigances. Il y avait huit jours pleins que dans Calvisson l'abondance de biens commençait à faire oublier la misère. Des montagnes de l'Aigoual descendaient Castanet avec ses camisards. Même les dragons du roi, surpris de tant de zèle au service de Dieu, s'attendaient à chaque instant à voir éclater un miracle.

Catinat savait au fond de lui que la paix était chose éphémère. Bien qu'il participât, et de toute son âme, son cœur était ailleurs. Vigourette allait se mourant. Il le savait. Sans se soucier des regards qui suivaient sa haute silhouette, il prit un soir à travers la colline et se présenta aux portes des offices, ainsi qu'il le faisait depuis une longue semaine. Plus de chants venant des cuisines, plus de bruits joyeux de pots et de couvercles. Seul le babil de la fillette qui jouait sur la terrasse troublait le douloureux silence. Les pas du soldat résonnaient sur la calade, et le bruit de ses bottes monta jusqu'au lit où gisait Vigourette. Elle ne se levait plus et restait sans bouger et les yeux grands ouverts sur le supplice de ses jours, la nuit même ne lui apportant aucun repos.

– Entre, soldat de Dieu, fit-elle à Abdias qui se découvrait en entrant dans la chambre.

La fenêtre était close, les rideaux tirés, et la pièce était sombre, avec un goût dans l'air de larmes et de mort. C'était bien là sa vieille amie la mort qu'il retrouvait sur le visage de la bravounette dont le bonnet trop grand laissait dépasser des mèches de cheveux blancs. Catinat s'agenouilla dans la ruelle et maladroitement prit la main de Vigourette entre les siennes, une main décharnée qu'il considérait en y découvrant une vie. Toute une vie de travail et d'amour s'inscrivait dans la paume froide qu'il pressait avec respect. Était-il possible que tant de vigueur passée et de peines acceptées s'arrêtassent ici, avec la vie qui s'éteignait au creux de la veine bleutée ? On eût dit que Vigourette n'attendait plus qu'un moment de passion d'amour pour s'en aller. Ses yeux s'emplirent de larmes. Elle ne quittait pas le regard ardent d'Abdias, comme pour lui demander pardon. Il se leva de la ruelle et alla ouvrir le fenestrou.

– Entendez, ma mie, entendez au-dehors nos chants. Écoutez nos psaumes. Nous sommes des milliers à les entonner en ce jour.

De la garrigue, des bois à l'entour, on percevait la rumeur sourde d'une multitude enthousiaste. La pauvre nourrice entendit-elle pour la dernière fois les cantiques qui avaient été si longtemps la source qui courait en elle ? Elle restait les yeux ouverts tandis qu'Abdias revenait auprès d'elle. Puis elle abaissa les paupières et rendit l'âme, simplement, sans un soupir, s'abandonnant.

Longtemps Catina resta agenouillé devant le lit. Une douce paix s'étendait insensiblement sur le visage de la morte, effaçant rides et soucis. Le guerrier laissait la place à l'homme fatigué qui aspirait tant, lui aussi, à cette même paix.

Le droulet rôdait du matin au soir dans le château, désorienté, tournait à droite, à gauche, le cœur au bord des lèvres, n'ayant plus dans l'idée qu'un espoir : s'enfuir avec la simplette, traînant avec eux la fillette. Comment ils s'en tireraient, sans ressources, livrés aux grands chemins qu'empruntaient les caraques malins comme des singes, il refusait de se poser tant de questions et se laissait aller à l'emportement de son désir croissant. Rendu fou par le printemps et le sang de sa pleine jeunesse, il guettait le moment, mais le Robin veillait. La fille était à lui, du droit qu'il avait sur elle, l'ayant sauvée d'une mort atroce.

– Holà ! pitchoun, criait ce dernier du soir au matin et de l'aube à la nuit, occupe-toi un peu céans au lieu de bayer aux corneilles.

Et le droulet allait de-ci, de-là, des écuries aux cuisines, sans arrêt travaillait, baguenaudant quand il pouvait, le front buté, une lueur méchante au fond des yeux, lui qui, jusqu'ici, n'avait jamais cessé de montrer un gracieux visage.

Le grand valet avait fermé les chambres et en portait les clés autour de la taille, accrochées à son ceinturon. Cela tintinnabulait à son pas, il redressait le torse, en vérité il était devenu le maître. Il en fallait bien un.

Quel étrange domaine ! La nuit venue, des lueurs mystérieuses s'allumaient en haut des tours, on eût dit une ronde de feux follets conduite, entraînée par l'invisible violon des vents. Cela gémissait, se plaignait, et la simplette, se blottissant au creux de sa paillasse, serrait la fillette contre elle. Elle occupait toujours la même chambrette, n'ayant guère loisir de transformer ses habitudes. Une nuit, cependant, la plainte changea de ton. Elle écouta, tous ses sens en éveil, avec toujours son esprit qui devinait les événements. Elle s'assit sur sa couche, prêtant l'oreille.

Elle était aussi fraîche qu'une fleur innocente, n'ayant rien perdu de son attrait qui la faisait aimer de tous. Le fenestrou était ouvert, il faisait chaud et la brise tiède se faufila jusqu'à elle, faisant bouger ses cheveux blonds. Un pas étouffé se fit alors pressant sur la calade et s'arrêta devant sa porte, dont le loquet ne fermait plus depuis longtemps. Le cœur battant, la pauvrette attendait sans faire un mouvement. Soudain, en tourbillon entra le droulet, haletant, les yeux fous. Il se précipita sur elle et, rejetant la mince couverture, se mit à la tirer en criant :

– Il vous faut fuir ! Le temps en est venu. Vite ! cet endroit est maudit. Nous allons tous périr ! Allez, secouez-vous ou nous allons perdre l'esprit en même temps que notre vie. Écoutez...

Toute la maison gémissait et se lamentait. Les arbres se penchaient entre eux et la nuit devenait noire, sans une étoile, ténébreuse et sinistre. La simplette ne reconnaissait plus François Droulet. Il la baisait sur la bouche, l'étreignant follement, pressant son corps contre le sien, tout chaud, si plein de vie qu'elle se réjouissait à son contact et qu'ils s'enivraient l'un de l'autre, oubliant l'heure, et la peur et la nuit. Ni l'un ni l'autre ne virent entrer le Robin qui les surprit dans leur étreinte. Fallait-il que celui-là aussi ait perdu à ce point le bon sens pour se munir d'un gourdin si dru et si épais que, d'un seul coup assené sur la nuque innocente du pauvre droulet étendu sur la simplette qu'il protégea ainsi de son corps, il l'assomma, sans nul recours !

Un grand silence s'étendit soudain dans la chambre tandis que dehors se calmait la tempête et qu'un rayon de lune filtrait jusqu'à la couche où la fillette s'éveillait. Le corps du droulet avait roulé à terre, détendu. Assise sur sa paillasse, la simplette ouvrait sur le Robin des yeux pleins d'épouvante. Il haletait et son regard allait du garçon gisant à ses pieds à l'indécence de la pauvre innocente à moitié dévêtue. Sans un mot, sa longue tignasse répandue sur les épaules, il considérait ses mains qui tenaient encore le bâton. Enfin, au bout d'un long moment, durant qu'Aurore se levait, emplissant la pièce de son gazouillement, il se pencha vers sa mère et, toujours sans un mot, la prit entre ses bras, la souleva et se mit à l'habiller proprement, du haut en bas, sans qu'elle s'en défendît.

Ses gestes étaient respectueux, il avait les yeux pleins de larmes, de sorte que la pauvre fille se laissait mener, prête à sourire de nouveau. Quand enfin il eut ainsi vêtu la mère et la petite, abandonnant le droulet comme s'il voulait l'oublier, il sortit, refermant la porte derrière eux.

L'aube allait poindre. La brise matinale se levait, caressant le visage du Robin qui traversait la cour d'entrée, tenant par la main la simplette. Aurore, à moitié endormie, se blottissait sur sa poitrine. Il avançait d'un pas sûr. Il pénétra dans le salon d'été, traversa la salle de justice et, tandis qu'il faisait un ballot de ses nippes, rassemblant juste ce qu'il fallait pour ne point se laisser traiter de va-nu-pieds, la mère et la fille attendaient patiemment, comme endormies et sous un charme. Il visita encore une fois, soigneusement, chaque endroit du château, ouvrit les écuries et rendit aux chevaux la liberté. Puis, calmement, sans se presser, ayant laissé les clés pendues à une branche basse du pin, il prit ses protégées par la main et s'en alla par les chemins, n'ayant pour bien que sa propre justice.

Pauvre François Droulet ! Étendu, bras en croix, le corps abandonné, autour de lui un monde se défaisait sans même qu'il en prît conscience. Durant deux jours, il fit ainsi le tour du cadran, sans boire ni manger, sans personne pour lui porter secours. Dehors chantait toujours le vent dans les ramures. Une longue plainte tournait autour du château : un fantôme de château rendu aux siècles qui l'avaient habité.

Il rêvait... Dans sa pauvre tête blessée s'enroulaient et viraient pêle-mêle des images de vie et de mort : le baron de Saint-Cosme se balançant en haut des tours, Mme de Calvière se penchant sur lui et lui baisant les lèvres. Un souffle doux et chaud parcourait son dos et ses jambes. Il croyait entendre ronronner le chat sur son coussin, mais le Robin, muni de son gourdin, le pourchassait à travers le domaine.

Combien de temps dura le sortilège ? Il ne le sut jamais.

À Calvisson la fête était terminée. L'espoir s'en était allé avec le départ de Cavalier, sa trahison, que certains assuraient consommée. Les opiniâtres avaient regagné leurs grottes ou leurs maisons, refermant sur eux les volets.

Les dragons, à nouveau, avaient repris leurs sabres et leur vengeance promettait une bonne mesure. Catinat avait séparé son destin du blondinet après une douloureuse lutte intérieure. Désormais il était seul et cela convenait à son état d'esprit, décidé cependant à lutter vaillamment jusqu'au bout.

La nuit ruisselante d'étoiles illuminait les sentes et les bois, l'ombre des pins était pure quand le cavalier avança au cœur d'un paysage ensorcelant, dessiné à longs traits, souligné d'un pinceau magicien. Le cheval blanc, sans qu'il fût besoin de le solliciter, conduisait d'un pied sûr, sans même heurter du sabot quelque menu caillou. Abdias, son grand chapeau légèrement rejeté sur la nuque, traversait la garrigue, abandonnant son dur visage au fouet des rameaux souples des oliviers. Il ne les sentait pas. Parfois, une branche de pin égratignait son cou dégagé sans même qu'il s'en défendît d'un geste de la main. Il allait, son âme était ailleurs.

Les grillons pouvaient bien chanter éperdument sous les herbes nouvelles, les bêtes des champs courir entre les racines, poussant leurs cris de nuit, rien ne venait distraire le guerrier de son but : il serait avant l'aube au château de sa Belle.

« Partout où vous aurez été, je hanterai... »

Il avait pour cela toute l'éternité. Il n'y aurait désormais pour lui aucun repos tant que sa bien-aimée ne lui serait rendue, dans le royaume qu'il espérait.

Il avait dépassé le village. Boissières dormait, tous feux éteints. La masse du château déserté se dressa devant lui, au bout de l'allée où régnait le grand cèdre. Catinat respirait à grandes bouffées l'air poivré de la nuit. Il arriva enfin sur le sentier moussu, au bord du ruisselet d'où venait une fraîcheur amère de plantes immergées. Une grenouille se mit à chanter, une autre encore, puis une cantate s'éleva des fossés, couvrant le chœur des grillons. Il arrêta son cheval, sauta à terre, aussi silencieux qu'un loup solitaire surgissant de l'orée d'une forêt de neige. L'attachant par la bride au tronc d'un chêne vert, il ôta son chapeau et s'avança vers la demeure. Un grand duc, ailes étendues, s'envola pour aller se percher tout en haut d'un grand pin endormi au pied du donjon.

Plus Abdias approchait des terrasses, plus son esprit se déliait. Il ne souffrait plus, ne désirait plus rien, pas même entendre frémir en lui la parole de Dieu qu'il oubliait, tant sa solitude lui devenait chère.

À son entour, les lieux à présent abandonnés baignaient dans une étrange douceur de vivre. Il n'y avait plus ni passé ni devenir, seulement l'heure présente qu'il vivait passionnément avec sa bien-aimée. Elle était là, imprégnant l'air, il sentait son souffle sur sa bouche. Enfin elle lui appartenait. Il ne savait pas qu'il pleurait, mais c'était de bonheur. Arrivé sur le rempart qui domine la plaine, à l'endroit où la pierre chaude accueillait la Belle les nuits d'été, il s'assit, le visage tourné vers les fenêtres du château. Rien n'avait changé, il revenait au temps d'aimer. Le grand duc appela doucement, son hululement s'espaça d'arbre en arbre. Il était partout à la fois dans sa ronde de nuit mystérieuse.

Catinat ferma les yeux, vaincu par son amour puissant. Faible comme elle l'avait aimé toute une nuit, il se montrait enfin. Plus de guerres ni de sang versé, plus de couteaux et plus de sabres. La Belle renaissait de la mer, venait à sa rencontre. Une indicible sérénité sortait des pierres centenaires. Abdias entendit soudain frémir l'air à l'entour tandis qu'un frôlement rasait la calade et se précisait, droit sur lui. Il ouvrit les yeux sans faire un mouvement.

Le chat passait sous les fenêtres, la tête tournée de son côté. Parvenu presque à sa hauteur, il s'arrêta, le fixa un long temps de ses prunelles bleues puis s'assit, ramenant sa queue dorée contre son flanc. Le clair de lune l'éclairait de front, de sorte que, lorsque Abdias ouvrait et fermait les paupières, le petit sphinx paraissait et disparaissait tour à tour dans la nuit, vivait, mourait, et cela n'avait plus de fin. Enfin Catinat osa le regarder. Le chat était chez lui dans ce lieu qu'il gardait, fidèle, solitaire et patient. Depuis combien de temps parcourait-il ainsi la demeure, le soldat eut soudain l'envie de le lui demander, comme s'il s'agissait d'une question bien naturelle. Cependant, en dehors des chevaux dont il partageait plus que la vie, Abdias ne savait guère parler aux domestiques, qu'ils fussent gens ou animaux. Là il trouvait son égal, seigneur en son âme, tout amour dévoué. Irremplaçables, l'un à l'autre liés.

– Où donc est notre Belle, sire chat ? murmura Catinat de sa voix rauque. Où donc est notre amour, seigneur ?

Le silence étendait une plage immense que nul murmure ne venait troubler. Le chat s'avança doucement, l'échine souple, à pattes de velours. Quand il fut auprès du soldat, il s'arrêta, le considérant longuement, son fin museau flairant sa main. Puis, d'un mouvement mystérieux et chatoyant, il vint se frotter à sa jambe. Son poil lisse et doux faisait de la lumière. Une caresse lumineuse allait et venait, familière. Il fit un pas sur la terrasse et Abdias comprit qu'on l'invitait à suivre.

Obéissant, il se leva et le chat se mit à marcher devant lui, se retournant de temps à autre. Ses yeux guidaient Catinat dont le pas s'efforçait de rester à bonne distance, plein de respect et d'attention. Ils arrivèrent aux communs, dépassèrent la maison de Vigourette et le cyprès où elle dormait pour l'éternité avec son Gédéon. Près des offices une porte était entrouverte et, dans l'ombre de la chambrette, on devinait une paillasse où quelqu'un était allongé. Le cœur battant, Abdias entra derrière le chat et se figea devant la couche. Une mauvaise couverture s'enroulait à une forme imprécise, laissant deviner une présence. Et cela respirait, calmement. Catinat, cloué sur place, n'osait pas faire un geste. Ce fut le chat qui, soudain, bondissant sur la place et miaulant une douce plainte, découvrit le droulet. Il dormait profondément, paisiblement, ses cheveux embroussaillés mêlés de brins de paille, rose et frais comme un nouveau-né.

Ne point bouger... Ne point chasser le sortilège... Attendre que le dormeur ouvrît les yeux et parlât pour s'assurer que l'on ne rêvait point. Catinat regarda autour de lui. La nuit était sereine et la lune entrait à pleines goulées par le fenestrou. C'était comme si tout recommençait. Le temps ne comptait plus. À pas lents, le soldat sortit sur le seuil et vint s'asseoir sur un tronc d'olivier dont l'aubier était lisse et veiné si joliment qu'on ne pouvait rêver plus belle assise. Le chat se coula contre lui, à ses pieds, et se roula en boule. Le guerrier écoutait le chat s'endormir : un ronronnement amoureux de bête tendre, confiante et sans défense, montait au long de ses jarrets. Sans faire un mouvement, Abdias partageait la caresse, comme si la Belle avait été entre eux. Au matin, il éveillerait le droulet et l'emmènerait avec lui pour en faire son fils. Au matin... La lune passait et repassait derrière les nuages. Tout dormait. Abdias rêvait qu'il était heureux.

7.

Réfugiés dans la sansouïre, habitués depuis toujours aux marais, à leurs nuits de brouillard, leurs hordes de moustiques, leurs farouches déserts de solitude qui précèdent la mer, Catinat et ses cavaliers parvenaient à durer, soutenus par un peuple qui les savait des leurs. Amers, déçus mais décidés à ne point rendre les armes, harcelés de jour et de nuit par les troupes du maréchal, les Camarguais voyaient tomber tout autour d'eux leurs plus enragés compagnons. Sur la *Superbe* et la *Réale* s'embarquaient, boulets aux pieds, les plus vaillants cavaliers de Catinat. Que lui importait dès lors le cours de sa vie errante ? Il n'avait d'autre préoccupation que de durer encore un peu, le temps qu'arrive enfin de l'étranger cette flotte si souvent promise aux rebelles.

La rage au cœur, il était de tous les complots. L'année s'en allait, emportant peu à peu, à pas comptés, l'espoir des opiniâtres. C'était comme si, dans une lente agonie, mouraient l'une après l'autre conviction et goût de la lutte. En dehors de quelques partisans, décidés à poursuivre aux côtés de Rolland en Cévennes, les compagnons d'Abdias, prêts à tout, allaient se cachant en tout lieu, rusant, conspirant, se mêlant à maintes intrigues dont l'une serait la dernière : celle des Enfants de Dieu.

Selon les vives espérances, d'autant plus vives qu'elles paraissaient désespérées, la Cause devait grouper plus de dix mille conjurés prêts à s'emparer de toute la province. Cela changeait pour Catinat. Se cacher dans les marécages ne lui faisait point honte. Mais là, avoir à se terrer dans Nîmes, de cachette en cachette, user de ruses tant sordides qui n'étaient point à sa mesure de soldat, ne lui convenait en aucune façon. Il était certes plus à son aise sur un champ de bataille que dans les caves où il se dissimulait, ne sortant d'un endroit à la nuit que pour se couler dans un autre, plus par défi que par souci de ménager une existence qui n'avait plus de sel.

Le gouverneur de la province, M. de Berwick, ne croyait point aux ragots qui assuraient la police que Catinat était partout. Il n'était pas homme à s'émouvoir pour aussi peu et laissait courir l'hérétique, la bourse pleine des louis d'or de l'étranger qu'il comptait bien dépenser « en poudres et balles, gibecières et baïonnettes ».

Aventurier plus que jamais, jouant avec la mort une partie de cache-cache, se déguisant en s'amusant, portant perruque, rasé, poudré, un pied de fard, ironique faiseur de sorts, le guerrier-bouvier était partout. Partout on croyait le reconnaître. De ruelle en marchand, de boutique en arrière-cour, Abdias promenait ses poursuivants. Dragons, milice étaient tous à ses trousses.

8.

En ce 21 d'avril 1705, juste un an après que la Belle eut disparu derrière les étangs bleus, partout, dans la ville de Nîmes et à l'entour, se terrent les habitants, épouvantés. On pourchasse, on arrête, on emprisonne à tour de bras. Il n'est plus question ici de regarder vers la tour Magne s'empourprer la colline sous les fleurs de Judée, pas plus que de flâner, nez en l'air à suivre dans leur vol les fleurs des amandiers neigeant sur les sentiers. Toutes les rues gardées par des soldats en armes, chaque maison fouillée et retournée, quelle jolie matinée s'annonce à son de trompe ! Braves gens, restez chez vous malgré le joli temps !

M. de Berwick, venu tout exprès de Montpellier, fait publier à tous échos :

« Cent louis d'or à qui livrera ou fera pendre Catinat le rebelle. »

Voilà qu'en vérité le rebelle semble prêt, à l'instant où il sort d'une cachette sûre et presque à découvert, voilà qu'il semble d'accord pour se laisser piéger.

Voilà le sabreur découvert, encerclé, prêt à être vendu après tant de vaillants combats, et ce, malgré sa ruse et l'ironie qu'il mit à déjouer longtemps les poursuites des officiers du roi. Au fond de lui il sait déjà comment va s'achever sa vie : ici, sur ce cours, face au glacis du fort où l'on dresse bûchers. On a beau être courageux, obstiné et provocateur, vient le moment de rendre son âme au Créateur. Le jour en est venu.

Sans peur, le chapeau rabattu sur les yeux, mains nouées derrière le dos, Catinat s'avance vers le supplice. Droit et ferme, il domine la foule qui l'insulte. Ravanel, son ami, plus noir et plus sec que jamais, a l'air, derrière lui, d'un insecte sauteur. Insolent, ses petits yeux perçants dévisagent ceux des manants qui viendraient à les serrer de près. Autour d'eux, voici les bonnes gens pour qui c'est distraction de voir s'envoler en fumée les âmes qu'ils ont vouées aux éternelles damnations.

Les tambours battent... Les Suisses, en bon ordre, faisant la haie, assistent à la fête, impassibles, en bons soldats disciplinés. Rangés derrière les prélats, réjouis d'aise et qui n'auront jamais assez de bouches et de dents pour rire leur content, voici MM. les consuls venus de toutes parts, rutilants dans leurs manteaux rouges. Battez... Battez, tambours ! Roulez... Roulez toujours ! Les voici donc pris, ces brigands qui persistent dans leur hérésie !

Catinat, brutalement poussé, d'un sec mouvement de tête a fait basculer son chapeau en arrière. Un silence devant ces yeux terribles, ce visage de forban, de malandrin, ravagé, mis à nu, regard en haut, les dépassant tous en violence et en foi de plus de cent coudées. L'insolent, au moment de monter au bûcher, à l'instant où le bourreau va l'enchaîner à l'anneau de fer qui en a vu bien d'autres, redresse fièrement la taille et entonne un psaume à voix puissante et claire, bientôt suivi par Ravanel :

Revenge-moi, prends la querelle
De moi Seigneur, par ta merci
Contre la gent fausse et cruelle :
De l'homme rempli de cautelle
Et en sa malice endurci
Délivre-moi aussi...
Ps. XLIII

En chantant, ils gravissent ensemble une à une les marches qui les conduisent vifs au supplice. Dos à dos, attachés avec d'énormes chaînes au piquet planté au cœur des flammes, les voilà pour jamais réunis. Dans sa chemise enduite de soufre, col dégagé toujours puissant, roidi dans son orgueil, le roi de la Camargue, roi des gueux, n'est plus qu'un soldat du Seigneur. Le cœur en fête, il va brûler. De l'autre côté, juste derrière le rideau de fumée qui s'étend à présent jusqu'au ciel, va s'ouvrir la porte des Cieux où sa Belle l'attend. On ne voit plus l'azur de l'air, les arbres du cours sont assaillis de nuages épais, les flammes courent déjà au ras des fagots secs. Le feu crépite et rampe, et s'étend tel un serpent ardent, vieil ennemi contre lequel se sont vainement battus tant de vaillants et pauvres manants pris au piège. Voici le lieu où va finir le massacreur de Beaucaire et d'ailleurs ! Une énorme joie parcourt les premiers rangs des assistants où s'est glissé François Droulet épouvanté, si aveuglé par les larmes qu'il ne distingue plus rien de son ami. Bousculé, tiraillé, il se débat encore afin de le voir mourir. Autour de lui la foule clame :

– Te voilà pris, diable de gueux ! Brûleur d'églises ! À toi, Satan, de venir le saisir !

Un rire fou secoue un instant Catinat. Jamais il ne s'est senti aussi fort, déjà dans l'autre monde où il languit d'entrer de toute son âme assoiffée. Redescends encore un instant sur cette terre froide, fidèle et farouche guerrier. Montre à ces valets soumis de Monseigneur, du roi et de l'Église entière, comment meurt un enfant de Dieu. Catinat, environné d'épaisses nuées, dresse la tête avant de suffoquer. Sa crinière s'embrase d'un coup, et son cri passe par-dessus les rieurs et vient frapper comme un boulet :

– Eh, Messieurs ! Ne vous fâchez pas, j'apporte de quoi payer !

En vérité, oui, il paya*.

* Mme du Noyer affirme ainsi dans ses Mémoires la mort de Catinat.

Épilogue

S'il est vrai, ainsi que le dit l'Écriture, qu'aux yeux de l'Éternité mille ans sont comme un jour, alors rien ne me sépare des lieux où vécut la Belle Huguenote voici près de trois siècles.

Je l'avais rencontrée, au courant de ma plume, si souvent qu'il me semblait, en arrivant devant Boissières par une froide journée d'hiver précoce, avoir partagé sa vie. Le château était là, devant moi, bien vivant. Il avait traversé le temps, la Révolution, les guerres avaient passé sur lui, il demeurait, mystérieux, intact. Massif, presque aérien pourtant, il m'accueillait avec ses murs dorés, son parc et ses terrasses balayées sans cesse par le mistral.

Je l'avais connu un été, il me restait à le découvrir silencieux, sans autre musique que la symphonie des vents courbant les pins. Plus d'assourdissant concert d'insectes sous les herbes grillées de soleil, plus de chant de cigales, plus de cris tournoyants d'hirondelles. Je me sentais plus proche du passé dans le froid et la bise qui rasait en sifflant la calade, se coulant sous la porte Renaissance qu'on m'ouvrait une nouvelle fois.

– Nous vous attendions, me dit Mme Trouchaud qui a aujourd'hui la charge de conserver vivante la mémoire des pierres.

Simple et naturelle, bienveillante et si belle avec ses cheveux de lin auréolant un visage aux traits réguliers, la fille de Mme Boissier me précédait, et je marchais, respectueuse, à côté d'elle, saisie par l'atmosphère de sérénité de l'endroit.

À tout instant je m'attendais à voir surgir mes personnages : le droulet, une seille à la main, allait-il sortir des cuisines, toujours rieur et vif à la poursuite de l'innocente fille ? Ou bien le grand Robin, sourcils froncés, fuyant la colère de Vigourette, poings sur les hanches et bonnet en bataille, furieuse de l'avoir surpris en son office ? Hélas ! Dès que mon imagination essayait d'évoquer la Belle et son amant, un mur se dressait devant moi, invisible, m'empêchant de les recréer. C'était comme si leur souvenir, inséparable, défendait à jamais leur secret. Le sinistre Gaspard de Calvière ne se présentait pas à moi, peut-être que sa triste figure, repoussée dans l'ombre où elle s'était figée, attendait, ainsi que le prétendait la légende, le jour anniversaire de sa mort pour revenir hanter les lieux ?

Dieu ! comme j'aimais tout ce qui m'entourait, oubliant la réalité du dehors, l'ayant sans effort abandonnée, comme on quitte un vêtement usé jusqu'à la corde. Ici les choses ne parlaient que de devoir et de fidélité. Du moins, c'était ainsi que je le désirai. Le rêve... Quel bonheur mais aussi que d'obéissance !

Devoir, honneur, fidélité, n'étaient-ce que des mots ? Des mots... Après avoir traversé la galerie, où notre passage éveillait des échos lumineux au long des miroirs dorés, se dressèrent bientôt devant moi les Tables de la Loi. J'avançai vers elles à pas lents et ce faisant j'entendais le psaume des batailles, je voyais le petit peuple réuni devant la cheminée géante, le front courbé pour la prière. Là, malgré la férocité du seigneur, sa veulerie, avaient résisté des laboureurs, des bergers, des faiseurs de petits métiers. Là s'était tenue assemblée. Devant les commandements du Dieu vivant, ils s'étaient agenouillés et leurs ombres murmuraient avec moi :

Tous les grands flots de ton onde
Par-dessus moi ont passé
Mais sur un point je me fonde
Que n'estant plus courroucé
De jour tes biens m'enverras
De nuit chanter me feras
Priant d'une âme ravie
Toi seul auteur de ma vie.
Ps. XLII

Étais-je seule à entendre ces voix ? Je restai là, partie vers elles, un long moment, jusqu'à ce que M. Trouchaud nous rejoignît d'un pas assuré, bien vivant, me tirant vers l'heure présente. Haut et large, bonhomme et souriant, en vrai Provençal de sa Camargue dont il partageait, en digne descendant, la passion, sa personne était si rassurante, si puissante dans sa vivacité, qu'à elle seule elle devait suffire à chasser les mauvais esprits ! Calme et sûr de lui, il nous précédait.

Nous fîmes longuement le tour de chaque pièce. Chaque objet détenait un secret, avait sa propre histoire. Bien gardé, le mystère éclaterait-il un jour, libérant le génie prisonnier de son charme ? J'écoutais à nouveau la présentation des choses et chacune m'apparaissait sous un autre jour. Notre accent chantait gravement ou tintait, selon la forme que prenait tel ou tel style, ponctué par le bruit étouffé de nos pas ou la plainte du vent faiblissant avec le crépuscule.

J'aurais voulu me débarrasser du présent, j'avais inventé avec son aide d'autres aspects du passé et je n'arrivais pas à retrouver la nostalgie qui m'avait inspirée. Il me fallait demeurer seule, attendre l'éternelle magie de la nuit, le lever des étoiles et de la lune qui inonderait les terrasses d'une poussière bleue.

Une fois installée dans la chambre du roi, mes hôtes me laissèrent. La porte se referma derrière eux et je vins m'asseoir devant la blanche cheminée qui dresse depuis des lustres son fronton jusqu'à la voûte. Un bon feu de souches et de bois d'olivier pétillait haut et clair. Les flammes dansaient et leurs ombres projetaient des images qui prenaient tour à tour d'étranges tournoiements : une ronde, une farandole, une lente pavane, mais pas de menuet ni de pas réjoui ou sautillant, tout cela se déplaçait en mouvements larges et graves, sans fausses notes de gaieté fantaisiste. Ici la fantaisie laissait la place à la volupté chaude et généreuse qui naissait des murs et du feu. Le décor qui m'entourait, luxueux, disparate mais harmonieux dans son extravagance même, s'effaçait au fur et à mesure que je me détendais dans un bon fauteuil, ayant allongé mes jambes devant moi, me disant que j'avais tout mon temps et souhaitant cependant rester bien réveillée pour mieux entendre parler les choses. Les choses... Que restait-il de celles d'autrefois, que j'avais inventées, placées à mon gré ici et là, et qu'en pensée j'avais distribuées dans ces immenses pièces ? Autre temps, autre démesure...

Pourquoi fallait-il soudain que je me sente à ce point étrangère en ce lieu ? Je ne retrouvais rien de l'enchantement qui m'avait permis de découvrir et puis d'aimer mes personnages. La nuit se poursuivait. Je mis une bûche au feu, en écartant un peu les braises. La chambre s'illumina sans pour autant m'apporter la paix que j'espérais. Où en étais-je de ma foi ? Je remontai jusqu'à mes quinze ans, vers la crise de mysticisme qui avait emporté mon adolescence en des régions où je souhaitais m'isoler volontairement du monde. Mon éducation, depuis la mort de mon père que j'avais veillé dans son atroce agonie jusqu'à son dernier souffle, m'avait marquée, semblait-il, à tout jamais. Il y avait en moi une ferveur, une soif de Dieu que jusqu'ici je n'ai plus retrouvées.

Abdias Maurel, la passion d'amour qui le dévorait, son entière disponibilité à l'égard de l'Éternel avec qui il s'entretenait familièrement à chaque instant, ceux qu'il entraînait à sa suite vers une mort qui les justifiait, où étaient-ils ? Combien mon pauvre protestantisme me semblait dérisoire, fade, sans vigueur ! Je regrettais, oui, je regrettais la violence d'alors, son fanatisme, assurée qu'ils étaient dans le vrai, que l'Église romaine était restée ce qu'elle fut de tout temps : inquisitoriale, souveraine, plus proche des grands et des vainqueurs. Au fur et à mesure que ces réflexions me venaient à l'esprit, je comprenais pourquoi l'espoir que j'avais en entrant ici de rencontrer l'âme de Cantinat et de la Belle s'évanouissait peu à peu. Rien de ce qui occupait le décor qui m'entourait n'était en relation avec le vrai sens de la lutte des opiniâtres. C'était le petit peuple qui l'avait acceptée, soulevé, embrasé par sa foi brûlante, assoiffé de libertés nouvelles. La Belle les avait rejoints, plus par amour d'un homme que pour l'amour de Dieu. Peut-être avais-je vécu un rêve, poursuivie par une légende ?

Je m'aperçus qu'il me faudrait chercher ailleurs, sûrement en dehors du château, à son entour, parcourir les communs, battre les sentiers, inlassablement. Je reviendrai, oui, je reviendrai à Boissières. Plus tard, peut-être un jour d'août.

La ramure du pin égratignait toujours la fenêtre, le feu flambait, le lit était doux et profond. Rassérénée par ma résolution, je m'endormis sans rêves, jusqu'au matin qui se leva, secoué par un fort mistral et pourtant rayonnant de lumière amicale.

Durant les mois qui suivirent, sans cesse mes pensées me ramenaient vers le château et les amis qui m'avaient si généreusement invitée à revenir quand je voudrais. Plusieurs fois j'eus honte des réflexions qui m'avaient assaillie durant la nuit passée dans la chambre du roi où j'avais attendu vainement un signe de l'Esprit, indigne que j'étais sans doute de le recevoir. Et pourtant ! Qu'était-ce donc que la grâce ? Où était le pardon ? Je faisais des retours sur moi-même et toujours revenais à mon point de départ ; ces gens-là, qu'on disait hérétiques, possédaient la vraie certitude. Je lus et je relus ma bible où la violence était partout. Dans l'Ancien Testament, qui avait inspiré leur vie, surtout le combat et la mort, le sacrifice sur l'autel d'un Dieu jaloux, vengeur, unique. Où se trouvait l'Amour ? Qui pouvait encore être assuré de le posséder et surtout de le partager ? Combien banal m'apparaissait notre culte moderne, que je recevais parfois, confortablement installée, le dimanche matin, devant l'écran de télévision.

Que faisions-nous pour plaire à ce Dieu exigeant ? Mais peut-être avait-il changé, n'était-ce plus le même ? Et je revenais à mes petites occupations, ma petite vie, mes petites manies, mes habitudes. Bien loin d'Abdias Maurel, de la Belle Huguenote, dont la mémoire continuait à me hanter. La vie quotidienne était là, et je devais la vivre, abandonnant mes chimères. Après tout, il me fallait sans doute plus de modestie, accepter une autre rencontre, l'insérer dans le courant de jours semblables à d'autres jours, revenir à la réalité, au raisonnable.

Que savions-nous du monde qui vivait autour de nous, invisible, peuplé d'animaux familiers, de visages qui disparaissaient un jour pour laisser la place à d'autres visages, chaque fois différents ?

Je me souvenais d'un portrait de Mme Boissier, la mère de Mme Trouchaud qui avait fait revivre le château. Sans le savoir, j'avais au fil de mes pages donné à la Belle ses traits, sa longue chevelure sombre, ses yeux de sarrasine et ce regard à la fois velouté et pur, si j'osais le dire : musical. Avec un autre regard, il me fallait appréhender le passé, accepter de retourner en arrière, humblement, dépouillée de toute vanité.

Par une journée éclatante du mois d'août, le 13 exactement, jour anniversaire de la mort du baron, je décidai de revoir les lieux que j'avais vainement parcourus une journée de l'hiver dernier. La nuit que j'avais passée à Boissières était déjà loin, il me fallait repartir à zéro. Qui sait ? Peut-être refaire à l'envers le chemin du récit, tout reprendre depuis le début.

J'arrivai donc au joli village de Boissières un matin, avant que le soleil commence à dévorer le jour, au moment où le ciel est encore bleu de la nuit étoilée, où la saveur de la garrigue prend possession, violemment, de l'air, et monte, monte, poivrée, épicée, grisante. Je marchais, j'avançais, comme autrefois, quand je portais en moi, frémissants, les héros d'une tragédie qui me dépassait. Tous les mots que j'avais employés étaient derrière moi, me poursuivaient, en même temps que les cigales et la friture des insectes qui bondissaient, se levant sous mes pas.

On m'avait donné toute latitude pour aller et venir aux abords du château que je voyais se rapprocher à travers les ombres et les lumières des sentiers. Toute une longue journée s'étendait devant moi, des heures et des heures de pleine solitude, de liberté. Ce jour m'appartenait. Personne, je le savais, ne chercherait à troubler le sortilège qui durait là depuis des siècles, respecté même par les incrédules, veillé par des fantômes. Incrédule, je l'étais mais attentive, curieuse, fascinée par le mystère qui venait à moi dans les vibrations de la chaleur montante.

Je m'arrêtai en chemin, plusieurs fois. Subitement et à plusieurs reprises, je n'aurais su dire comment, un buisson me faisait signe, ou un bouquet d'arbustes, ou l'ombre d'un pin, ou même une murette de cailloux, à demi enfouie sous les cistes et les romarins. Un frémissement les parcourait, ils vivaient, en harmonie avec mes sensations. Pourquoi m'appelaient-ils ainsi ? Une senteur, une respiration, un son accrochaient mon imagination : cela bougeait, avait une âme. Je ne ressentais ni fatigue, ni faim, ni soif, refusant inconsciemment peut-être de voir passer le temps.

Le soleil était au zénith quand j'arrivai au bord des vignes qui entourent les communs, près du château. Aucun bruit. La chaleur s'épandait, l'air tremblait et j'avais envie de dormir. Je traversai la cour d'entrée en m'arrêtant sous les grands pins qui ombrageaient la calade brûlante. L'herbe entre les pierres faisait une toison rousse. Une grange avait sa porte entrouverte. La paix de l'été... Assourdissant, le concert des cigales vibrait dans le soleil de plomb. Là commençait le domaine de Vigourette, ici était mort son époux. Elle n'avait alors qu'à traverser la cour pour le rejoindre du temps où il vivait encore. Soudain, je revis le droulet et l'innocente que le Robin avait surpris ensemble. C'était là, j'en étais certaine, que Catinat l'avait retrouvé, tout gaillardet et aussi frais que s'il était tiré d'un bon sommeil après une tranquille journée de travail accompli. Je les voyais enfin, ils s'animaient. Enfin je les reconnaissais, je les rejoignais.

Doucement, j'entrai dans la grange où le foin s'entassait, si parfumé, si fleuri, si frais de goût qu'on eût dit qu'une main invisible m'invitait à me reposer là. Je me crus transportée dans un champ de mai, quand venaient encore paître les moutons avant de partir pour la Haute-Provence, sur les chemins de transhumance. Dieu ! comme j'étais bien !

Les battements de mon cœur s'apaisèrent dès que je m'allongeai, enfonçant au creux d'une gerbe après avoir poussé la porte.

Juste un rai de lumière filtrait sous le battant. Monotone me parvenait à présent le chant de l'été. Je m'endormis, pensant : « C'est là, en cet endroit, que se trouve ma place. »

Quand je m'éveillai, habituée déjà à la douce lumière de la grange, le soleil avait disparu. Le cri des martinets, la chanson éperdue des cigales laissaient l'espace à d'autres cris, d'autres appels que, peut-être, j'étais seule à capter. Des senteurs nocturnes arrivaient par la porte que quelqu'un avait entrouverte, et l'on devinait au-dehors s'apaiser les pierres blondes illuminées de l'air de lune. Je voyais brasiller les étoiles. Pas une ramure ne bougeait en haut des arbres. J'attendais quelque chose qui ne manquerait pas de venir. La légende était là. Toujours assoupie, revenue des siècles en arrière en cet endroit où palpitait encore le passé, j'étais à mi-chemin du rêve, écoutant des voix disparues. Était-il possible que le fantôme qui devait cette nuit revenir soit celui de l'abject personnage, renégat, délateur, dont l'Histoire avait conservé la trace ? Avait-il encore une place, même invisible, dans des lieux si étrangement sereins, où chaque plante, chaque caillou, plein d'humilité coutumière, paraissait être là où il se devait et vivait de sa propre existence ?

De menus craquements s'évaporaient des murailles, l'odeur du foin s'apaisait, j'entendais chasser les oiseaux de nuit, des vols planés passaient en haut du toit.

Ce fut d'abord le frôlement qui acheva de m'éveiller. L'ombre était sûre dans la grange et j'ouvris grands les yeux, me dressant sur un coude, et sans faire de bruit. Le frôlement était partout à la fois. On eût dit que le château entier, les communs, des cuisines aux salons, s'éveillaient au bonheur. Je n'éprouvais aucune peur. Ce qui allait et venait autour de moi avait l'air d'un de ces esprits familiers, retournés après une longue absence sur des lieux où ils furent heureux. C'est alors qu'à ma droite deux lueurs bleues parurent puis s'éteignirent pour renaître à quelques pas, plus bas, entre les bottes de foin dont pas un brin ne craquait ni ne bougeait. Les lueurs montaient, descendaient ; une traînée légère, une fumée, suivait dans un remous d'odeurs fleuries. On eût dit un ballet silencieux et je suivais, émerveillée, sans faire un geste qui vînt troubler la minute exquise et folle.

J'étais réveillée puisque j'entendais s'écouler goutte à goutte l'eau de la fontaine de la cour, dans son auge de pierre.

Fascinée, bouleversée, j'écoutais, quand frémit à mon oreille une plainte. Une voix rauque et lointaine, au timbre chaud, psalmodiait en demi-teinte une très ancienne musique. Dans ma tête se formaient des mots graves, au sens profond, que j'avais déjà entendus en d'autres temps. Cela sourdait de l'air, se rapprochait, et paraissait s'élever de la plaine, au-delà des étangs.

L'aube était-elle loin, ou près ? Une horloge sonna dans le village sans que je puisse en suivre le cours. La grange s'emplit soudain d'une rumeur, un chœur puissant montait et gémissait, et j'attendis nettement résonner au loin le galop d'un cheval. Au même moment, les lueurs bleues s'envolèrent par la porte à présent grande ouverte.

Longtemps, j'entendis que reviennent le chant et la lumière. Le jour parut et avec lui s'enfuit la magie de la nuit. Le château dormait encore quand je me décidai à quitter ma cachette. On devinait dehors une légère brume et j'avais hâte de voir se lever le soleil derrière la colline. Le même soleil qui avait inondé la Belle en ses matins, quand elle partait galoper à travers les garrigues. Rien n'avait changé : même terre aride, même souffle d'argent au feuillage des oliviers, même crissante chanson des milliers de cigales. Même langue, mêmes racines.

Je sortis sur la terrasse ombragée de pins, d'où l'on a une vue large et pleine sur l'horizon des vignes. Sur la calade je m'arrêtai, éblouie, cœur battant.

Le chat était là, assis sur la pierre chaude, et me fixait de ses yeux de turquoise.

Note concernant les psaumes

Tous les psaumes de ce livre sont extraits, mot pour mot, d'un ouvrage de psaumes et de prières imprimé à Genève en 1680. Ils sont de Clément Marot et de Théodore de Bèze.

Ce psautier, avec la musique et les paroles, comporte tous les psaumes de David que mon pasteur, le pasteur Laroche de Nîmes, nous apprenait dans le texte. Et il avait ainsi formé une chorale de jeunes filles. Nous allions de village en village et de Temple en Temple, chanter la poésie et la douleur des « huguenots » traqués.

Ce livre m'a été offert par un paysan cévenol et il porte encore entre ses pages quelques fétus de paille ! Mes remerciements vont à tous ceux qui n'ont pas perdu la mémoire. Et gardent l'espoir d'un avenir réconcilié.

Achevé d'imprimer en janvier 1998
sur presse CAMERON par
BRODARD ET TAUPIN
La Flèche
pour le compte des Éditions Robert Laffont
24, avenue Marceau, 75381 Paris Cedex 08

Imprimé en France
Dépôt légal : janvier 1998
N° d'édition : 38594. N° d'impression : 6264T-5